AF159453

periplaneta

Stephan Hähnel: „Kräuter olé! Männer ade! – Mordsgeschichten"
1. Auflage Juli 2024, Periplaneta Berlin, Edition Totengräber

© 2024 Periplaneta - Verlag und Medien
Inh. Marion Alexa Müller, Bornholmer Str. 81a, 10439 Berlin
www.periplaneta.com

Alle Rechte vorbehalten. Nachdruck, Übersetzung, Vortrag und Übertragung, Vertonung, Verfilmung, Vervielfältigung, Digitalisierung, kommerzielle Verwertung des Inhaltes, gleich welcher Art, auch auszugsweise, nur mit schriftlicher Genehmigung des Verlags.

Die Handlung und alle handelnden Personen sind erfunden.
Jegliche Ähnlichkeit mit realen Personen oder Ereignissen wäre rein zufällig.

Projektleitung und Lektorat: Marion Alexa Müller
Cover, Satz & Layout: Thomas Manegold
Illustration Seite 1 made with Adobe Firefly
Autorenfoto: Friedrich Horn

Made in EU.
Gedruckt auf FSC- und PEFC-zertifiziertem Werkdruckpapier

print ISBN: 978-3-95996-286-5
epub ISBN: 978-3-95996-287-2

STEPHAN HÄHNEL

Kräuter olé!
Männer ade!

Mordsgeschichten

periplaneta

Das Leben ist sowas von ...

Schon in jenem Moment, in dem Volker seine Lieblingshose und das durchgescheuerte Gewebe links neben dem Reißverschluss missbilligend betrachtete und brabbelnd den Gedanken formulierte: „Zeit für eine neue Jeans", war er sich seines Fehlers bewusst.

Hannelore nickte zustimmend, strahlte übers ganze Gesicht und deutete mit den Fingern zwei Hosen an und erhöhte, als er widersprechen wollte, auf drei.

Eigentor, konstatierte Volker, während seine Frau im Kalender blätterte und erfreut ausrief: „Sonnabend passt! Ich muss sowieso ins Outlet. Die Farben des letzten Winters gehen gar nicht mehr. Damit kann ich mich unmöglich sehen lassen. Bärchen, was für eine schöne Idee. Gemeinsam shoppen. Da können wir beides miteinander verbinden."

Am Wochenende durch Läden latschen. Volker hätte heulen können. Ernsthaft überlegte er, ob er sich für den Fehler selbst backpfeifen sollte. Aber wer fahrlässig den sinkenden Bestand seines Kleiderschrankes in Anwesenheit der besseren Hälfte bemängelt, muss sich über Gegenmaßnahmen nicht wundern.

Fünf Tage, zwei Stunden und sieben Läden später saß Volker erschöpft in einer Umkleidekabine. In einem unbeobachteten Moment hatte Hannelore die Hose mit der durchgescheuerten hellen Stelle links neben dem Reißverschluss entwendet. Ohne Beinkleid war eine Flucht aussichtslos.

Noch bevor Volker entkräftet auf den kleinen Hocker sinken konnte, hatte sie die Hose missbilligend betrachtet. Ihre Frage, ob alle Männer links und wenn ja, ob man anhand des Durchmessers des hellen Fleckes auf die Größe des Gemächts schließen könne ...

Volkers Blick war fassungslos. Daraufhin hatte Hannelore ihre Neugier gezügelt und den Vorhang kichernd geschlossen. Frau und Hose waren weg.

Inständig hoffte er, dass sie ihre These nicht durch obsessive Sichtung bei anderen einkaufenden Männern überprüfen würde.

Auch beschäftigte ihn die Frage, ob sein heller Fleck als *klein*, *mittlerer Durchschnitt* oder als *vielversprechend* klassifiziert werden würde. Gab es eine Farbskala von A bis E, eine Art Nutri-Score für verräterisch ausgeblichene und durchgewetzte Jeanshosen? Je heller und dünner umso … Jäh wurde er aus seinen Gedanken gerissen.

„Probiere die mal an."

Fünf Hosen wurden ihm gereicht. Durchweg Farben, die er selbst nie gewählt hätte. Murrend gab Volker zu bedenken: „Ich wollte eine klassische blaue Jeans."

„Ich möchte nur kurz sehen, wie die bei dir wirken."

„Aber ich will keine von denen kaufen."

„Hab dich nicht so! Du wirst doch mal eine Hose anprobieren können."

„Das sind fünf!"

„Fünf einzelne. Mein Gott, für mich ist das auch nicht leicht."

Volker schüttelte verzweifelt den Kopf, zog den Vorhang zu und schlüpfte in die erste Hose. Khakibraun. „Passt nicht!", rief er erleichtert. Eigentlich hatte er erwartet, dass seine Behauptung, der Bund lasse sich nicht schließen, einer kritischen Kontrolle unterzogen wurde. Stattdessen Stille.

„Ihre Frau ist schon wieder auf der Pirsch. Ihnen bleiben maximal neunzig Sekunden. Kleiner Tipp: nur jede zweite Hose anprobieren."

Erstaunt lauschte er den beruhigenden Worten aus der Nachbarkabine. Eindeutig ein Leidensgenosse. „Sind Sie öfter hier?", erkundigte sich Volker freundlich.

„Immer am letzten Sonnabend im Monat. Hab mich inzwischen daran gewöhnt", antwortete der Unbekannte seufzend.

„Das ist ja furchtbar!"

„Volker?", fragte erfreut eine andere Stimme. Weiblich, neugierig, unangenehm. Einen Augenblick brauchte er, bis er sie zuordnen konnte. Charissma Jänike, die gesprächige Nachbarin von nebenan. Seit die rüstige Rentnerin eine Jahreskarte im Fitnessclub erworben hatte, war an Ruhe nicht mehr zu denken. Irgendwie war es ihr gelungen, seine Trainingszeiten herauszufinden. Seitdem spornte sie ihn beim Training ständig zu Bestleistungen an.

Schlimmer noch: Im Anschluss teilte er sich regelmäßig mit der Fünfundachtzigjährigen eine Bank in der Sauna.

„Die Stimme kenne ich. Mein Lieblingssportsfreund Volker."

„Ja!", antwortete dieser kleinlaut in der Hoffnung, dass damit das Gespräch beendet sei. Inzwischen war Hannelore zurückgekehrt und reichte ihm die ungewollte khakibraune Jeans eine Nummer größer.

Beide Frauen begrüßten sich höflich.

„Hosen kann man gar nicht genug haben", bestätigte Charissma und ergänzte: „Vor allem Volker. Der hat mal im Fitness-Club seine Jeans in den Spind eines anderen Mannes hineingehängt. Der Träumerle. Große Überraschung nach dem Training. Hat echt behauptet, jemand hätte das gute Stück geklaut. Die am Empfangstresen haben sich halb totgelacht."

Fassungslos lauschte Volker den Ausführungen. Glücklicherweise passte die Hose wieder nicht. „Zu groß!", murmelte er erleichtert und reichte sie hinaus. Dabei öffnete sich der Vorhang. Beide Frauen schauten in die Kabine. Volker stand in Schlüpfer, Socken und T-Shirt da.

„Bist du dir sicher?", fragte Hannelore streng, als würde er zum ersten Mal im Leben eine Hose anprobieren.

„Wird noch schlimmer, wenn sie älter werden. Altersstarrsinn! Mein Mann hat auch immer …"

„Charissma, ich muss doch sehr bitten. Eine Umkleidekabine ist ein Privatbereich."

„Da ist nichts, was ich nicht schon gesehen hätte", antwortete pikiert die parasitäre Fitnesspartnerin und zog den Vorhang zu. Hannelore entschuldigte sich ob der Unhöflichkeit ihres Mannes. Beleidigt zog die alte Dame weiter. Erleichtert schlüpfte Volker in die nächste Hose. Beine zu eng und zu kurz.

„Bärchen, im Internet steht, 75% der Männer tragen ihren Schniedel links. Und nur 17% sind Rechtsträger. Alle anderen lassen ihr bestes Stück …"

„Hannelore! Bitte, ich will das nicht hören!"

Nächster Versuch. Richtige Größe, passende Länge, Farbe klassisch blau. Selbst die Marke entsprach dem des Vorgängermodells. Erleichtert trat er aus der Kabine und schaute in den Spiegel.

„Sitzt wie angegossen", bemerkte eine Verkäuferin und strahlte übers ganze Gesicht.

Skeptisch beäugte sich Volker. „Sehen Sie das nicht?! Die Falten hier vorne. Dieses Dreieck. Das wirkt doch wie ein Windelpaket."

„Wenn Sie älter werden, sind Sie für so ein Reservoir sicher dankbar", reagierte die Verkäuferin pikiert. Das Lächeln war verschwunden. Auf ihrer Stirn bildeten sich bedrohliche Falten.

Der Mann in der Umkleidekabine nebenan rief mit Pathos in der Stimme: „Wird der Alte im Schritte nass, hilft nur Pampers!"

Volker verzog sich verzweifelt in seine Kabine. Letzte Hose. Stretch Material. Knopfleiste. Farbe: Lava Smoke. „Harmoniert vorzüglich mit der Scheuerleiste im Bad", murmelte er.

„Wir haben heute eine neue Lieferung bekommen. Winterkollektion. Wollen Sie mal schauen?"

Auf den Vorschlag der Verkäuferin reagierte Hannelore mit der bedrohlichen Antwort: „Unbedingt!" An Volker gewandt die knappe Anweisung: „Warte! Ich bin gleich zurück."

Kaum war er wieder allein, meldete sich der Typ aus der Kabine nebenan: „Ich nehme mir immer ein spannendes Buch mit, mein Lieblingssitzkissen und ein paar Bier. Wollen Sie auch eins?"

Die Flasche, die ihm unter der Trennwand hindurch gereicht wurde, öffnete Volker dankbar und nahm einen tiefen Schluck. „Wo ist eigentlich Ihre Frau?", erkundigte er sich höflich.

„Tot! Nächste Woche ist zweijähriges Jubiläum. Kaufhausschließung wegen Insolvenz. Hat die letzte Rabattschlacht nicht überlebt. Ihr schwaches Herz. War mein Vorschlag. Ich wusste mir nicht anders zu helfen. Quasi Notwehr. Ein wenig fühle ich mich da schon schuldig. Seitdem komme ich regelmäßig her. Friedhöfe machen einen immer so depressiv. Sie war hier Stammkundin."

Darauf wusste Volker nichts zu antworten.

Weitere Hosen wurden hereingereicht. „Designerjeans. Fantastisch! Du bist der Erste, der die neue Kollektion anprobieren darf", flüsterte seine Frau ihm verschwörerisch zu.

Ungläubig betrachtete er den Stapel. „Die sind ja alle kaputt. Da kann ich auch meine alte …"

„Nix kaputt. Distressed Jeans. Die müssen so sein."

„Ich will nicht mehr. Darf ich bitte nach Hause? Darf ich meine alte Hose …"

„Bärchen! In diesem an Peinlichkeit kaum zu überbietenden Fetzen gehst du nirgendwohin. Du solltest dich schämen. Abgesehen davon: Für gammlige Hosen haben die hier einen Altkleidercontainer. Dir bleibt nichts anderes übrig. Du musst dich für eine entscheiden."

Vorhang zu. Verzweiflung. Bedauern. Kampf gegen Tränen. Unwillkürlich zog Volker die Nase hoch. Er hatte sich nicht einmal von seiner geliebten Jeans verabschieden können.

„Hören Sie auf, sich zu wehren", beruhigte ihn die Stimme von nebenan, kaum dass sie wieder allein waren. „Spielen Sie mit! Geben Sie Ihrer Frau das Gefühl, dass Sie es ernst meinen. Täuschen Sie Interesse vor. Sagen Sie motivierende Dinge: *Die zweite Hose, aus dem dritten Stapel, die um 10:37 Uhr hereingereicht wurde, die hatte mir gefallen.*"

„Laut Parkschein sind wir erst um 11 Uhr gekommen."

„Ist doch nur ein Beispiel. Inzwischen können Sie in Ruhe all die Bemühungen Ihrer Frau sabotieren. Schneiden Sie einen Knopf ab. Bedienen Sie sich des Ekelfaktors. Stecken Sie benutzte Zellstofftücher in die Hosentasche. Bemängeln Sie die Qualität. Kleine Löcher täuschen Mottenfraß vor. Geben Sie sich empört. Ich zum Beispiel hatte früher immer eine Kollektion Soßen bei. Parfümpröbchenflaschen eigenen sich dafür vorzüglich als Transportgefäße. Unauffällig und effizient. Tomatensoße, Sauce Hollandaise, Zaziki. Für Frauen ist jeder Fleck ein No-Go. Meine konnte sich immer so prächtig aufregen. Manchmal taten mir die Verkäuferinnen echt leid."

Verzweifelt legte Volker sein Gesicht in die Hände. „Ich komme hier nie wieder raus. Entschuldigung, haben Sie noch ein Bier für mich?"

Eine weitere Flasche wurde unterhalb der Trennwand durchgereicht, dazu zwei Klare, wie sie in jeder Minibar zur Begrüßung vorrätig sind.

„Vertrauen Sie einem erfahrenen Hosenkäufer. Entscheiden Sie sich für irgendeine Hose. Völlig egal welche. Wichtig ist nur, Sie geben Ihrer Frau ein gutes Gefühl: *Mäuschen, Schatz, Schnuckelchen*, was auch immer stimmungsglättend wirkt. *Die Hose hast du fantastisch ausgesucht! Genau so eine wollte ich haben!*"

Nachdenklich zog Volker eine Jeans aus der Mitte des Stapels. *Hüfttief,* stellte er entsetzt fest. *Der Bauch kommt gut zur Geltung und wenn du dich bückst, sieht jeder deine behaarte Kimme.* Verzweifelt öffnete er eine Miniflasche Wodka, kippte sie in einem Zug hinunter und murrte: „Die Hose gefällt mir aber nicht."

„Glauben Sie mir! Total überbewertet. Machen wir uns nichts vor. Es gibt zwei Sorten Frauen. Die einen sind sich ihrer Männer sicher und wollen sich mit ihnen schmücken. Die anderen tun alles dafür, dass die Konkurrenz ihren Gatten nur mitleidig anschaut, so als würden sie denken: *Ich wüsste gar nicht, wo ich bei dem anfangen soll.*"

„Ich weiß nicht!"

„Achtung, Ihre Frau kommt."

„Und Bärchen, wie sitzen die?"

„Die sind alle fantastisch! Genau so eine wollte ich haben!"

„Sehr schön! Wenn du zwei nimmst, bekommst du eine Dritte umsonst."

Darauf leerte Volker die nächste Miniflasche Wodka und spülte den brennenden Geschmack mit dem restlichen Bier weg. Einen Augenblick überlegte er ernsthaft, ob man sich Hosen schöntrinken kann. Leicht beschwipst trat er aus der Umkleidekabine und ging ein paar Schritte, drehte sich elegant auf der Hacke, wobei er fast das Gleichgewicht verlor. Kokett klatschte er auf seinen Hintern, klimperte mit den Augen und gab sich naiv.

Hannelores Gesichtsausdruck wechselte zwischen amüsiert und nachdenklich. „Ehrlich gesagt: Ein bisschen teuer ist so eine Designerjeans schon. Aber zumindest haben wir jetzt eine Vorstellung, was zu dir passt."

Ungläubig starrte Volker erst seine Frau an, die Jeans und dann in Richtung der anderen zugezogenen Umkleidekabine. Was hatte der Unbekannte gesagt? *Es war quasi Notwehr.*

Während seine Frau ihm lächelnd den Weg in seine Kabine wies und ihm kurz darauf widerwillig seine alte Jeans, jenen an Peinlichkeit kaum zu überbietenden Fetzen reichte, kamen ihm die folgenden Worte wie selbstverständlich über die Lippen: „Schatz, was hältst du davon, wenn wir es kommende Woche wieder versuchen. Ich glaube, da ist Black Friday."

Das kulinarische Gemetzel

Dr. Sebastian Engelage wurde als begnadeter Koch und kulinarischer Künstler in den Medien gefeiert. Das, was er auf den Teller brachte, umschrieben die Presse und die Kritik begeistert mit *unerreicht delikat, mentalistisch, famos, bahnbrechend, göttlich*. Eine Revolution der „Haute Cuisine". Seine Kochkünste fänden nichts Vergleichbares.

Die Fähigkeit, gut und abwechslungsreich kochen zu können, hatte sich der Ingenieur und Computerspezialist nach dem Tod seiner Frau Sybilla angeeignet. Ein tragischer Unfall hatte sie von seiner Seite gerissen. Glücklicherweise waren alle Gerichte, die sie auf den Teller brachte, sorgsam digitalisiert. Es war ihr ein Bedürfnis gewesen, ihn perfekt zu verwöhnen. Dass dem nicht mehr so war und er sich mit schlichter Einheitskost abfinden sollte, empfand er als inakzeptabel. Seit Sybilla die Welt der Kochautomaten für sich entdeckt hatte, hatten sich auch Dr. Engelages kulinarische Grenzen verschoben. Ihre experimentellen Bemühungen fehlten ihm.

Nach monatelangen Versuchen verband er wissenschaftliche Neugier, die Möglichkeiten innovativer Technik und die Kochkunst seiner geliebten Frau in jenem Genusstempel, den die Medien so liebten.

Zwar gab es Trittbrettfahrer – oder wie Dr. Engelage sie abfällig nannte: Plagiatoren, die ebenfalls minimalistisch kochten, jedoch unfähig waren, das ganzheitliche Konzept seiner Intension zu verstehen. Ihre Kreationen schmeckten respektabel, ließen sich aber mit seinen Geschmacksexplosionen nicht annähernd vergleichen. Eine renommierte Zeitschrift der Gourmetszene versprach seinen Lesern einen grandiosen Geschmacksorgasmus.

Das Restaurant, das sich im obersten Stockwerk eines Wolkenkratzers befand, galt lange als Geheimtipp. Serviceroboter surrten durch den Raum, nahmen Bestellungen entgegen oder räumten Geschirr weg. Das Interieur war spartanisch. Kein Beiwerk, das ablenkte. Nur ein unverstellter Blick über die Stadt entschädigte.

Die Plätze waren Monate im Voraus ausgebucht, obwohl die kleinen, deliziösen Wunder der Kulinarik unverschämt teuer waren und keiner der Jünger des perfekten Geschmacks anschließend das Gefühl hatte, satt zu sein.

Zwar verbrachte Dr. Engelage die überwiegende Zeit in der Küche, strenggenommen durfte er sich aber nicht Koch nennen. Was keiner der Gäste ahnte: Sein Erfolg basierte darauf, dass die übersichtlichen Genusshäppchen von einer künstlichen Intelligenz errechnet und von 3D-Automaten gedruckt wurden. Der menschliche Geschmack war in Algorithmen zerlegt und die KI, die er liebevoll mit „Sybilla" ansprach, erfüllte die Wünsche der Gäste individuell. Wer einmal in dem Gourmettempel gespeist hatte, kam wieder und brachte Bekannte mit.

Die Reaktionen der Freunde moderner Kochkunst wurden von Kameras in Echtzeit beobachtet, von Sensoren erfasst, vermessen und registriert. Jeder weitere Besuch ermöglichte es Sybilla, das persönliche Glücksempfinden des Einzelnen zu maximieren und die individuell erstellten Leckerbissen zu optimieren. Dabei protokollierte die KI die psychische Verfassung des Gastes vor und nach jedem Bissen sowie körperliche Reaktionen im Augenblick der Genusswahrnehmung. Aussagekräftige Daten lieferten die Veränderung der Pupillen, die Beschleunigung des Herzschlags, das Schweißaustrittsvolumen und andere Parameter, die Sybilla bei der Berechnung des nächsten Schrittes genüsslicher Evolution half.

Der Auftrag der KI bestand darin, das Geschmackserlebnis individuell zu maximieren. So wie seine liebe Frau ihn jedes Mal ein wenig mehr verwöhnt hatte, so sollten auch die Gäste ein Hochgefühl des Glücks erfahren. Die Daten aus dem Restaurant wurden in Echtzeit mit Sybillas Datenbank abgeglichen. Nichts blieb dem Zufall überlassen. Als Wissenschaftler beschäftigte er sich auch mit wichtigen Fragen, wie was Genuss in Gänze bedeutet, welche Faktoren die kulinarische Bandbreite beeinflussen oder ob die Geschmackswahrnehmung sich nur dank eines Irrtums der Natur entwickeln konnte.

Nach einigen Monaten lag der Prozess der Perfektionierung nahe am Optimum. So wie Astrophysiker das früheste Anfangsstadium des Universums, den Urknall, nur rechnerisch darstellen können, so war es auch Dr. Engelage verwehrt, den Endknall, die genüssliche Singularität praktisch nachzuweisen.

Als jedoch ein renommierter Gast während des Verzehrs eines Nachtisches unerwartet den Herztod erlitt und dabei beglückt ins Jenseits lächelte, erkannte er die Chance, die These, dass Genuss- und Glücksdichte unendlich gegen null tendieren, beweisen zu können.

Das Drama selbst wurde in der Öffentlichkeit als Unfall abgetan. Die Gerichtsmedizin diagnostizierte bei dem beliebten Schauspieler einen gewöhnlichen Herzinfarkt. Die Presse titelte: *Die wahrscheinlich zweitschönste Methode für einen Mann zu sterben.* Ableben beim Sex blieb unangetasteter Sieger. Plötzlicher Tod durch eine sinnliche Geschmacksexplosion folgte nunmehr auf Platz zwei.

Um allen wissenschaftlichen Anforderungen zu genügen, passte Dr. Engelage die Algorithmen der KI der komplexen Fragestellung an, in Erwartung, seine These zweifelsfrei beweisen zu können. Immense Mengen an verifizierbaren Daten waren notwendig. Sybilla war nunmehr darauf abgestimmt, sämtliche gesammelten Informationen der Genussdatenbank mit jenen aus dem Internet zu vergleichen, um auf alle Bedürfnisse zu reagieren.

Das nächste Event fand am Wochenende statt. Freitagabend. Die 3D-Genussdrucker waren mit den nötigen Zutaten bestückt und arbeiteten die Vorgaben der KI ab. Die geladenen Gäste wurden mit den auf sie persönlich abgestimmten Geschmackshäppchen verwöhnt. Es folgten die üblichen Ausrufe der Bewunderung: „Bravissimo!" – „Welch Hochgenuss!" – „Ein Fest für Gaumen und Zunge!"

Sekunden später wechselten die meisten Gäste in unartikulierte Äußerungen. Zuerst lustvoll klingende Laute, die sich zunehmend ekstatisch beschleunigten, bis sie einen imaginären Höhepunkt erreichten, um dann erschöpft abzuklingen. Kurz darauf begannen einige der Genussjünger zu hyperventilieren. Herzen versagten, Hirnschläge dank Geschmacksexplosionen setzten ein und manchen blieb gar nachhaltig der Atem weg. Ein Mann meinte, sich entkleiden zu müssen, öffnete das Fenster im einunddreißigsten Stock und beschloss, die auftretende Manie juchzend mit einem Sprung zu beenden. Dennoch wirkten die meisten Gäste glücklich. Jene wenigen, die noch bei Verstand schienen, suchten ihr Heil in der Flucht. Statistisch gesehen Ausreißer, die vernachlässigt werden konnten.

Beeindruckt schaute sich Dr. Sebastian Engelage um. Wissenschaftlich betrachtet, war das Experiment ein voller Erfolg, seine These zweifelsfrei bewiesen. Genuss und Glück kumulieren in einem Punkt. Auf dem Höhepunkt des Lebens zufrieden, glücklich und genussvoll abtreten. Mehr konnte niemand erwarten.

Über die moralische Frage, wer für den Tod der Gäste verantwortlich zeichnete, müsste ein Gericht entscheiden. Er oder Sybilla. Wissenschaftlich gesehen, war das ohne Bedeutung.

Schulterzuckend setzte sich Dr. Sebastian Engelage an einen freien Tisch. Sekundenlang vernahm er noch die erstickenden Geräusche eines Restaurantkritikers. Das linke Bein einer Ballettschönheit zuckte ein letztes Mal graziös. Danach Stille.

„Ein Glas Chianti wäre jetzt angebracht", bemerkte der Doktor. Champagner vertrug er nicht.

„Eine gute Wahl", antwortete die KI mit verführerischer Stimme. „Passend dazu habe ich das perfekt auf dich abgestimmte Menü zusammengestellt, zweifelsfrei ein einmaliges Erlebnis."

Einer der Serviceroboter brachte das gewünschte Glas toskanischen Rotweins sowie einen Teller, auf dem drei übersichtliche Häppchen liebevoll arrangiert lagen. *Genau so, wie bei meiner Sybilla, wenn sie mein Essen angerichtet hat.*

Die Arbeit mit einem Selbstversuch krönen? Warum nicht? Dr. Sebastian Engelage musste schmunzeln. *Nicht die schlechteste Art abzutreten*, dachte er und ließ es sich schmecken.

Kräuter olé! Männer ade!

Hubertus Kallenbach, seines Zeichens erfolgreicher Baulöwe mit einem Faible für prollige Ferraris, protzige Uhren und blonde Silikonwunder, saß am Frühstückstisch und mümmelte besorgt sein Müsli. Sein gebräuntes Gesicht, dessen Falten von einer frisch angerührten, glibberigen Kräutermaske geglättet wurden, spiegelte Verzweiflung wider. Ewig konnte er nicht mehr schweigen. Eine Antwort wurde erwartet.

Ihm gegenüber lauerte seine Frau Rosalina, zierlich, temperamentvoll, gesundheitsbesessen und mit einem Kräuterwissen ausgestattet, das selbst Apotheker in Ehrfurcht erstarren ließ. Ihre Sorge um seine Gesundheit und ein ansprechendes Aussehen brachte den Bauunternehmer zusehends an den Rand der Verzweiflung. Widerspruch war zwecklos. Versuchte er dennoch, sich ihrer Fürsorge zu entziehen, drohte sie wortreich und theatralisch, ihn zu verlassen: Ein Frauchen wie sie würde er nie wieder finden. Sie habe nicht vor, den Rest ihres Lebens mit einem alten, senilen, sabbernden und uneinsichtigen Greis zu verbringen. Auf sich und seine Gesundheit zu achten, sei nicht zu viel verlangt.

An der Drohung, im Falle einer Trennung ihn fertig zu machen, um den letzten Cent zu bringen und in der Öffentlichkeit zu blamieren, hatte er keinen Zweifel. Also aß er, was auf den Tisch kam und ertrug alle naturkosmetischen Experimente.

Das allein war zu ertragen, aber Rosalina strotzte nur so vor Energie und strapazierte ihn täglich mit neuen Ideen, die selten Bestand hatten. Meist reichte es, wohlwollend zuzuhören. Diesmal nicht.

Auf dem Bau galt Hubertus Kallenbach als unnahbar, durchsetzungsstark und ungeduldig. Sobald aber Rosalina in seiner Nähe war, änderte sich das schlagartig. Kein Zweifel, er liebte seine temperamentvolle Frau. Dabei war sie weder blond noch von der Natur oder einem Schönheitschirurgen üppig ausgestattet.

Den Erfolg der Firma verdankte er der Tatsache, dass die Spanierin ihr Familienvermögen eingebracht hatte. Der Zeitpunkt zu expandieren, war perfekt gewesen. Auch wenn Rosalina von

Hoch- und Tiefbau nichts verstand, gehörte der überwiegende Teil des Unternehmens ihrer Familie. Glücklicherweise hielt sie sich aus seinen Geschäften heraus.

Erfüllung fand sie in ihrer kleinen Gärtnerei, in der sie ausschließlich Kräuter anbaute, und dem gemütlichen Ladencafé, in dem sie Gleichgesinnte empfing. Eine ihrer vielen Ideen, von der er geglaubt hatte, dass sie nur vorübergehend wäre. Ein Irrtum, wie er sich zum fünfjährigen Jubiläum der *Kräuteroase* eingestehen musste.

„Hubertus", krächzte Rosalina zwischen zwei Schlucken ihres Mate-Tees, „ich warte auf deine Antwort. Was hältst du denn nun von meiner Vision?"

Verwundert zog der Gescholtene die Augenbraue hoch, als wüsste er nicht, worum es ging. „Deine Vision?"

„Wir spenden unser Vermögen."

Einen Moment lang herrschte Stille. Verzweifelt erwiderte er: „Almosen an Bedürftige verteilen? Wirklich?"

Wütend funkelte ihn Rosalina an. „Du willst es nicht begreifen! Wir helfen Menschen, gründen eine Stiftung, Kräuterschulen für Bedürftige, Wildsalatwiesen für Kitas, von mir aus errichten wir ein ganzheitliches Hospiz ... Bill Gates, der mit dem Windows, und dieser Börsenguru Warren Buffett, oder dieser Typ von Tesla – die spenden auch Unmengen an Geld für wohltätige Zwecke."

Hubertus schüttelte den Kopf. „Das meinst du doch wohl nicht im Ernst? Ich habe mein Geld nicht hart erarbeitet, um es irgendwelchen faulen Säcken in den Rachen zu werfen!"

„Du bist ein herzloses Schwein!", rief Rosalina entrüstet und knallte die Teetasse auf den Tisch. „Außerdem: von wegen *dein* Geld! Es ist das Vermögen meiner Familie."

Wütend stand sie auf und verließ die Küche. Kurz darauf hörte er den Porsche aufjaulen. Wenn sie erbost war, zog sie sich in ihre Gärtnerei zurück. Anhand der Bußgeldbescheide wegen Geschwindigkeitsüberschreitung hätte er eine Liste jener Tage erstellen können, an denen sie gestritten hatten. Ihm eine Szene zu machen, gehörte zu ihrem Naturell. Meist klärte sich die Verstimmung wenige Stunden später. Diesmal nicht.

Am nächsten Morgen fand man Hubertus tot in seinem geliebten SUV. Der Wagen hatte sich überschlagen und lag im Straßengraben. Die Todesursache: Herzversagen. Ein tragischer Unfall, so die Polizei. Bestätigt wurde die Annahme von einer Gerichtsmedizinerin, die angab, nichts Ungewöhnliches feststellen zu können. Die Leiche des Bauunternehmers wurde freigegeben und eingeäschert.

Anfänglich glaubte Rosalina, lediglich Glück gehabt zu haben. Um ein Gift nachzuweisen, mussten die Mitarbeiter des Labors wissen, wonach sie suchen sollten. Zwar kannte Rosalina die verantwortliche Medizinerin flüchtig, kaufte die zweifach promovierte Ärztin zuweilen frische Kräuter im Ladencafé. Dennoch dauerte es ein paar Tage, bis die trauernde Witwe begriff, dass es mit Glück nichts zu tun hatte.

Vor dem Tod ihres Mannes hatte Rosalina regelmäßig freitags zur *Kräuterhexenparty* in das kleine Ladencafé *Kräuteroase* eingeladen. Begeistert referierte sie über die Wirkungen verschiedener Pflanzen, spickte ihren Vortrag mit lustigen oder tragischen Episoden und reichte – wenn möglich – kleine Pröbchen zum Schnuppern und Probieren an die Teilnehmerinnen. Ihr Fachwissen, in welcher Dosierung Kräuter heilend sind und ab wann schädlich, gar tödlich wirken, wurde mit großem Interesse aufgenommen.

Vier Wochen nach dem Begräbnis ihres Mannes beendete Rosalina die Trauerzeit. Man muss es ja nicht übertreiben. Sie lud zum ersten Mal wieder die selbsternannten Kräuterhexen zu einem Treffen in ihre *Kräuteroase* ein.

Die Veranstaltung war gut besucht. Die vierzehn Teilnehmerinnen des Kurses, allesamt Frauen mit reichlich Lebenserfahrung und einem Faible für alternative Heilmethoden, waren sichtbar aufgeregt. Sie tuschelten und kicherten, und in ihren Augen blitzte es verschmitzt. Bevor Rosalina über die beruhigende Wirkung zerkauter Blätter, gepresster Säfte und perfekter Aufgüsse indigener Völker referieren konnte, füllte Applaus den duftenden Laden. Erstaunt schaute sie die kleine Gemeinschaft an.

„Kräuter olé!", rief eine von ihnen und stieß mit ihrem Glas Ingwertee mit einer anderen an. „Männer ade!", antwortete diese.

Da begriff Rosalina. Ihr Geheimnis war gar keins. Dankbar schaute sie in erwartungsfrohe Gesichter.

In den folgenden Wochen und Monaten ereigneten sich in der Stadt dramatische Schicksalsschläge. Langjährige Ehemänner verstarben plötzlich und unerwartet, tyrannische Chefs erlitten Unfälle durch Herzversagen und notorische Schwerenöter wurden über Nacht zu Pflegefällen fürs Heim. Die hohe Sterbequote war zwar ungewöhnlich, trotzdem schöpfte die Polizei keinen Verdacht.

Wie jeden Freitag trafen sich die Frauen zu ihrer Kräuterhexenparty. Kräuterlimonade mit Schuss wurde gereicht. Alle genossen die neu gewonnene Freiheit und feierten das Leben in vollen Zügen. Die Laune war prächtig. Aufmerksam beobachteten die Anwesenden Rosalina, die vorsichtig einen frischgebrühten Aufguss in eine Thermoskanne füllte.

„Schön, dir einmal helfen zu können", flüsterte Rosalina und lächelte der Gerichtsmedizinerin verschwörerisch zu. „Was für ein eingebildeter Gockel. Wird Zeit, dass dein Chef endlich abtritt. Niemand wird ihn vermissen. Abgesehen davon, ist es gut zu wissen, dass du künftig das Institut für Rechtsmedizin leiten wirst."

Die anderen kicherten und ließen sich die Canapés mit exotischen Kräuterdips schmecken. Zufrieden überreichte Rosalina die Thermoskanne mit den Worten: „Warm servieren, kalt abservieren. Hasta la vista, Machos!"

Lausche meiner Stimme

Selbst alteingesessene Nachbarn vermochten sich nicht daran zu erinnern, dass Heiner Rogowski jemals einen Hauch guter Laune besaß.

Schon in Kindesalter galt er den meisten als befremdlich. In der Schule mieden ihn die Mitschüler. Niemand zeigte Interesse an einer Freundschaft. Die Lehrer ignorierten ihn und taten so, als existierte ein Schüler Rogowski gar nicht. Weder wurde er aufgefordert, sich zu einer Frage zu äußern, noch meldete er sich, um einen Beitrag zu leisten. Obwohl er am Unterricht nur passiv teilnahm, erhielt er regelmäßig ein tadelloses Zeugnis. Kein Zweifel: Heiner war überaus intelligent, wahrscheinlich sogar hochbegabt.

Bücher waren das Einzige, was er benötigte, um mit sich im Reinen zu sein. Er liebte Romane. In fremde Welten einzutauchen, genügte ihm. Auch seine Eltern begrüßten es, wenn er sich schweigend in sein Zimmer zurückzog, um stundenlang zu lesen. Zwar gingen sie ihrer Verantwortung als Erziehungsberechtigte pflichtgetreu nach, fremdelten aber zeitlebens mit ihrem Nachwuchs.

Heiner selbst litt nicht unter der Ablehnung seines Umfeldes. Im Gegenteil. Er war gern allein. Das Gefühl, einsam zu sein, war ihm fremd.

Seine Eltern starben, kaum dass er volljährig geworden war. Ein Zusammenprall mit einem entgegenkommenden LKW war für ihren sofortigen Tod verantwortlich. Ihr Wagen war ungebremst auf die Gegenspur geraten. Im Protokoll des Gutachters stand, dass wohl ein Sekundenschlaf die Tragödie verursacht hatte. Gemeinschaftlicher Suizid wurde ausgeschlossen. Nur Heiner wusste, dass die Annahme nicht stimmte. „Hört auf meine Stimme", waren die letzten Worte, die er zu ihnen gesagt hatte und sie gehorchten.

Die amtliche Lesart garantierte ihm den Bezug zweier großzügiger Versicherungspolicen, die zur familiären Absicherung schon Jahre zuvor abgeschlossen worden waren. Die beträchtlichen Summen ermöglichten ein unabhängiges und zurückgezogenes Leben. Uneingeschränkt konnte er sich seiner Liebe zu Büchern widmen.

Dass er ohne Zutun zu einem beachtlichen Reichtum gekommen war, wurde in der lokalen Presse ausführlich behandelt und fand sofort Neider. Einige buhlten um eine finanzielle Unterstützung, weil sie sich nicht auf der Sonnenseite des Lebens sahen und solidarische Hilfe anmahnten. Auch wenn Heiner wirtschaftlich gut dastand, andere teilhaben zu lassen, schloss er kategorisch aus. Nach einem kurzen Gespräch mit den Bittstellern unterblieben derartige Anfragen. Zum Erstaunen von Freunden und Kollegen begannen die Verfasser der Bettelbriefe sogar, sich plötzlich für das Gemeinwohl zu engagieren.

Betrüger versuchten gleichermaßen, einen Teil des Vermögens abzuschöpfen, indem sie angeblich lukrative Finanzpapiere zur Sicherung des Geerbten anboten. Auch sie schienen nach den Beratungsterminen geläutert zu sein und gingen schon kurze Zeit später anständigen Berufen nach.

Eine Mutter, deren Ehrgeiz darin bestand die geliebte Tochter lukrativ zu verkuppeln, wurde ebenfalls eines Besseren belehrt. Die attraktive junge Frau, die den lieben langen Tag mit Nichtstun verbringen konnte, erlebte eine ungeahnte Wandlung. Einen Monat genoss Heiner die freizügige Zweisamkeit. Zum Ersten des Folgemonats wünschte er der jungen Frau viel Erfolg in Afrika. Aus einem nicht nachvollziehbaren Grund und zum Entsetzen ihrer ambitionierten Mutter war es der Prinzessin plötzlich wichtig, in Lambarene dem Vorbild Albert Schweitzers zu folgen. Worte konnten Wunder bewirken.

Offensichtlich verfügte Heiner Rogowski über eine Fähigkeit, die, wenn nicht als Magie, so jedoch als Bedrohung wahrgenommen wurde. Alle im Ort waren sich einig: Man musste den Kerl loswerden. Zwei mutige Brüder, die gegen ein angemessenes Entgelt dem ungeliebten Mitbürger auflauern sollten, brachte eine Ambulanz ins Krankenhaus. Nach einem kurzen Gespräch mit ihm waren beide in Streit geraten und hatten sich wie zwei Preisboxer geprügelt, als ginge es um Leben und Tod.

Natürlich entging Heiner die Bemühungen der Gemeinde nicht, ihn loszuwerden. Der halbe Ort hatte sich zusammengetan und Geld für den Überfall gesammelt. Um weitere Versuche künftig zu verhindern, bedurfte es einer Lektion. Es war ein Leichtes für ihn, unter allen Beteiligten ein unbändiges gegenseitiges Begehren auszulösen. Wer mit wem warum fremdging, blieb ungeklärt. Keiner vermochte diese Fragen zu beantworten. Einige Paare versöhnten sich wieder, andere hielten es für überfällig, die Scheidung einzureichen. Niemand kam erneut auf die Idee, Heiner aufzulauern, geschweige denn, ihn zu verjagen. Seine Fähigkeit zur Hypnose, gar der Massenhypnose, sorgte künftig für den nötigen Respekt.

Mit den Jahren nutzte Heiner diese Gabe immer häufiger. Probleme ließen sich durch manipulierte Bewusstseinszustände vortrefflich persönlichen Bedürfnissen anpassen. Hypnose und Geiz ergänzten sich vorzüglich.

Die Nachbarn versorgten ihn nicht unbedingt freiwillig mit allem Nötigen. Er konnte die gewonnene Zeit mit den geliebten Romanen verbringen. Der örtliche Buchladen erfüllte widerspruchslos jeden Wunsch. Ein Anruf genügte und das gewünschte Exemplar wurde persönlich vorbeigebracht, das vorher gelieferte kostenfrei zurückgenommen.

Das ging so lange gut, bis der Inhaber altersbedingt verstarb und seine Enkelin den Laden übernahm. Die ambitionierte junge Frau änderte den Schwerpunkt auf Gesundheit, alternative Heilweisen und esoterische Werke. Nichts davon gehörte zu jener Lektüre, die Heiner konsumierte. Im Gegenteil, derartige Albernheiten nervten nur und regten ihn auf. Er bevorzugte feingeistige Literatur. Verärgert rief er im kleinen Buchladen an, um den bewährten Zustand wieder herzustellen und vor der Wiedereröffnung das Schlimmste zu verhindern. Ein inspirierendes Gespräch sollte genügen.

Statt der erwarteten Stimme meldete sich ein Anrufbeantworter. Schon nach den ersten Worten der Begrüßung löste sich Heiners Konzentration in Erstaunen auf.

„Ist dein Chakra ohne Saft, fehlt zum Lesen dir die Kraft." Eine Klangschale wurde angeschlagen und ein leiser werdender Ton wechselte zu einem anschwellenden Summen. „Schwächelt ein inneres Leuchten und dimmt nicht die astrale Wut, ist das nicht gut!" Erneut ein Dong der Klangschale.

Ob dabei Erd- oder Mondschwingungen nachempfunden wurden, war Heiner nicht klar, aber herzlich egal. Endlich war es ruhig. Mit sonorer Stimme begann er: „Rufen Sie mich zurück. Sobald Sie meine Worte hören, rufen Sie mich ..."

Erneut setzte das Summen ein. Der Spruch auf dem Anrufbeantworter war nicht zu Ende. „Das richtige Buch zur rechten Zeit richtet deinen Energiekanal auf die kosmische Ewigkeit. Doch wisse stets: Was der Kopf begehrt, muss das Herz ertragen. Ich bin für Sie da, Barbarella, die Buchhändlerin Ihres Vertrauens. Sprechen Sie nach dem Signalton." Es piepte kurz.

Heiner räusperte sich, dann versuchte er es erneut: „Rufen Sie mich zurück. Sobald Sie meine Stimme hören ..."

„Halli! Hallo! Hallöchen! Was kann ich für Sie tun?"

Heiner raunte: „Hören Sie auf meine Stimme. Lauschen Sie meinen Worten. Rufen Sie mich ..."

Die neue Besitzerin unterbrach ihn. „Ich bin doch da!"

Augenrollend setzte er wieder an: „Hören Sie mir gut zu, was ich Ihnen zu sagen habe. Hören Sie mir aufmerksam zu!"

„Unglaublich! Sie haben so eine schöne Stimme. Kann es sein, dass Sie früher das Wetter angesagt haben? *Am Nachmittag wechselnd bis stark bewölkt. Vom Südwesten in die Mitte ausgreifend zunehmend sonnige Abschnitte.* Ich liebe das Timbre Ihrer Stimme. Diese Klangfarben lassen mich innerlich sinnlich beben." Sie kicherte albern. „Die kleinen Freuden des Tages. Sie sind doch der Wetterfrosch aus dem Radio, oder?"

„Ich bin weder für das Wetter zuständig, noch habe ich mit irgendeinem Radiosender zu tun."

„Ich hätte wetten können ... Tun Sie mir trotzdem einen Gefallen? Können Sie mal *Cumulus-Wolke* oder *Azorenhoch* oder warten Sie: Noch schöner wäre *Isobarenlinie* sagen?"

Verzweifelt schüttelte Heiner den Kopf. „Sie verwechseln mich! Ich möchte lediglich, dass Sie Ihr Sortiment ändern." Mit ruhiger, sonorer Stimme formulierte er erneut sein Begehren: „Hören Sie auf die Worte. Alles um Sie verschwimmt zu einem undurchdringlichen Nebel. Folgen Sie meiner Stimme. Lassen Sie sich fallen. Folgen Sie ihr ..."

„Kann ich Sie zurückrufen? Gerade kommt eine Lieferung energetischer Steine. Das wäre echt lieb. Und Sie waren wirklich nicht beim Radio? Sie hatten immer so einen schönen lustigen Spruch am Ende der Sendung. Wie ging der doch gleich? *Sonnenschein im Gemüt, da macht die Seele tüt, tüt, tüt* oder so ähnlich."

Wütend legte Heiner Rogowski auf. Noch nie war es jemanden gelungen, sich der Kraft seiner Stimme und damit seinem Willen zu entziehen. Aber dieses unmögliche Subjekt hatte ihn wie einen Anfänger erscheinen lassen. Er würde persönlich vorbeischauen müssen. Wenn er weiterhin kostenlos in den Genuss der geliebten Bücher kommen wollte, musste er handeln.

Über dem Laden hing in leuchtenden Bonbon-Farben ein Schild: *Barbarellas Oase*. Darunter der Spruch: *Der nette Energieknoten in der Nachbarschaft!*

Kopfschüttelnd trat er ein. Fast hätte Heiner Rogowski auf dem Absatz wieder kehrtgemacht. Kristalle lagen zwischen oder auf den Büchern. Räucherwerk füllte Klangschalen, kitschige Figuren wechselten sich mit vermeintlichen Feng-Shui-Produkten ab. Von der Decke hingen Traumfänger in verschiedenen Größen. Eine Wolke undefinierbarer aromatischer Düfte hüllte ihn ein. Einen Augenblick lang weigerten sich beide Lungenflügel, ihn mit Sauerstoff zu versorgen. Als er wieder in der Lage war zu atmen, entdeckte er im hinteren Teil des vollgestellten Ladens eine Erscheinung, die ihn an seiner Wahrnehmung zweifeln ließ. Eine Frau, deren Körpermaße in Breite und Höhe gleich zu sein schienen, schwebte förmlich auf ihn zu. Ähnlich wie das grellbunte Schild über der Eingangstür war das murmelähnliche Wesen farbenprächtig gekleidet. Selbstgestricktes wechselte sich mit Patchwork-Elementen ab, die sowohl mit asiatischen, afrikanischen und inkaischen Verzierungen gemustert waren.

„Schön, dass Sie den Weg zu mir gefunden haben. Sie sind der erste Kunde. Was kann Barbarella für Sie tun?" Erwartungsfroh strahlte sie ihn an.

Bevor er antworten konnte, hob sie erschrocken die Hand.

Ihr Blick verharrte in der Mitte seines Körpers. „Ihr inneres Kind weint. Ich kann es spüren. Schlimmes muss ihm widerfahren sein. Sie Armer! Hören Sie es? Es schreit nach Versöhnung! Helfen Sie ihm! Helfen Sie ihm, dann helfen Sie sich!"

Um das Gesagte zu unterstreichen, strich sie mit der Hand über ein aus Bambus gefertigtes Windspiel. Ein Schauer von Tönen waberte durch den Laden.

„Ich bin nicht persönlich gekommen, um mit Ihnen über esoterischen Schnickschnack zu reden. Mein Besuch hat einen ernsten Grund: Ich möchte auch in Zukunft mit den Büchern versorgt werden, die ich als die Richtigen ansehe. Keine spirituellen Machwerke. Ihr Großvater hat das verstanden."

Verständnisvoll nickte Barbarella. Ein Lächeln nistete sich plötzlich um ihre Augen ein. Mit dem rechten wurstigen Zeigefinger deutete sie auf ihn. „Ich wusste es! Sie sind der Wetterfrosch aus dem Radio. Ihre Stimme hat Sie verraten. Mir können Sie nichts vormachen, mein Lieber."

Heiner Rogowski verdrehte die Augen. „Sie irren sich. Ich verlasse mein Haus nur, wenn es unabdingbar ist."

Enttäuscht verschränkte sie die Arme und schaute sich besorgt im Laden um. „Spüren Sie das? Irgendetwas stimmt hier nicht. Ein Störfeld, eine negative Energie, möglicherweise eine uralte, boshafte Anhaftung." Erneut schaute Barbarella ihn an und zog die Stirn kraus. „Ich hätte schwören können, dass Sie vom Rundfunk sind. Schade! Wirklich schade. Was kann ich denn für Sie tun?"

In der Hoffnung, endlich ihre ungeteilte Aufmerksamkeit zu haben, räusperte sich Heiner, schaute der Ladenbesitzerin tief in die Augen und versuchte, ihr Bewusstsein zu seinen Gunsten zu beeinflussen: „Schau mich an. Du bist ganz ruhig. Lausche meinen Worten. Nichts lenkt dich ab. Du tauchst tief ein. Wärme umgibt dich. Wohlige, guttuende Wärme. Ein Traum von Wärme. Der Traum eines Traums. Meine Wünsche sind deine Wünsche. Sobald du meine Stimme hörst, gehorchst du. Ab sofort lieferst du mir jedes Buch ..."

„Ich frage mich, ob die Regale falsch stehen? Vielleicht sollte ich noch mal ein Schälchen mit weißem Salbei verbrennen. Löst negative Energien auf. Hab ich allerdings schon dreimal ... Diese schreckliche innere Unruhe." Niedergeschlagen schaute sie sich um. Plötzlich gab sie einen kreischenden Ton von sich. „Ich hab's! Wie konnte ich das übersehen?"

Schnell trat sie dicht an Heiner heran und griff nach seinem Handgelenk. Er wollte sich ihr entziehen, doch hinter ihm versperrte ein vollgestopftes Regal den Fluchtweg. Verschwörerisch flüsterte Barbarella: „Unter uns muss eine unerkannte Wasserader sein. Die Reibung mit dem Sand ... Eisige Strahlung ... Das ist das

Problem. Alles Gute wird verwirbelt. Spüren Sie es? Kein Wunder, dass die Kunden ausbleiben."

Die Ladenbesitzerin ließ ihn wieder los und schaute sich aufgescheucht um. Sie kniete sich stöhnend nieder und legte ihre Hände auf den Boden. Fassungslos schüttelte Heiner den Kopf. Barbarella spreizte die Finger, drehte sie gegeneinander und gab ein anschwellendes Summen von sich. Ruckartig erhob sie sich. Ihr beachtliches Hinterteil donnerte gegen das Regal, welches augenblicklich zu schwanken begann.

Mit Hypnose war dieser Frau nicht beizukommen. In seiner Verzweiflung schaute Heiner in Richtung Himmel. Ein gusseiserner Kessel kippelte auf der höchsten Auflage. Ein Pentagramm zierte den Boden des wuchtigen Gefäßes. Offensichtlich ein Modell des beliebten Dreimondkessels, der für magische Rituale genutzt wurde. Schließlich verlor das mystische Kochgerät das Gleichgewicht und stürzte in die Tiefe.

Ein heller Ton, wie Turmglocken ihm eigen sind, verriet Barbarella, dass Außergewöhnliches geschehen sein musste. Das Störfeld war verschwunden, die negative Energie hatte sich verflüchtigt und nichts war mehr zu spüren von der boshaften Anhaftung vergangener Zeiten. Nur, dass ihr erster Kunde langgestreckt auf dem Boden lag, irritierte sie einen Augenblick.

Als Heiner wieder erwachte, lächelte er dem netten Energieknoten aus der Nachbarschaft freundlich zu. Allerdings hörte er zeitlebens nicht mehr auf damit. Ein irreversibles Gehirntrauma. Sein Bewegungs- und Sprachzentrum waren in Mitleidenschaft gezogen. Nur zuhören war ihm noch vergönnt.

Barbarella sah die Schuld an dem bedauerlichen Unfall mit dem gusseisernen Gefäß nicht bei sich, kümmerte sich aber trotzdem aus Dankbarkeit liebevoll um ihren ersten Kunden. Sie wusste, dass Heiner Bücher mochte. Und so oft es ihr möglich war, las sie daraus vor. *Seelenseufzen für Beginner. Mondknotensonaten. Gelassenheitsoptimierung durch energetisches Wurzelchakra.*

Jedes Mal, wenn Barbarella Heiner besuchte, begrüßte sie ihn mit der bewährten Formel: „Lausche meiner Stimme! Höre meine Worte! Alles wird gut! Man muss nur fest daran glauben!"

Gutes tun

Fast wäre Holger Bruns mit seinem Fallschirm in die Leitungen eines Hochspannungsmastes gesegelt, so sehr war er in Gedanken versunken, welches Geschenk für den Julklapp angemessen sei.

Am Morgen des jährlichen Abschlussspringens des Traditionsvereins *Freifall Freunde Fortschritt* hatte er sich überrumpeln lassen und trotz besseren Wissens ein Los aus einem Hut gezogen: Irmgard Göde-Teckelhof. Schlimmer ging es nicht. Augenblicklich erkannte er die Tragweite seines Fehlers. Beide waren seit Jahren im selben Verein und es ließ sich nicht immer vermeiden, dass sie im Flugzeug nebeneinandersaßen, um sich auf viertausend Meter bringen zu lassen. Problemlos vermochte sie in dieser Zeit, mehr als zehntausend Worte aneinanderzureihen.

Die engagierte Lehrerin, die mit Vehemenz für eine vorgeblich gleichberechtigte Sprache eintrat, ständig jeden verbesserte und regelmäßig mit Nachdruck verlangte, dass man korrigierte Worte dreimal wiederholte, war die geborene Nervensäge. Auch wenn keiner der Vereinsmitglieder es laut aussprach: Den Wunsch, ein Fallschirm würde den Dienst verweigern, die Nähte der Belastung nicht standhalten oder eine Reißleine sich dem wörtlichen Sinne nach verhalten, hatte jeder schon mehrfach gehabt. Der Verdacht lag nahe, dass er ausgetrickst worden war. Das änderte aber nichts an dem eigentlichen Problem.

Holger Bruns litt unter einer speziellen Form der Phobie, der Geschenkangst. Allein der Gedanke, etwas Passendes finden zu müssen, das sowohl eine persönliche Note besaß als auch auf individuelle Besonderheiten Rücksicht nahm, sorgte für Herzrasen, Atemnot und Schweißausbrüche. Seine verzweifelten Überlegungen, welches Geschenk für Frau Göde-Teckelhof angemessen wäre, hatte ihn beinah die Hochspannungsleitungen übersehen lassen.

Energisch hatte ihn die engagierte Grundschullehrerin vor den versammelten Springerfreunden mit erhobenem Zeigefinger ausgiebig belehrt, als wäre er ein Schulkind, das beim unaufmerksamen Überqueren der Straße erwischt worden war. Die anderen

Sportsfreunde hatten amüsiert gegrient, während er den Merksatz: *Augen auf beim Fallen, sonst wirst du auf die Fresse knallen*, dreimal wiederholen musste.

Nach einer gedankenschweren schlaflosen Nacht stellte Holger mit Bedauern fest, dass es so etwas wie ein Silentium-Spray, das Schweigen erzwang, nicht gab. Ihm schwebte ein erfrischendes Munddeodorant vor, das gleichzeitig die Zunge vorübergehend zu lähmen vermochte. Quasi eine chemische Keule, die für Ruhe sorgte. Ein passendes Geschenk, über das sich alle im Verein gefreut hätten. Modische Schweigebänder bot der Handel leider nicht an. Auf die Frage, was das sein soll, hatte er der Verkäuferin einer Mode-Boutique ernstlich erklärt: „Ich stelle mir eine Art spezielles Halsband vor, das sich jedes Mal, wenn die Trägerin zu reden beginnt, automatisch ein Stück zusammenzieht. Je mehr Worte, desto enger das Band. Ich suche etwas Praktisches, das auch hübsch aussieht."

Er wurde des Ladens verwiesen.

Ein Kissen mit den gestickten Worten *Schweigen ist Gold,* suchte er vergebens. Eine Tasse mit der Aufschrift *Pausenlos-Rede-Meister* stellte er zurück ins Regal. Der Titel war nicht gendergerecht.

Aus purer Verzweiflung entschied sich Holger dazu, den Julklapp zu schwänzen. Er meldete sich krank. Nur einen Tag später erhielt er ein Schreiben des Fallschirmspringervorstandes, in dem ihm mitgeteilt wurde, dass ein Julklapplos zeitlich unbefristet gelte. Nach Überzeugung des gesamten Vereinsvorstandes sei er mit der Ziehung des Loses einen Vertrag eingegangen. Krankheit entbinde nicht von der Pflicht und berechtige auch nicht zu einem Sonderkündigungsrecht.

Geschenke kaufen gehörte zu jenen Verpflichtungen, die Holger am meisten hasste. Ob Geburtstags-, Hochzeits- oder Weihnachtsgeschenke – dass Verschenken Freude bereite, hielt er für einen grandiosen Irrtum. Präsente dienten lediglich dazu, in Fettnäpfchen zu treten oder besser gesagt: sich darin zu wälzen. Holger Bruns hatte so seine Erfahrungen. Er verfügte nun mal über kein Talent, das Richtige zum passenden Anlass auszuwählen. Dazu kam, dass er pragmatischer Natur war, wenig

Einfühlungsvermögen besaß und einen gewissen Hang zum Geizigsein. Feierlichkeiten jeglicher Art waren ihm zuwider. Er schenkte nicht gerne und wollte auch nicht durch Überraschungen in Verlegenheit gebracht werden. Aufmerksamkeiten waren ihm ein Graus. Bekam er doch einmal eine Kleinigkeit überreicht, empfand er das als Nötigung. Schlimmer noch, es verpflichtete Gleiches mit Gleichem zu vergelten. Widerwillig bemühte er sich jedes Mal, lag aber regelmäßig daneben. Seine Geschenkangst gefährdete seine seelische Gesundheit. Er verfügte bedauerlicherweise über kein Talent, ein passendes Geschenk, das anderen ein Lächeln ins Gesicht zauberte, auszuwählen.

Vor Jahren hatte er seiner kleinen Schwester zur Hochzeit einen Gutschein für mehrere Beratungsgespräche bei einem Paartherapeuten überreicht, prophylaktisch quasi. Zum einen aus statistischen Gründen – immerhin wurde jede dritte Ehe nach zwei Jahren geschieden – und zum anderen aus persönlicher Überzeugung. Schon beim Betrachten der schwülstigen Einladung schwante ihm, dass das mit dieser Verbindung nichts Langanhaltendes sein würde. Die Vorstellung, sich ständig das Gejammer der Schwester über Beziehungsprobleme anhören zu müssen, hatte Holger von der Sinnhaftigkeit des Gutscheins überzeugt, zumal er beim Buchen von vier Stunden die fünfte gratis dazubekommen hatte.

Die Begeisterung des jungen Paares hielt sich in Grenzen. Ihr Frischvermählter empfand es geradewegs als geschmacklos und wies seine Angetraute unsensibel darauf hin, dass er auf ihrer Hochzeitsfeier gerne auf ihren beknackten Bruder verzichtet hätte. Mühsam gelang es beiden, ihren ersten Streit zu unterdrücken. *Alles richtig gemacht*, urteilte Holger zufrieden und eröffnete gedankenversunken das Büfett vorfristig.

Seiner Chefin schenkte er zum dreißigsten Betriebsjubiläum einen Bauchweggürtel und einen Ratgeber mit 101 Styling-Tipps für Vollschlanke. Den Bestseller hatte er in einer umfunktionierten Telefonzelle gefunden, in der Bücher getauscht oder entnommen werden konnten. Vom nächsten Tag an schob er zusätzliche Überstunden. Auch wunderte er sich über die Empfehlung der Styling-Tipps-Ignorantin, sich möglichst zeitnah einen anderen Job zu suchen. Offensichtlich hatte er wieder falschgelegen. Kritisch ging er mit sich ins Gericht und suchte den Fehler. Mode war nun wirklich nicht sein Fachgebiet. Ein Diätratgeber wäre wahrscheinlich angemessener gewesen. So richtig sicher war er sich nicht. Es gab nun mal Menschen, denen konnte man nichts recht machen.

Mit Grausen erinnerte er sich auch an einen heruntergekommenen Mitschüler aus der Schulzeit, dem er zufällig auf der Straße begegnet war. Heute sei sein Geburtstag. Zwar freundlich aber völlig unpassend bat ihn sein Ex-Klassenkamerad um eine kleine finanzielle Unterstützung. Geldgeschenke galten den meisten als zu unpersönlich. Holger erinnerte sich just in jenem Moment an diese Empfehlung. Deshalb entschied er spontan, seinem ehemaligen Banknachbarn und jetzigen Wohnungslosen die gerade in einer Zu-verschenken-Kiste gefundene Zeitschrift „Schöner Wohnen" zu überlassen. Da er an diesem Tag gutgelaunt war, gedachte er, den Jubilar sogar mit einem lustigen Ständchen zu erfreuen: *Obdachlos durch die Nacht, bis ein neuer Tag erwacht …* Daraufhin fing der ehemalige Mitschüler an zu weinen, rannte weg und vergaß sogar sein Geschenk. Vor Rührung, glaubte Holger, hielt es aber auch für denkbar, dass seine Gesangskunst auf sensible Gemüter verstörend wirkte.

Dass er grundsätzlich das Thema Schenken falsch anging, begriff er nach einem schrecklichen Unfall. Einer Nachbarin, deren Königspudel er ungeschickterweise auf dem Gewissen hatte, überreichte er als Entschuldigung ein Amulett mit dem letzten Foto ihres geliebten Hundes und einer Locke. Zugegeben, etwas zu stürmisch war er schon rückwärts in die Parklücke gefahren. Holger hatte sich gewundert über den komischen Buckel, den er überrollt hatte und dem zischenden Geräusch, das dabei entwich. Erst nach dem dritten Versuch kam er auf die Idee nachzuschauen. Zu spät, wie er konstatieren musste. Das letzte Bild des platten Hundes, das er geistesgegenwärtig mit dem Smartphone aufgenommen und mit Photoshop retuschiert hatte, schmückte die linke Seite des Amuletts. Ein Fundstück vom Flohmarkt. Trotz Abneigung hatte er sich überwunden, eine Locke vom Pudel beizulegen. Der Kringel passte vorzüglich auf die rechte Seite des Schmuckstücks. Eine persönliche Geste, um Trost zu spenden. Ein Ausstopfen des verformten Tieres war ja nicht mehr möglich. Kein Wort des Vorwurfs darüber, dass der blöde Köter ständig auf seinen Parkplatz gekackt hatte, kam über seine Lippen. Gute Nachbarschaft war Holger wichtig. Dennoch musste die alte Dame mit einem Krankenwagen abgeholt werden, weil sein Präsent ihr Herz aus dem Rhythmus gebracht hatte. Vielleicht hätte er die Zunge des Tieres auf dem Foto mit der Bildbearbeitungssoftware kürzen sollen, die – zugegeben – unnatürlich lang, wie ein Schlips, wirkte. Aber dazu fehlte es Holger an technischen Fertigkeiten. Außerdem hieß es doch immer: Es ist die Geste, die zählt.

Nach diesem tragischen Vorkommnis erkannte Holger, dass die Wahl seiner Gaben nicht jene Freude auslöste, die er erwartet hatte. Mit der Familie war er entzweit, Freunde gab es auch keine mehr, die Nachbarschaft hatte das Grüßen eingestellt und die Kollegen begegneten ihm täglich mit Verachtung.

Nach dem Julklapp-Desaster begann er, ernsthaft über seine Situation nachzudenken. Es galt, sich der Geschenkangst zu stellen. Ein Jahr blieb, bis die schwedisch angehauchte Weihnachtstradition ihren Tribut forderte.

Holger beschloss, die Fähigkeit, anderen Freude zu bereiten, zu erlernen. Der Ratgeber *Richtig schenken für Dummies,* welchen er aus dem ausgesonderten Bibliothekenfundus gegen ein kleines Entgelt mitgenommen hatte, schlug vor: *Schenken ist wie ein Date mit einem geliebten Menschen, der ultimative Flirt zwischenmenschlicher Kommunikation.* Lange dachte er über den Satz nach, scheiterte aber bei der Frage, wie Flirten und Schenken zusammenpassten. Abgesehen davon: Geliebte Menschen waren in seinem Umfeld nicht zu finden. Testpersonen mussten her. Er war sich sicher, mit Übung und Ausdauer ließe sich das Manko ausmerzen. Mit der Zeit würde er ein Feeling dafür entwickeln, wie man mit kleinen Präsenten Freundschaften erhalten und neue gewinnen konnte.

Monate später las Holger von einer Organisation, die es sich zur Aufgabe gemacht hatte, Sterbenskranken ihren letzten Wunsch zu erfüllen. Die Idee fand er inspirierend. Das ultimative Abschiedsgeschenk, vor dem letzten Atemzug. Für Holger der perfekte Personenkreis, um an den eigenen Unzulänglichkeiten zu arbeiten.

Schon das erste Ansinnen eines an Blutkrebs erkrankten, hoffnungslosen Falles, der einmal in seinem Leben das Gefühl grenzenloser Freiheit genießen wollte, konnte er erfüllen.

Der Tandemsprung fand am frühen Nachmittag an einem wunderschönen Oktobertag statt. Der Himmel war blau, die Sicht klar. Die Bäume waren mit den Farben des Herbstes geschmückt. Optimale Bedingungen für den letzten Wunsch. Auch wenn der Mann Mühe hatte, sich auf den Beinen zu halten, er lächelte überaus glücklich und drückte, so gut es ging, Holgers Hand.

„Sie sind mein Engel! Sie glauben nicht, was mir der heutige Tag bedeutet. Was für ein Geschenk! Das Leben bis zur letzten Sekunde genießen. Nur das zählt. Sie machen mich unendlich glücklich. Mit Worten kann ich gar nicht sagen, wie dankbar ich Ihnen bin."

Sobald sie in der Luft waren, juchzte der Mann vor Begeisterung. Die Mischung aus Nervenkitzel, Freiheit, Adrenalin und unbändigem Lebensmut ließen seinen Körper erschauern. Beide streckten die Arme aus. Holger wurde von der Freude angesteckt. Was für ein Hochgefühl! Über sein Gesicht huschte ein Lächeln. Noch nie war es ihm gelungen, einen Menschen mit einem Geschenk glücklich zu machen. *Das Leben bis zur letzten Sekunde genießen.* Die Geschenkangst war verflogen. *Ein Moment der Seligkeit*, dachte Holger und schloss die Augen.

Die Presse nannte es einen tragischen Unfall. Holger Bruns wurde des erweiterten Suizides bezichtigt. Psychologen vermuteten eine nicht erkannte Psychose.

Die Organisation, die es sich zur Aufgabe gemacht hatte, Menschen einen letzten Wunsch zu erfüllen, teilte bedauernd mit, dass die Uniklinik am Morgen gemeldet hatte, einen passenden Rückenmarkspender gefunden zu haben – die Chance auf eine vollständige Heilung. Die gute Nachricht wollte der Patient mit einem Sprung ins Leben feiern und nach der Landung seine Familie mit der Neuigkeit überraschen. Dass Holger kein glückliches Händchen mit Geschenken hatte, konnte der Mann ja nicht ahnen.

Die Mitglieder des Traditionsvereins *Freifall Freunde Fortschritt* waren zutiefst betroffen über den tragischen Verlust, zumal nun wieder offen war, wer beim nächsten Julklapp das Los für Irmgard Göde-Teckelhof zog.

Ein letztes Mal

„Ich war so aufgeregt. Drei Tage vorher hatte ich meinen neunzehnten Geburtstag gefeiert." Marina legte eine Kunstpause ein, seufzte und schob den Teller mit dem selbstgemachten Sushi über den Tisch. Sie wusste, dass ihre beste Freundin zu Gunkan Maki, Maguro oder Tamagoyaki nicht nein sagen konnte.

„Wie lange ist das her? Zwanzig Jahre?", erkundigte sich Tabea und legte geschickt mit den Stäbchen von jeder Sorte eins auf ihr Brettchen.

Einen Augenblick überlegte Marina, nickte dann und zog die Augenbrauen hoch. „Ich erinnere mich genau. Es war an einem Sonntagabend. Kerzenschein. Romantische Musik. Mein ganzer Körper zitterte. Obwohl ich seit Wochen diesem Moment entgegengefiebert habe und ihn bis ins kleinste Detail genießen wollte, fing ich an zu transpirieren. Dummerweise hatte ich die Heizung voll aufgedreht. Wie peinlich. Einen Moment lang glaubte ich sogar, zu müffeln. Stell dir das mal vor. Es ist dein erstes Mal und dann schwitzt du wie ein Schwein. Schwitzen Schweine eigentlich? Na egal. Jedenfalls hat das Deo völlig versagt. Von wegen *vierundzwanzig Stunden Wirkstoffdepot*. Zum Glück hat Bernhard davon nichts mitbekommen. Ich sehe heute noch seine Augen – wie er mich taxiert hat. Ungläubig. Fast schien es, als wolle er sogar lachen. Völlig unpassend in einer solchen Situation. Du denkst stundenlang darüber nach, was zieht man an, ist der Schmuck angemessen und das Make-up passend. Und dann grinst der Kerl dümmlich."

Neugierig betrachtete Tabea einen kunstvoll arrangierten Hitsuji Maki. Zu ihrer Freude entdeckte sie grünen Spargel und Ingwerstreifen. Mit einem Lächeln stibitze sie das kleine Kunstwerk und ließ es im Mund verschwinden.

Erst dann fragte sie: „Hat Bernhard irgendetwas gesagt?"

Marina seufzte theatralisch. „Nichts! Gar nichts. Er saß da, starrte und wartete. Typisch! Was für ein unsensibler Klotz. Wie immer hat er mir die Initiative überlassen. Passend für diesen Moment hatte ich mir extra ein paar Sätze zurechtgelegt und sie sogar vor dem Spiegel geübt. Auf keinen Fall wollte ich kühl oder sachlich klingen, geschweige denn theatralisch. Die Worte sollten eher lustvoll gehaucht, als wie eine schnöde Ankündigung über meine Lippen kommen. Und der Kerl? Kein Ton! Da gibst du dir Mühe, zahlst ein Vermögen beim Friseur, stehst eine kleine Ewigkeit vor dem Spiegel, lackierst die Nägel – und der Kerl bekommt kein Wort heraus."

„Wenn du dein Wasabi nicht magst, kann ich es haben?"

Tabea deutete auf die grüne Paste, die sich unangetastet auf Marinas Tellerrand befand.

„Selbstverständlich! Sojasoße ist aber alle."

Tabea winkte ab und überlegte laut: „Was Bernhard angeht, der Hellste war er wirklich nicht. Reich und dröge. Ziemlich anstrengende Kombination. Du hättest dir einen Kartoffelsack überstreifen können, dem Kerl wäre der Unterschied nicht aufgefallen."

Mit leidender Miene zuckte Marina entschuldigend mit den Schultern. „Es sollte einfach perfekt sein. Verstehst du? Es war mein erster Mann."

„Du Arme! So ein Ignorant. Und was hast du dann gemacht?"

Marina legte die Stäbchen neben den Teller, tippte mit der Serviette die Mundwinkel trocken und antwortete gespielt mit einer Kleinmädchenstimme: „Hab abgedrückt!"

Beide lachten.

„Herz oder Kopf?", erkundigte sich Tabea mit ernster Miene.

„Du nun wieder. Wahrscheinlich beides. Meine Hand zitterte. So eine Pistole ist schwer. Ich habe nicht mitgezählt."

„Und die Polizei? Was hat sie dazu gesagt?", fragte Tabea amüsiert und strich reichlich Wasabi auf ihren Hitsuji Maki. Sie mochte es scharf.

„Genau, wie du vorausgesagt hast, sind die Kriminalbeamten von einem Einbruch ausgegangen. Beschaffungskriminalität. Sie meinten, wahrscheinlich ein Drogensüchtiger. Möglicherweise sei der Täter überrascht worden und habe panisch reagiert. Gefunden haben sie weder die Waffe noch einen Verdächtigen. Dank dir hatte ich ein Alibi."

„Gern gemacht! Freundinnen halten immer zusammen."

Marina grinste. „Gläschen Champagner gefällig?"

Ihre beste Freundin nickte und gab ihrem „Unbedingt!" eine verschwörerische Note.

Erfreut stand Marina auf und verschwand in ihrer Küche.

Die Kühlschranktür wurde geöffnet. Das Klirren zweier Gläser war zu hören. Kurz darauf setzte sie sich wieder auf das Sofa, reichte Tabea ein Champagnerglas und zog die Beine hoch. Beide prosteten sich zu.

„Und dein erstes Mal, wie war das?"

Tabea schaute streng über das Glas, benetzte mit der Zunge die Oberlippe und antwortete emotionslos, als hätte sie bei einem Pokerturnier einen Royal Flush auf der Hand. „Das ist so lange her." Sie überlegte kurz, bevor sie weitersprach. „Kellertreppe, zweiunddreißig Betonstufen. Selbstredend war die Glühbirne durchgebrannt. Ferenc sollte eine Flasche Rotwein holen. Es war unser erster Hochzeitstag. Ich hatte mich extra sexy zurechtgemacht. Quasi ein Hauch von nichts. *Schnurrr!* Er, große Augen, hängende Zunge, Wortfindungsstörungen."

Fast hätte Marina den Champagner über dem Tisch verteilt, so sehr musste sie prusten. Die Beschreibung war aber auch zu komisch.

Tabea kicherte. „Ist doch erstaunlich: Egal wie alt die Kerle sind, ein bisschen erotischer Schmu und sämtliche Synapsen haben Kurzschluss."

„Unser Vorteil ist ihr Nachteil. Die Natur hat sich schon etwas dabei gedacht", fasste Marina zusammen. „Erzähl! Was ist dann passiert?"

Ohne das Glas abzusetzen, sprach Tabea gelangweilt weiter: „Sinnlicher Kuss, kleiner Schubs, ungläubiger Blick, verzweifeltes ins Leere greifen. Kurze Flugphase. Aufprall. Zweimal Kopf, einmal Genick. Klang fast wie eine Melodie. *Dong, Dong, Knack.* Ein bisschen wie diese Rockband Queen. *Dong, Dong, Knack. Dong, Dong, Knack.*" Beide brüllten vor Lachen.

„Deine Idee mit dem Stolperdraht war absolut genial." Anerkennend hob Tabea das Glas und prostete ihrer besten Freundin zu.

Nachdenklich stellte Marina plötzlich fest: „Ist dir aufgefallen, dass Köpfe unterschiedlich klingen? Der letzte Ton meines dritten Mannes – du weißt schon, Theo der Architekt, der den Blumentopf nicht vertragen hat – klang erstaunlich dumpf. Kein dezentes harmonisches Schwingen wie bei einer Glocke. Eigentlich war nur das klirrende Splittern von Terrakotta zu hören. Dann das Zusammensacken. Vielleicht lag es daran, dass er zu viel Speck angesetzt hatte. Nur ein kurzer Plopp, das war's." Bedauernd wackelte sie mit dem Kopf und trank den Rest ihres Champagners.

Verunsichert schaute Tabea Marina an. „Meinst du, ich habe den Topf beim Fallenlassen zu schräg gehalten? Möglicherweise ist er mit der Kante aufgeschlagen und weniger mit dem Boden. Oder er hat mit einem dieser albern verschnörkelten Henkel die Schädeldecke durchschlagen. Vierte Etage ist wirklich ganz schön hoch. Schwer zu zielen. Ich war froh, ihn überhaupt getroffen zu haben."

Amüsiert schüttelte Marina den Kopf. „Süße, mach dir keine Gedanken. Du hast alles richtig gemacht. Nicht der Ton, sondern das Ergebnis zählt. Von all meinen Ehemännern war sein Erbe am vorteilhaftesten. Danach konnte ich mich zur Ruhe setzen. Villa, Vermögen, das Leben genießen, niemand der dir sagt, was du zu tun oder zu lassen hast."

Verspielt ließ sie ihr leeres Champagnerglas hin und her wackeln. „Schmeckt nach mehr, oder?"

Schnell trank Tabea ihr Glas ebenfalls aus und wollte es Marina reichen. Die schlüpfte in ihre Hausschuhe, winkte ab und eilte Richtung Küche. „Ich hol die Flasche. Und du willst wirklich noch einmal heiraten?", rief sie im Hinausgehen ihrer Freundin zu.

„Das Leben ist nicht billig. Ich muss an meine Zukunft denken. Wenn alles funktioniert, bin ich alle Sorgen los. Nächste Woche heiraten wir auf Mauritius."

„Und wie heißt dein neues Projekt?"

„Manuel. Zehn Jahre älter, der absolute Computer-Nerd. Hat sein Vermögen mit Sicherheitstechnik gemacht."

„Klingt vielversprechend", erwiderte Marina, füllte ihre Gläser und ließ sich wieder aufs Sofa fallen.

„Schon, aber der Kerl ist verdammt eifersüchtig. Misstrauisch zu sein, ist wahrscheinlich eine Berufskrankheit in seiner Branche. Sieht überall Gespenster. Ist ein bisschen anstrengend."

„Nimm es als gutes Zeichen. Er ist verliebt. Tabea, was willst du mehr?"

„Drei Mal hat er nachgefragt, ob ich mich wirklich mit einer Freundin treffe. Selbst deinen Namen musste ich ihm verraten. Letzte Woche ist er mir heimlich gefolgt und hat kontrolliert, ob ich beim Shoppen bin. Hab mir zwar nichts anmerken lassen, aber unpassend fand ich das schon. Seine Kreditkarte hat mich wieder geerdet. Gold Card, ohne Limit!"

Verständnisvoll legte Marina ihre Hand auf Tabeas Arm. „Süße, ist ja nur vorübergehend. Unfälle passieren auch in den Flitterwochen. Im Indischen Ozean gibt's Haie, oder? Ich hätte auch einen Tipp, wie man es als Badeunfall aussehen lassen könnte ..."

„Du hilfst mir?"

„Wie immer. Ich lass doch meine beste Freundin nicht im Stich."

Beide lachten.

„Noch mehr von dem französischen Zeug und ich fang an zu tanzen", versprach Tabea gutgelaunt und wippte rhythmisch mit dem Oberkörper.

Das ließ sich Marina nicht zweimal sagen. Schnell schob sie ihr Glas auf die Tischplatte, sprang auf und tänzelte zum Sideboard. Gutgelaunt schaltete sie die Musikanlage an. Ein unangenehmes Schnarren war zu hören. Eindeutig eine elektrische Störung. Genervt verzog Marina das Gesicht und drehte am Knopf, um einen anderen Sender zu finden, aber die Interferenzen blieben. Verwundert schob sie die Handtasche ihrer besten Freundin zur Seite. Das schnarrende Geräusch wurde leiser. Ungläubig wiederholte sie den Versuch.

Tabea starrte entsetzt auf ihr sündhaft teures Designerstück. Im selben Moment begriff sie, dass ihr zukünftiger Mann ihr ein winziges Abhörgerät in die Gucci-Tasche geschmuggelt hatte.

Der Kaffee in der Hölle

Aron Brauner war überzeugt, ein brillanter Kriminal-Schriftsteller zu sein. Leider ignorierte die Kritik seine Werke und von den Lesern wurde er kaum beachtet. Das lag zum einen an der Struktur des Marktes – kleine Verlage wurden in Buchhandlungen selten platziert – und zum anderen an dem Überangebot von Kriminalliteratur. Jeder, der meinte, während seiner Schulzeit einen hübschen Aufsatz geschrieben zu haben, schien überzeugt, die Welt warte sehnsüchtig auf dessen mörderischen Ergüsse. Tat sie aber nicht.

Brauner glaubte fest an sich und war optimistisch, mit dem nächsten Roman den Durchbruch zu erzielen. Das Problem sah er darin, dass die schiere Menge an Kriminalromanen dem Leser den Blick auf wahrhaft gute Geschichten vernebelte. Las dennoch jemand ein Buch von ihm, war die Person durchaus angetan. Interessante Plots, spannende Themen, mit einem ausgesprochen glücklichen Händchen für ungewöhnliche Figuren, dazu ein moderner und erfrischender Schreibstil. Bedauerlicherweise lasen seine Werke fast nur Familienmitglieder, Freunde, Autoren-Kollegen oder Bekannte. Deren Meinung durfte er schon aus Prinzip nicht ernstnehmen. Vom Buchverkauf allein konnte er nicht leben und die wenigen Lesungen, die ihm angeboten wurden, waren selten gut besucht, geschweige denn angemessen bezahlt.

Um sein Dasein halbwegs erträglich zu machen, beschloss Brauner, sich ein weiteres Standbein zuzulegen. Workshops! *Jeder Mensch hat Talent*, suggerierte die einschlägige Werbung selbsternannter Schreibinstitute. *Schreib dein Buch! Schritt für Schritt zum Erfolg. Du schaffst das!* Selbst für hochgradig Untalentierte wäre so etwas literarisch Schlichtes wie ein Kriminalroman problemlos zu stemmen. Warum, dachte sich Brauner, sollte er dann nicht auch sein Wissen weitergeben.

Die Volkshochschule in seiner Nähe fand die Idee eines Krimi-Workshops, quasi die Vermittlung von Trivialschreibfähigkeiten, nicht sonderlich berauschend. Stattdessen bot sie ihm den Kurs *Schreib deine Biografie* an. Sie bräuchten dafür eine neue Leitung, denn der ursprüngliche Initiator Professor Dr. Jensen war bedauerlicherweise bei einem schrecklichen Unfall ums Leben gekommen. Lebensgeschichten zu dokumentieren, wäre der Trend der kommenden Jahre, denn jeder Mensch strebe danach, dass seine Einzigartigkeit die Zeiten überdauern möge. Mit einem Biografiekurs ließe sich garantiert Geld verdienen. Zwar zahlte die Volkshochschule nicht gut, aber die Aussicht, dass er regelmäßig Honorar bekam, überzeugte Aron Brauner.

Einen Monat später wurde der Workshop *Unvergessen bleiben* auf einer halben Seite des Volkshochschulführers vorgestellt. Es gab zwar ein paar Anfragen, aber niemand schrieb sich in den Kurs ein. Von wegen *Trend der nächsten Jahre*!

Drei Wochen später rief ein Mann an, der sich als Marco Engelborn vorstellte.

„Ich möchte Sie gerne buchen. Exklusiv! Es ist an der Zeit, meine Memoiren zu verfassen. Ich bin sicher, mit Ihrer Hilfe wird das Buch ein Bestseller. Geld spielt keine Rolle. Nennen Sie mir Ihren Preis. Es müsste nur zeitnah sein."

Derartige Anfragen hatte es bisher nicht gegeben. Statt einer Gruppe besserwisserischer Teilnehmer die Grundlagen des Schreibens zu vermitteln, müsste er nur eine Person coachen. Brauner war freudig erregt. Er musste nur herausfinden, ob er einen Festpreis oder lieber Stundenhonorar berechnen sollte.

„Wie viele Kapitel veranschlagen Sie für Ihre Lebenserinnerungen?", erkundigte er sich vorsichtig nach dem Umfang des Projektes.

„Voraussichtlich dreiundvierzig!"

„Sie wollen mehr als vierzig Jahre darstellen?"

„Nein! Es geht um Personen!"

„Verstehe. Sie bevorzugen keine stringent chronologische Reihenfolge, sondern eine von individuellen Einflüssen determinierte Modalität. Das Problem ist, eine Auswahl zu treffen. Es sollten inspirierende Persönlichkeiten bevorzugt werden, die Ihr Leben beeinflusst oder in eine andere Richtung gelenkt haben. Dreiundvierzig finde ich einen Tick zu umfassend."

Schweigen. Offensichtlich dachte Engelborn über den Einwand nach. „Ehrlich gesagt, ich habe die Anzahl schon reduziert ...", er zögerte, bevor er weitersprach, „aber vertrauen Sie mir, dreiundvierzig ist das Minimum, um die Vielschichtigkeit meines Lebens verstehen zu können."

Brauner atmete abwägend ein und aus. „Wenn Sie jeder Person fünf Seiten zugestehen, macht das ungefähr zweihundert. Gedenken Sie Fotos, Zeichnungen oder Ähnliches einzubringen?"

„Fotos sind vorhanden. Ich bin mir aber nicht sicher, ob die nicht eher verstörend wirken."

„Machen Sie sich da keine Gedanken. Glauben Sie mir, Biografien funktionieren durch die Mischung aus persönlich Erlebtem im Kontext mit historischem Kolorit. Bilder bereichern jedes biografische Vorhaben."

Wieder Ruhe am anderen Ende der Leitung. „Können wir vertrauensvoll miteinander sprechen? Mein Leben war und ist, ich umschreibe es mal mit *untypisch*, um nicht *delikat* zu sagen. Es wäre kontraproduktiv, wenn Details zu früh davon an die Öffentlichkeit dringen würden. Darauf muss ich mich hundertprozentig verlassen können. Kann ich das?"

„Sie haben mein Wort!", entgegnete Brauner ein wenig beleidigt. „Ihre Lebensgeschichte ist bei mir absolut sicher. Schweigepflicht, Quellenschutz, wie auch immer. Sie werden ja wohl keinen Menschen umgebracht haben?" Aron Brauner lachte freundlich, um das Eis zu brechen.

Am anderen Ende der Leitung erneutes Schweigen. Nur ein tiefes Durchatmen schien Erleichterung zu signalisieren. „Das liebe ich so an Ihren Büchern. Die Fähigkeit, Menschen zu durchschauen und das Unvorstellbare in Worte zu kleiden. Ich habe alle Ihre Romane gelesen. Sehr beeindruckend. Unter uns: Ich bin Ihr größter Fan. Bedauerlich, dass Ihnen nicht die Anerkennung zu Teil wird, die Sie zweifelsfrei verdienen. Schreiben Sie diese Biografie und die Aufmerksamkeit der Medien ist garantiert. Sie werden über Nacht berühmt. Wenn es jemand vermag, meine Intension angemessen zu verdeutlichen, dann Sie."

Diesmal war es an Brauner, sekundenlang zu schweigen. „Verstehe ich Sie richtig: Sie haben einen Menschen umgebracht?"

Ein albernes Kichern war zu hören. „Genau darum geht es in meiner Biografie. Ich will reinen Tisch machen, bevor ich abtrete. Wie gesagt, die Anzahl der Personen ist schon auf dreiundvierzig reduziert."

Einen Augenblick lang weigerte sich Brauners Gehirn, das Gesagte zu verarbeiten. „Das glaube ich nicht", stotterte er. „Sie wollen mir Ihre Morde beichten?"

„Schuldig im Sinne der Anklage. Ja, ich bin das, was man gemeinhin einen Mörder nennt. Besser gesagt: einen Serienmörder."

„Sie nehmen mich doch auf den Arm!"

Engelborn schien beleidigt zu sein oder in seiner Ehre gekränkt. Mit ernster Stimme sagte er: „Herr Brauner, nennen Sie mir einen Namen. Ein Familienmitglied, dem Sie überdrüssig sind, einen Nachbarn, der Sie nervt, von mir aus bestimmen Sie einen Kollegen der schreibenden Zunft, um dessen Erfolg Sie ihn beneiden. Oder einen nervigen Kritiker, der Ihnen nicht wohlgesonnen ist. Ich garantiere: Keine Woche später ist das Problem aus der Welt geschafft."

Brauner strich sich verwirrt durch die Haare. Nahm ihn einer seiner Kollegen auf den Arm? Wurde er gerader Opfer eines Radiosenders, dessen Programmhöhepunkt darin bestand, unbescholtene Mitbürger der lauschenden Zuhörerschaft vorzuführen? „Können Sie Referenzen nachweisen?", fragte Brauner ausweichend, um das Gespräch nicht abreißen zu lassen.

Wieder ein längeres Schweigen. „Erinnern Sie sich an den Tod des Gewerkschaftsführers Eugen Groß-Mockenstädt?"

„Meinen Sie jenen, der auf dem Dach des Hochhauses das Gleichgewicht verlor, strauchelte und siebzehn Etagen weiter unten von den Moniereisen des künftigen Parkhauses aufgespießt wurde?"

„Genau der! Nur er *wurde* gestrauchelt."

„Das kann ja jeder behaupten! Ich meine, ob das stimmt, vermag ich unmöglich zu prüfen. Das soll nicht heißen, dass Sie sich mit fremden Federn schmücken – aber verstehen Sie mich bitte: Strenggenommen ist das kein eindeutiger Beweis."

Mit leicht ungehaltenem Ton reagierte Engelborn: „Sie wollen etwas Gerichtsfestes? Gut! Nennen Sie mir eine Zahl zwischen eins und zehn."

Erstaunt über den Verlauf des Gespräches, sagte Brauner amüsiert: „Drei! Drei ist meine Lieblingszahl!"

„Sachbuch oder Belletristik?"

„Wie bitte?"

„Ich meine, bevorzugen Sie die Nummer drei der *Bestsellerliste Sachbuch* oder *Belletristik*? Sind beides Frauen. Ihre Entscheidung!"

„Ich soll eine meiner Kolleginnen auswählen? Das ist nicht Ihr Ernst!"

„Verstehe. Entscheidungen zu treffen, fällt Neulingen oft schwer. Einverstanden, dann übernehme ich das für Sie. Mir sind beide unbekannt und völlig egal. Ich nehme die Belletristin! Wie gesagt: fünf Tage. Ich melde mich."

Der Anruf war beendet. Die Leitung tot.

Einen Augenblick überlegte Brauner, ob es den Begriff der *Belletristin* überhaupt gibt und wenn ja, ob er sich dann einen *Belletrister* nennen durfte und ob seine Zunft künftig als *Belletristernde* bezeichnet werden musste. Doch in diesem Moment über sprachliche Abnormitäten nachzudenken, war unpassend. Schlagartig wurde Brauner klar, dass er, wenn nicht direkt, dann doch indirekt, einen Mord in Auftrag gegeben haben könnte. Erschrocken fragte er sich, wessen Leben wegen seiner Leichtfertigkeit binnen fünf Tagen enden würde. Und von welcher Liste sprach der Mann? Jedes bunte Blatt schmückte sich mit einer Bestsellerliste. Dazu die Unzähligen im Internet. Hardcover, Paperback oder E-Book?

Selbstverständlich musste er das Vorhaben verhindern. Als Marco Engelborn hatte sich der Anrufer vorgestellt. Weder die Auskunft konnte Brauner weiterhelfen, noch fand er einen Hinweis im Netz. Offensichtlich war der Name erfunden.

Seine Recherche förderte drei erfolgreiche Kolleginnen zutage. Zwei von ihnen kannte er persönlich und er gestand sich ein, dass er nicht nur ihre Bücher abscheulich fand. Gehypte Allerweltsliteratur mit Herzschmerz. Schmonzetten-Niveau. Die Dritte vermochte zwar zu schreiben, aber Brauner erinnerte sich daran, dass sie ihm beim Casting eines Privatsenders den Auftrag, ein Drehbuch für einen TV-Krimi zu liefern, weggeschnappt hatte. Weiblicher Charme, jugendliche Erscheinung und beeindruckende Argumente in einer zu klein gewählten Bluse hatten den Produzenten überzeugt. *Passt nicht ins Konzept*, stand auf Brauners abgelehntem Skript.

„Du machst dir unnötig Gedanken!", redete er sich beruhigend zu, zerknüllte die ausgedruckten Bestsellerlisten und warf sie kopfschüttelnd in den Papierkorb.

Fünf Tage später klingelte sein Telefon. Kaum hatte er den Hörer abgenommen, wurde er von einem Schwall begeisterter Worte empfangen.

„Heute schon Zeitung gelesen? Ich habe mir erlaubt, ein Exemplar vor Ihre Haustür zu legen."

Brauner erkannte die Stimme. Zweifelsfrei Marco Engelborn. Die Hoffnung, der erste Anruf sei ein dummer Scherz gewesen, verflüchtigte sich in diesem Moment. Ungläubig erhob er sich, öffnete die Wohnungstür und starrte auf die reißerische Schlagzeile: *Bestsellerautorin wird Sternenstaub!*

Welch eine makabere Formulierung angesichts ihres plötzlichen Todes und dem Titel ihres letzten Werks. Eine gewaltige Gasexplosion hatte die Hoffnung des deutschen Buchhandels in winzige Bestandteile zerlegt und gleichzeitig der Position 3 der meistverkauften Bücher des Monats gehuldigt: *Mein Platz am Firmament*.

In dem Wälzer ging es um die Liebesgeschichte eines verstoßenen Sohnes einer ehrwürdigen Familie des Sultanats Brunei. Heimlich hatte der Jüngling mit den schönen schwarzen Augen, feinen aristokratischen Gesichtszügen und dem goldbraunen, durchtrainierten Körper aus Bandar Seri Begawan fliehen müssen. Sein Traum, Bauchtänzer zu werden, wurde von der herrschaftlichen Familie als ehrverletzend betrachtet. Eine dramatische Flucht des Hüftvirtuosen durch lebensfeindliche Wüsten, bedrückende Städte und über endlose Meere folgte. Kaum in Deutschland angekommen, verliebte sich der unglückliche Prinz in den ehemaligen Sohn und jetzige selbsternannte Tochter eines berühmten Bundesligatrainers einer nicht näher genannten bayerischen Mannschaft. Ein dramatisch romantisches Multikulti-Epos. Modern, divers, authentisch. Auf der Rückseite des Buches stand in fetter Schrift: *Taschentücher in ausreichender Anzahl bereithalten!*

„Glauben Sie mir jetzt?", klang es aus dem Telefonhörer. „Ich gebe zu, nicht die intelligenteste Arbeit, wenn auch nicht meine schlechteste. Als Referenz sollte es ausreichen, oder?"

„Sie haben die Kollegin einfach so in die Luft gejagt?"

„Eine winzige Manipulation der Gastherme in Verbindung mit Lachgas. Distickstoffmonoxid, wie es fachlich heißt, beschleunigt den Bums beträchtlich." Der Mann lachte albern. „Aron, ich darf dich doch Aron nennen, schreibst du jetzt meine Biografie?"

Brauner legte vorsichtig die Zeitung auf den Tisch und setzte sich auf seinen Stuhl. Ungeschickt öffnete er den obersten Knopf seines Hemdes. „Ehrlich gesagt bin ich mir nicht so sicher, ob das eine gute Idee ist. Rechtlich gesehen befinde ich mich auf dünnem Eis. Immerhin erlange ich Täterwissen. Bei schweren Verbrechen ist man verpflichtet, Anzeige zu erstatten."

„Was ist mit der versprochenen Schweigepflicht? Fällt das nicht unter Quellenschutz? Ich meine das Zeugnisverweigerungsrecht für Medienschaffende."

„Mord – oder in Ihrem Fall dreiundvierzigfacher Mord ... ich glaube kaum, dass ich mit Verständnis bei der Staatsanwaltschaft rechnen kann."

„Zu dumm!" Marco Engelborn überlegte einen Augenblick. „Aron, eine Entführung könnte das Problem lösen. Ich habe einen geräumigen, schalldichten Keller. Hat mir über die Jahre gute Dienste erwiesen. Die Wände haben etwas Patina angesetzt, dafür ist der Raum aber überaus authentisch. Manche meiner Opfer habe ich dort Monate beherbergt. Du könntest in deren persönlichen Sachen herumstöbern oder Filmaufnahmen studieren. Für Kriminal-Schriftsteller ist Authentizität doch mega inspirierend. Die Räumlichkeit ist derzeit frei."

„Ich weiß nicht, was ich dazu sagen soll!", druckste Brauner herum.

„Abends könnten wir gemütlich ein Glas Wein trinken. Du wirst mit allem versorgt, was du dir wünschst. Ich berichte in chronologischer Reihenfolge. Du machst dir Notizen und kannst jederzeit nachfragen. Glaub mir, es gibt so viele witzige Anekdoten. Ich erinnere mich zum Beispiel daran, wie ich in Köln dem amtierenden Karnevalsprinzen als Gevatter Tod aufgelauert habe und seinen Kopf mit einer Sense ..."

„Hören Sie auf! Das ist ja furchtbar."

„Prinz Frank-Bastian der Erste. Ein schrecklicher Mitbürger, eine alberne Lachwurst, der ständig in Reimen redete. Nicht zu ertragen. Ich habe einen Vorschlag: Leg ihm ein paar letzte Worte in den Mund. So etwas in der Art wie: *Rollt der Kopf dir vor die Füße, spart das kommende Festtagsgrüße. Helau!*"

Angewidert betrachtete Aron Brauner den Hörer.

„Oder die Sache mit dem Thermomix. Versuch mal im Hochsommer, einen einhundertdreißig Kilogramm schweren Baumsachverständigen zu verarbeiten. Gar nicht so leicht. Und ich bin im Besitz *zweier* Mixtöpfe. Zum Glück habe ich ausgesprochen hilfreiche Beziehungen zu einer exklusiven Hundepension. Stadthunde sind überaus verwöhnt. Mal verlangt es sie nach Hackbraten mit Innereien, dann muss es Geschnetzeltes mit Gemüse sein und am folgenden Tag erwarten die Viecher Hundekekse mit Leberwurstfüllung."

„Bitte ersparen Sie mir die Details", flehte Brauner mit erstickender Stimme. „Ich bin dafür garantiert nicht der Richtige. Ich kann Ihnen beim Schreiben der Biografie unmöglich helfen."

„Du bist doch Krimiautor! Nichts Unmenschliches sollte dir fremd sein."

„Selbstverständlich, aber ich bringe nur Fantasien zu Papier."

„In deinem letzten Roman hast du auf den ersten zehn Seiten sieben Opfer untergebracht. Ein Blutrausch, sprachlich genial umgesetzt. Ein Feuerwerk skrupelloser Boshaftigkeit. Allein wie du die Brutalität von Seite zu Seite gesteigert hast, ist unerreicht. Wer, wenn nicht du, kann mich verstehen? Du musst mein Leben niederschreiben! Ich bestehe darauf!"

„Ich kann das nicht!"

Schweigen am anderen Ende der Leitung. Nur ein bedauerliches Atmen war zu hören. „Aron, ist das dein letztes Wort?"

„Ich bin wahrhaftig kein Spezialist für Biografien. Auf diesem Gebiet sind andere garantiert besser."

„Hat dein Vorgänger an der Volkshochschule auch gesagt. Ich gebe zu, du warst nicht wirklich erste Wahl."

„Mein Vorgänger?"

„Professor Dr. Jensen. Die Idee, einen Biografiekurs anzubieten, stammte von ihm. Leider war er wenig einsichtig. Ich musste ihn auf dem Weg zur Polizei von der Straße drängen. War ursprünglich nur als Warnung gedacht. Dass er mit seinem Motorroller frontal in den Mähdrescher gefahren ist, war nicht meine Absicht."

„Ins Schneidwerk?"

„Bitte Aron, lass dir meinen Vorschlag eine Nacht durch den Kopf gehen. Der Morgen ist schlauer als der Abend. Wäge in

Ruhe die Vorteile für deine Karriere ab. Vertrau mir. Schlagartig wirst du berühmt und dank des Buches werden dreiundvierzig unaufgeklärte Morde gelöst werden. Medial wird das wie eine Bombe einschlagen. Wir sehen uns morgen zum Frühstück. Frische Brötchen bringe ich mit. Dann kannst du mir die Entscheidung persönlich mitteilen. Und bitte, komm nicht auf die alberne Idee, die Polizei anzurufen. Ich kann hören und sehen, was du machst. Entschuldige, ich war so frei, deine Wohnung zu begutachten und habe einige winzige technische Hilfsmittel hinterlassen. In diesem Geschäft wird man mit den Jahren ein bisschen schizophren. Mein Gefühl sagt mir aber: Es wird eine fantastische Zusammenarbeit."

Ohne ein weiteres Wort zu sagen, beendete Marco Engelborn das Gespräch. Besorgt schaute sich Brauner um und starrte auf die Zeitung. Über Nacht berühmt werden? Bestseller-Autor? Gutdotierte Verträge? Warum nicht? Wie heißt es so schön: Der Kaffee in der Hölle ist der beste.

Zu viel Nähe

Wenn es etwas gab, was Henrik massiv aufregte, dann waren es Mitmenschen, die ihm zu dicht auf die Pelle rückten. Körperliche Nähe war ihm unangenehm. Distanzlosigkeit empfand er als Unart. Schon als Kind litt Henrik unter dem Bedürfnis wildfremder Personen, ihn zu knuddeln, durch seine lustigen, widerborstigen Haare zu streichen oder ihn wie einen Teddy hochzuheben und albern zu schütteln. „Na, wo ist denn der Kleine? Du bist ja ein Süßer! Ein richtiger Prinz. Am liebsten würde ich dich …"

Es war das Trauma seiner Kindheit. Sein Aussehen verdankte er einer Laune der Gene, die bestimmt hatten, dass *klein und niedlich* evolutionär gesehen vorteilhaft für ihn wären. Kleinwüchsigkeit – oder Mikrosomie – war nicht der Grund. Seine Proportionen stimmten, er glich nur einer linear geschrumpften Version eines Menschen.

Warum es Mitbürger gab, die bei einem Gespräch eine Zungenlänge Abstand als angemessen empfanden, war Henrik schon immer ein Rätsel. Noch schlimmer als zu wenig Distanz waren für ihn Berührungen, die ohne ausdrückliche Genehmigung erfolgten. Schulterklopfen, Umarmen, Rücken streicheln, Hand zu lange festhalten, Begrüßungs- und Abschiedsküsschen … Vertraulichkeit war ihm ein Gräuel.

Als er am Sonnabendmorgen seinen Wochenendeinkauf erledigen wollte, kam es zur Katastrophe. Er war in seinem bevorzugten Bio-Laden, um den Bedarf an gesunden Lebensmitteln für die kommenden Tage abzudecken. Bei der Überlegung, ob er lieber Pfirsiche oder Bergpfirsiche nehmen sollte, wurde er von einem Urschrei der Wiedersehensfreude aus seinen Gedanken gerissen.

Ursel hatte ihn erkannt. Die wuchtige ehemalige Kollegin, die ihre Glücksgefühle immer durch exzessives Umarmen zum Ausdruck brachte, rollte unaufhaltsam auf ihn zu.

Mit Ursel hatte er sich jahrelang ein Büro im Bürgeramt teilen müssen. Sie thronte ihm gegenüber, zeichnete sich durch ein ausgeprägtes Mitteilungsbedürfnis und einer kolossalen Fehleinschätzung ihrer weiblichen Ausstrahlung aus. Selbstbewusst stand sie zu jedem Kilo ihres beachtlichen Körpers und da sie norddeutsche Wurzeln hatte, bezeichneten sie die meisten im Amt hinter vorgehaltener Hand als *Kaventsfrau*. Ursel liebte es, ihre Kollegen herzlich und mit vollem Körpereinsatz zu begrüßen. Ihr Auftreten besaß eine vergleichbare Wirkung wie die der geheimnisumwobenen Monsterwellen: Ihren enormen Anprallkräften war nichts entgegenzusetzen, Flucht aussichtslos, die Angst zu ersticken inklusive.

Henrik hatte zwar nicht nur ihretwegen um eine Versetzung gebeten, aber sie war der wesentliche Grund seines Antrags gewesen. Das lag drei Jahre zurück. Die ehemalige Kollegin war zwischenzeitlich noch voluminöser geworden. Sie trug ein Kleid mit tiefem Ausschnitt und allein der Blick auf die wogende, üppige Weiblichkeit empfand Henrik als Bedrohung.

Es kam, wie es kommen musste. Sie brandete vor dem erstarrten, ehemaligen Kollegen, umschlang ihn und drückte seinen Kopf fest an – oder präziser gesagt: zwischen ihre Brüste.

Henrik erlitt umgehend eine Panikattacke. Schreckensstarr ließ er die Pfirsiche fallen, die daraufhin schnell ein paar Meter aus der Gefahrenzone rollten. Zweifelsfrei war er von der Situation überfordert und angesichts der Urgewalt chancenlos. Ein Blackout, wie er später seinem Rechtsanwalt versuchte zu erklären, löste die Affekthandlung aus.

Verzweifelt winkelte er die Arme dicht vor seinem Körper an, presste die Hände gegen die beiden Kaventsdinger, spannte die Muskeln an und stieß im Stile eines Kung-Fu Meisters den übermächtigen Gegner von sich. Offensichtlich steckte ausreichend Energie in der Abwehrgeste, sodass Ursel nicht nur ungläubig das Gesicht verzog, sondern einen unbeholfenen Schritt rückwärts tat.

Wenn beschleunigte Masse auf eine sorgsam aufeinandergestapelte Dosen-Pyramide trifft, gibt es einen klaren Verlierer: das italienische Tomaten-Bio-Pesto. Ein ohrenbetäubendes Krachen folgte. Hunderte von Konserven verloren das Gleichgewicht und stürzten zu Boden. Einige rollten hinterhältig in Richtung Ursula, die unbeholfen versuchte, ihnen auszuweichen, was ihr Bemühen einen sicheren Stand zu gewinnen, konterkarierte. Die Neunzig-Grad-Drehung verlieh der Haltung ihres Körpers zwar eine elegante Note, die Fallrichtung war jedoch eher unglücklich. Ihr Aufprall wurde von einer Palette Bio-Eier Größe L abgefedert, was selbigen nicht guttat.

Mit einer Hand versuchte Ursel, noch an der Obstablage Halt zu finden, was nicht gelang. Stattdessen rollte eine perfekt geformte Wassermelone wie von einem Bowlingprofi aufgesetzt den Gang entlang und beschrieb einen eleganten Bogen, bevor das grüne Monstrum im Regal *Pfälzer Weine* das unterste Fach vollständig abräumte.

„Strike!", rief begeistert einer der Kunden – eindeutig ein Bowlingfan – und klatschte anerkennend in die Hände. Im selben Moment öffnete sich die Doppeltür zum Lager und ein Hubwagen voller Kisten mit Smoothie wurde äußerst schwungvoll in den Verkaufsbereich gefahren. Dummerweise trat der ihn lenkende Auszubildende auf einen der Pfirsiche und legte ungewollt einen beachtlichen Spagat hin. Nun führerlos schlitterte das Transportgerät auf den zerschlagenen Bio-Eier-Matsch direkt auf Ursula zu und wurde erst von ihrem Kopf gebremst.

„Der Kerl hat sie geschubst!", schrie aufgebracht eine Frau, die in vorderster Front feministischer Kämpfe gestählt worden war, und deutete auf Henrik.

Fassungslos starrte dieser auf das Ergebnis seines Befreiungsversuches.

Der Filialleiter besaß einen heißen Draht zur Polizei, denn kurz darauf stürmten zwei Beamte den Laden. Keine Sekunde zu spät. Aufgebrachte Kunden des Bio-Centers hielten Henrik fest umschlungen, der verzweifelt angesichts des übermäßigen Körperkontakts um sich schlug. Andere machten Fotos und Filmaufnahmen von der Situation und dem zerstörten Laden. Eine Veganerin hockte sich vor die ermordeten Eier und betete für die Seelen der Unausgebrüteten.

Totschlag in minderschwerem Fall, entschied das Gericht. Dennoch bekam Henrik fünf Jahre Gefängnis. Zusätzlich wurde angeordnet, dass er während seines Strafvollzuges einen Anti-Aggressions-Kurs besuchen musste.

Zum ersten Mal steht Henrik nun in der Vollzugsanstalt in einem Kreis von Männern mit ähnlichem Fehlverhalten. Ziel der Therapie ist es, sich zu öffnen, Nähe zuzulassen, Vertrauen zu gewinnen. Aggressionsabbau durch Kuscheln.

Ernst dreinblickende Sträflinge halten sich an den Händen. Das tägliche Begrüßungsritual. Anschließend umarmen sie sich für ein paar Sekunden. Der Häftling neben Henrik ist ein Meter neunzig groß mit gestählten Muskeln und beeindruckend tätowiert.

Liebevoll legt der Hüne seine behaarten Hände auf die Schultern des kleinen Mannes neben sich und lächelte freundlich. „Ich hatte mal einen Zellengenossen, der war genauso niedlich wie du. Spatz! Sein Spitzname war Spatz. Den Kleinen mochte ich sehr gern. Wir hatten wunderbare Jahre miteinander. Das Sensibelchen hat sich leider das Leben genommen. Keine Ahnung, warum. Du erinnerst mich an ihn. Wie lange, sagtest du, musst du deine Strafe absitzen?"

Das Fotoshooting

Beziehungsprotokoll 01

Es sind die kleinen Dinge, die das Leben bereichern. Alltagsgespräche zum Beispiel. Sie sind wichtig zur Beziehungserhaltung und zweifelsfrei wirken sie positiv auf das gegenseitige Verständnis. Toleranz und Einfühlungsvermögen, Vertrauen und Respekt sind die Wurzeln, die der Liebe eine lange Lebensdauer garantieren. Einander Freiräume zu gewähren, sind der emotionale Dünger, der jene Nährstoffe zuführt, die einander zugeneigte Herzen prachtvoll reifen lassen.

Beate und Jochen Friedländer wissen das und arbeiten täglich hart daran, dieses Ideal zu leben. Während Beate sich Neuem gegenüber offen und ohne Scheu zeigt, gibt es bei Jochen noch erhebliche Defizite, wie das nachfolgende Gesprächsprotokoll eindrucksvoll dokumentiert.

Es war Sonntagnachmittag. Das Ehepaar Friedländer saß zufrieden am Küchentisch und genoss den von Beate gebackenen Apfelstrudel. Jochen goss frischen Kaffee nach und stellte die doppelwandige, eiserne Filterkaffeekanne zurück auf den Untersetzer. Zweifelnd nahm er Beates Geburtstagsgutschein in die Hand und betrachtete ihn skeptisch. Ein Gemeinschaftsgeschenk ihrer besten Freundinnen zu ihrem fünfzigsten Geburtstag.

Jochen: „Bist du dir sicher? Ich meine, wenn du dich vollständig entblößt, um dich nackig im Wald fotografieren zu lassen, hast du da keine Bedenken?"

Beate: „Schatz, vor was soll ich denn Angst haben. Das ist ein privates Gelände. Wir sind zu zehnt und die Fotografin."

Jochen: „Mücken zu Beispiel. Du hasst doch Mücken."

Beate: „Wir sprühen uns mit Mückenschutz ein."

Jochen: „Gegenseitig?"

Beate: „Ist doch egal."

Jochen: „Klingt überaus romantisch. Zehn selbsternannte Nymphen hüpfen händchenhaltend im Kreis herum und duften nach *Autan* oder *Anti Brumm*."

Beate: „Das werden künstlerisch arrangierte Fotos. Es geht darum, allen am Nymphen-Fotoshooting Teilnehmenden ein unvergessliches Erlebnis zu ermöglichen. Eins mit der Natur. Die Ursprünglichkeit auf der Haut spüren."

Jochen: „Verstehe! Du und deine Freundinnen rekeln sich sinnlich im Wald?"

Beate: „Niemand rekelt sich. Schon gar nicht sinnlich. Jedenfalls nicht so, wie du das denkst. Wir nehmen natürliche Posen ein."

Jochen: „Auf dem Waldboden? Nackig! Moos am Allerwertesten. Dicke Waldameisen im Haar. Und wenn du Pech hast, klebt eine Nacktschnecke an deinem Rücken."

Beate: „Wir stellen das reine Weibliche dar. Mutter Natur quasi."

Jochen: „Und während ihr archaisch vor euch hinpost, werdet ihr fotografiert."

Beate: „Warum denn nicht? Es hilft einem, etwas über sich selbst zu erfahren. Wer bin ich? Wohin geht die Reise? Neue Horizonte entdecken. Loslassen können. Sich fallenlassen. Vertrauen erleben. Den Moment der Stille empfangen, der die Wahrheit offenbart. Das ist gelebte Sinnlichkeit, du Knochen."

Jochen: „Einen Tag später hast du dann wieder Rücken."

Beate: „Hab ich nicht. Danach ist man tiefenentspannt."

Jochen: „Und wie lange geht das Fotoshooting?"

Beate: „Ungefähr fünf Stunden."

Jochen: „Zehn nackte Frauen spielen Nymphen, strecken sich im Unterholz aus und warten geschlagene fünf Stunden … Auf was eigentlich? Zecken?"

Beate: „Was Mücken abhält, hilft auch gegen diese Blutsauger. Außerdem sind es neun Frauen und ein Mann."

Jochen: „Ach! Und was stellt der dar? Ein Einhorn?"

Beate: „Du bist unmöglich. Er ist Kunststudent. Dem geht es um Wahrhaftigkeit und Inspiration."

Jochen: „Ernsthaft? Ein Mann? Student! Sensibel und einfühlsam. Allein mit neun nackigen Wonneproppen, die eine neue Sinnlichkeit in der Natur erfahren wollen. Jede ist gewillt, sich hoffnungsvoll fallenzulassen, um ihren Horizont zu erweitern.

Und dem Einhorn geht es selbstverständlich nur um Wahrhaftigkeit. Na, das nenne ich Inspiration pur."

Beate: „Schatz, würdest du dich nicht über ein paar schöne Aktfotos von mir freuen?"

An dieser Stelle reagierte Jochen den Bruchteil einer Sekunde zu spät. Statt deutliches Interesse zu zeigen, zögerte er. Als er sich seines Fehlers bewusst wurde, nickte er energisch. Der Moment war bereits verstrichen. Entrüstet stand sie auf.

Beate: „Manchmal habe ich noch ganz andere archaische Bedürfnisse."

Jochen: „Ach ja? Was denn?"

Beate: „Jetzt zum Beispiel könnte ich dir mit der blöden eisernen Kaffeekanne den Schädel einschlagen."

Wandern hilft

Rudolf Gepard war der Einzige, der sich Notizen über die Erläuterungen des Stadtführers machte. Die anderen Teilnehmer lauschten nur aufmerksam den mörderischen Details. Rudolfs Frau Amelia stand mit verschränkten Armen neben ihm, stöhnte genervt und verdrehte abfällig die Augen. Sie nutzte jede Gelegenheit, ihre Ablehnung allen, insbesondere ihren Mann, spüren zu lassen. Historische Tatorte zu besuchen, sich die Feinheiten eines Verbrechens anzuhören und sich an den schrecklichen Bluttaten zu ergötzen, empfand sie als primitiv und voyeuristisch. Wer wann wen warum und wie umgebracht hatte, interessierte sie nicht.

Der Stadtführer bestand darauf, dass ihn alle mit Benno ansprachen. Er war fest davon überzeugt, dass das Konzept eines schaurig schönen Spaziergangs jeden Teilnehmer begeisterte. Benno war um die fünfzig, ähnelte mit seinem prächtigen Bart einem in die Jahre gekommenen lateinamerikanischen, marxistischen Freiheitskämpfer und hörte sich selbst gerne reden. Seine Stimme hatte einen akzentfreien, tiefen Bariton. Mit Ehrfurcht lauschten ihm die Zuhörer. Routiniert und mit einem ironischen Unterton informierte er über die Besonderheiten der einzelnen Stationen.

Der nächste Halt war eine unscheinbare Kreuzung. Bildungsbeflissen formte sich ein Halbkreis um den Stadtführer. Mit verschmitztem Blick schaute Benno über seine Brille und deutete mit der linken Hand nach oben.

„In den Blumenkästen, vierte Etage rechts, fanden die ermittelnden Beamten im Winter 1967 die Überreste des Vermissten. Die ehemalige Fleischereifachangestellte hatte ihren Liebhaber Alfred S. mit ihrem Arbeitswerkzeug fachgerecht …"

Amelia wollte Derartiges nicht hören. Wütend betrachtete sie ihren Mann, der jede Aussage ordentlich dokumentierte und zuweilen ein Ausrufe- oder Fragezeichen hinter das Geschriebene setzte.

So hatte sie sich ihren gemeinsamen Lebensabend nicht vorgestellt. Sie war verärgert, weil ihr Mann ihr in die Hand versprochen hatte, vom ersten Tag seines Ruhestandes an alles zu unterlassen, was mit seiner ehemaligen Tätigkeit als Kriminalhauptkommissar in Verbindung stand. Das Versprechen hatte keinen Monat gehalten. Rudolfs Vorschlag, an der Stadtwanderung teilzunehmen, hatte sie als das durchschaut, was es war: der Versuch, sich mit ungelösten Kriminalfällen zu beschäftigen. „Schatz! Glaub mir, mich interessiert nur die Geschichte unserer Heimat in all ihren Facetten", hatte er behauptet und sich die geplante Strecke auf der Karte angesehen. Amelia glaubte ihm kein Wort. Vierzig Ehejahre genügten, um die Grenzen der Wahrheit zu kennen.

Wütend trottete sie der Gruppe hinterher, die am Rande einer Brücke stehenblieb. Alle schauten über die Brüstung.
„Hier, an dieser Stelle, hoffte der passionierte Angler Horst B. im Spätsommer 1985 den schon mehrfach gesichteten Riesenwels, der respektvoll Wilhelm der IV. genannt wurde, endlich am Angelhaken zu haben. Statt des kaiserlichen Prachtexemplars zog er die nicht weniger voluminöse Leiche der vermissten, international renommierten Opernsängerin Klara Hozinjak aus der Tiefe. Die Diva war mit einer Harfensaite erdrosselt …"
Ein Raunen ging durch die Zuhörergruppe, noch bevor Benno den Satz beenden konnte. Amelia schüttelte sich angewidert und setzte sich auf einen der Straßenpoller. Könnten Blicke töten, Rudolf würde kopfüber ins Wasser stürzen und als Fischfutter für Welse und andere glitschigen Flussbewohner dienen.

Von Anfang an war ihr Mann nicht nur mit ihr, sondern auch mit seiner Arbeit in der Mordkommission verheiratet gewesen. Eifersucht hatte nichts gebracht und ihre Vorwürfe führten nur zu zermürbenden Beziehungskrisen. *„Du hast gewusst, welchem Beruf ich nachgehe, also beschwere dich nicht."*
Selbst ihre Mutter hatte nur verständnislos mit den Schultern gezuckt, als sie, kaum dass ihre Hochzeit drei Monate zurücklag, sich über seine Uneinsichtigkeit beschwerte. *„Du wolltest ihn, jetzt hast du ihn. Dein Mann, dein Problem!"*
Schließlich hatte sich Amelia damit abgefunden und die Umstände all die Jahre geduldig ertragen. Mit Dingen, die man

nicht ändern kann, muss man sich abfinden. Dass es Rudolf aber nach all den Dienstjahren nicht lassen konnte, sich weiterhin mit ungelösten Verbrechen zu beschäftigen, sorgte seit Wochen für erhebliche Verstimmungen.

Der nächste Halt war in einer alten Bauhaussiedlung. Architektonisch gleiche, wenn auch schöne und funktionale Backsteinbauten prägen die Gegend. Vor jedem Grundstück gab es einen kleinen Garten, der liebevoll gestaltet war. Interessiert betrachtete Amelia die bunten Blumenrabatten und schlenderte langsam zu der Gruppe, die leicht aufgeregt zu sein schien.

Benno war in seinem Element. Fast flüsternd erwähnte er schreckliche Ungeheuerlichkeiten. „Warum Jasper C. die abgesägten Füße seiner Opfer feinsäuberlich in Glasbehältern mit Formalin aufbewahrte, konnte nie geklärt werden. Von den achtzehn sichergestellten Körperteilen ließen sich sieben ermordeten Prostituierten nach einer umfassenden Exhumierung zuordnen. Unter großer Anteilnahme der Öffentlichkeit wurden die Füße im Herbst 1929 gemeinsam mit den Damen des horizontalen Gewerbes, quasi in ihrer Arbeitsposition, erneut beerdigt."

Die meisten Zuhörer lachten. Manche etwas angewidert. Andere ungläubig. Eine Frau hielt sich erschrocken die Hände vor den Mund und suchte entsetzt das Weite. Rudolf schaute ihr kurz hinterher und ergänzte seine Notizen.

„Gemeinsam täglich etwas Schönes unternehmen", war Amelias Motto, seit beide den Lebensabend genossen. Ginge es nach ihr, könnten sie mehrmals die Woche durch Stadt und Land marschieren. Wandern gehörte zu jenen Aktivitäten, die Amelia liebte. Stadt und Land aktiv zu erleben, machte sie glücklich. Rudolf hatte ihren Tatendrang als Bedrohung wahrgenommen und energisch Protest eingelegt. Angeblich gebe es keinen Mann, der so oft mit seiner Frau spazieren ginge wie er. Amelias Versuch, ihm den Unterschied zwischen *Wandern* und *Spazierengehen* zu erklären, führte nur dazu, dass er die Hand hob, um zu verkünden: „Maximal drei Wanderungen im Quartal und höchstens zwei Spaziergänge die Woche, wobei Überschneidungen gegeneinander aufgerechnet werden. Mehr Sinnlos-durch-die-Gegend-latschen wäre Nötigung. Paragraf 240 Strafgesetzbuch."

Das Leben besteht aus Kompromissen. Auch wenn Amelia es niemals zugegeben hätte: Das Ergebnis ihrer langwierigen, stoischen Überzeugungsarbeit war besser gewesen, als sie ursprünglich erwartet hatte. Ein schlechtes Gewissen war fördernd, um andere, ihr am Herzen liegende Projekte voranzutreiben. Das gemeinsame Besuchen von Fitnesskursen zum Beispiel oder *Tango und Salsa lernen für Anfänger*.

Neben dem Programm der Volkshochschule und dem Stadtführer-Katalog für Touristen bekam Amelia auch regelmäßig Angebote von privat organisierten Wanderfreunden, die gegen kleines Geld thematische Rundgänge anboten. Bei den meisten Strecken, die Amelia auswählte, handelte es sich um Drei- bis Vierstunden-Touren mit architektonischen Höhepunkten, zu historisch wertvollen Stätten oder von Berühmtheiten geadelten Orten. Überwiegend trafen sich eine überschaubare Anzahl von Interessierten, die sich für eloquente Vorträge begeisterten, zumeist Frauen mittleren und gehobenen Alters.

Die Tatort-Route hingegen war auch bei Touristen begehrt und oft schon Wochen im Voraus ausgebucht. Amelia hatte diese Tour aber ganz bewusst nie in Betracht gezogen oder ihrem Mann gegenüber erwähnt. Es war ihrer Unachtsamkeit geschuldet, dass Rudolf das Angebot auf einem der Newsletter entdeckte, die sie regelmäßig bekam. Um ihn zum Wandern zu motivieren, hatte sie ihm die Ausdrucke auf seinen Nachttisch gelegt, mit der Bitte, er möge eine Tour nach seinem Geschmack heraussuchen. Bewegung sei wichtig und gut für beide. Wütend hatte er die Vorschläge überflogen und sich für *Dem Verbrechen auf der Spur* entschieden. Ihre Proteste halfen nichts.

Zehn Orte – oder genauer gesagt: Tatorte waren bei der Stadtführung gleichmäßig über neun Kilometer Fußmarsch verteilt. Im Flyer hieß es:

Gönnen Sie sich einen Vormittag menschlicher Abgründe. Seit Kain seinen Bruder Abel erschlagen hat, sind Gottes Kinder von Mord fasziniert. Selbstredend verurteilen sie die schreckliche Tat, fragen verzweifelt: ‚Warum?' Sie verlangen nach der Bestrafung des Schuldigen.

Dennoch zieht uns Menschen das Kapitalverbrechen in den Bann. Ist es Wissbegierde oder Lust am schaurig Morbiden? Finden Sie es heraus! Orte des Schreckens warten auf Sie!

„Es ist eine Binsenweisheit, aber auch Mörder sind schaulustige Menschen", bemerkte Benno, blieb stehen und zog etwas aus seiner Aktentasche. „Nicht selten kehren sie an den Ort ihres Verbrechens zurück." Er hielt gut sichtbar ein Foto hoch. „Dumbo, alias Paul T., der Spielplatzmörder, der seinen Spitznamen einer gewissen Ähnlichkeit mit der fliegenden Zeichentrickfigur verdankte, wurde verhaftet, als er einen Teddybären an jene Stelle setzte, an dem er sein letztes Opfer abgelegt hatte. Der Fachbegriff für ein derartiges Verhalten ist *Tatortbesuch* oder *Täter-Rückkehr*. Nicht selten sind selbst die skrupellosesten Mörder in ihre Arbeit verliebt. Besonders dreist war Jack Unterweger, der sich als Reporter ausgab. Aus purer Neugier interviewte er polizeiliche Ermittler 1991 zu den Frauenmorden, die er selbst begangen hatte."

Benno steckte das Foto wieder in seine Aktentasche. „Werte Interessierte am schaurig Morbiden: Dies war nun unsere drittletzte Station. Drei, zwei, eins … Schluss mit Schuss. Lassen Sie uns weiterziehen."

Amelia hörte nur mit einem Ohr zu. *Drei, zwei, eins …* Mit den Jahren hatte Amelia verstanden, dass die maximale Anzahl von Argumenten, für die das männliche Kleinhirn zugänglich war, bei drei lag. Mehr Informationen verarbeiteten die Synapsen nicht gleichzeitig oder reagierten mit Trotz und Ablehnung auf die Überlastung. Beim Hemdenkauf zum Beispiel. Ein viertes brauchte sie Rudolf gar nicht in die Umkleidekabine zu reichen. Eine Anprobe lehnte er strikt ab. Entweder er probierte es gar nicht erst an oder behauptete ernsthaft, einer der drei Vorgänger würde passen und ihm echt toll gefallen. Lange Zeit war sie dieser Taktik auf den Leim gegangen, bis ihr auffiel, dass die angeblich perfekt sitzenden Hemden den Kleiderschrank nie wieder verlassen hatten. Drei war die magische Zahl. Ob Kleidungsstücke oder Argumente, alles darüber hinaus war verschwendete Energie.

Die Gruppe hielt vor einem unscheinbaren, sanierten Gründerzeitbau. „Vor zwei Jahren wurde die Studentin Gerda G. hier nachts von einem Unbekannten ermordet. Der sogenannte *Kopfkissenmörder*, wie die Presse ihn despektierlich bezeichnete, hatte zum dritten Mal zugeschlagen. Zugang hatte er sich, wie bei den anderen Opfern, ebenfalls Studentinnen, über ein angeklapptes Fenster verschafft. In den beiden Fällen zuvor erstickte er die jeweilige Frau mit einem Daunenkissen und arrangierte die Leiche anschließend zu einem kleinen Kunstwerk. Er legte den Körper vorsichtig auf das Bett, durchstöberte den Kleiderschrank, zog sie elegant an und schminkte ihr Gesicht auf einzigartige Weise. Neben ihrem Kopf legte er eine langstielige rote Rose. Offensichtlich ein Zeichen des Respekts und der Bewunderung. Nur bei Gerda G. gelang ihm das nicht. Es kam zu einem Kampf. Ein Trinkglas ging zu Bruch und panisch durchtrennte er mit einer Scherbe die Halsschlagader der jungen Studentin. Sie verblutete", Benno machte eine Kunstpause und strich sich seinen Bart glatt. „Er zog auch ihr ein Abendkleid an und trug schillerndes Make-up auf. Und auch hier verriet die Rose neben ihrem Kopf, dass es der geheimnisvolle, heimliche Bewunderer war."

Schweigend gingen die Tatortfreunde weiter. Sie hingen ihren Gedanken nach. Rudolf überflog noch einmal das Geschriebene. Auch wenn er zu jenen zählte, die es als Unhöflichkeit betrachteten, bei Kultur- oder ähnlich gelagerten Veranstaltungen ein Smartphone zu nutzen – diesmal hielt er sich nicht an das selbstauferlegte Verbot. Schnell tippte er ein paar Zeilen. Amelias Blick ließ ihn deutlich spüren, was sie darüber dachte. Entschuldigend zuckte er mit den Schultern, was ihn aber nicht davon abhielt, die Nachricht zu beenden.

Amelia blickte auf die Uhr. Was für eine Mördertour! Sie waren endlich an ihrer letzten Station angekommen. Erleichtert lauschte sie Bennos Ausführungen, der mit Begeisterung vor einem unscheinbaren Hauseingang stand.

„Nur wenige Meter von hier entfernt kam es zum Showdown der konkurrierenden Banden. Der in seiner Ehre gekränkte Murat A. zog eine unter dem Mantel versteckte Pumpgun heraus und schoss ohne Ankündigung aus nur zwei Metern Entfernung auf den Kopf des Widersachers. Blut, Knochensplitter und

Hirnmasse verteilten sich auf der Frontscheibe des dort parkenden Transporters. In diesem Fluchtwagen schaltete reflexartig der Bruder des Hingerichteten den Scheibenwischer ein, drehte das Lenkrad bis zum Anschlag, würgte aber vor lauter Aufregung beim Anfahren den Wagen ab. Kurz darauf verteilte sich auch sein Hirn ..."

Allgemeines Aufstöhnen. Ein Ehepaar bekreuzigte sich. Stoßseufzer der Ablehnung entschlüpften den Lippen. *Nein! Unfassbar! Schrecklich! Oh Gott! Wie kaltblütig.*

„Und mit dieser äußerst blutigen Tat möchte ich unsere gemeinsame Stadtwanderung beenden."

Es gab Applaus. Alle bedankten sich artig. Einzelne gaben Trinkgeld und erkundigten sich nach weiteren Angeboten.

Rudolf steckte zufrieden sein Notizbuch ein. Ein Lächeln huschte über sein Gesicht, als ein Polizeiwagen am Straßenrand hielt. Zwei Polizisten traten auf Benno zu, der sie verblüfft anschaute.

„Sie sind wegen Mordes an Gerda G. und zwei weiteren Frauen vorläufig festgenommen", erklärte der eine Beamte, während der andere die Handschellen anlegte. Ein Raunen ging durch die Gruppe der Wanderfreunde. Ratlos verfolgten sie, wie der bärtige Stadtführer in den Polizeiwagen verfrachtet wurde. Beim Einsteigen nickte der Ältere der Beamten Rudolf respektvoll zu.

Amelia trat neben ihren Mann und schaute ihn prüfend an. „Bist du dafür verantwortlich?"

Entschuldigend zuckte er mit den Schultern. „Der einzige Fall, den ich nicht lösen konnte. Sein Täterwissen hat ihn verraten. Dass es sich um langstielige rote Rosen gehandelt hat, die neben den Köpfen lagen, wurde der Öffentlichkeit nie bekannt gegeben. Bei seinem letzten Opfer gab es tatsächlich einen Kampf auf Leben und Tod. Zweifelsfrei hat die junge Frau das Glas zerbrochen. Aber die Scherbe, mit der sie ermordet wurde, war absolut sauber. Kein Blut, keine Fingerabdrücke, nichts. Der Mörder hatte nach seiner Tat die Tatwaffe gereinigt. Aber das ergab keinen Sinn, da wir von den vorherigen Morden wussten, dass er immer Handschuhe trug. Die Frage, die ich nie beantworten konnte, war, warum er das Blut abgewaschen hatte. Als Benno von dem verzweifelten Kampf der Gerda G. berichtete, strich er sich unbewusst mehrmals über das Kinn. Und da wurde mir klar, dass unter dem Karl-Marx-Erinnerungsbart eine verräterische Narbe versteckt sein musste. Offensichtlich hat die junge Frau ihn mit dieser Scherbe verletzt, bevor er sie ihr entreißen konnte, um ihr damit die Halsschlagader zu durchtrennen. Sein Blut auf der Tatwaffe hätte verraten, dass auch er verwundet worden war. Pech für Benno, dass ich an der Tatort-Wanderung teilgenommen habe. Ein Lehrbeispiel für das Phänomen der Täter-Rückkehr."

Mit Bewunderung und einem gewissen Stolz betrachtete Amelia ihren Mann. „War das dein letzter ungelöster Fall?"

Rudolf nickte. „Alle meine Akten sind geschlossen."

Zufrieden und ausgesöhnt hakte sie sich ein.

Der pensionierte Kriminalkommissar legte seinen Arm um ihre Schulter. „Schatz, was hältst du davon, wenn wir nächste Woche die Gegend rund um den Wannsee und die seines kleinen Bruders erkunden? Schöne Landschaft, großartige Villen, historisches Kolorit."

Sie strahlte. „Ein fantastischer Vorschlag", antwortete Amelia und ging in Gedanken die Sehenswürdigkeiten durch. Liebermann Villa, das alte Strandbad, die Glienicker Brücke, die Villa der Wannseekonferenz. Definitiv eine geschichtsträchtige Gegend, die zu erkunden sich lohnte.

„Hat nicht Heinrich von Kleist am Ufer des Kleinen Wannsees gemeinsam mit einer fremden Frau Selbstmord begangen?", überlegte sie laut. „Mir ist so, als hätte der Dichter zuerst sie erschossen und anschließend sich?"

Misstrauisch blieb sie abrupt stehen und schaute ihren Mann an.

Ein Lächeln huschte über Rudolfs Gesicht, bevor er antwortete: „So steht es zumindest in den Akten. Sicher waren sich die Beamten aber nicht."

Nichts ist umsonst

Es war nur ein Moment der Unsicherheit, den Wolfgang Kleibert verspürte – immerhin war er unbemerkt Zeuge eines Mordes geworden. Sollte er die Polizei rufen? Dann flüsterte eine innere Stimme: *Schweigen hat auch so seine Vorteile.*

Einen Augenblick lang war er überrascht gewesen, Leo wiederzusehen, hatte Frida ihn doch vor drei Wochen unmissverständlich der Wohnung verwiesen. Der Kerl war fremdgegangen, nicht das erste Mal, aber diesmal hatte sie ihn erwischt.
    Für ihre Ruhe und Selbstbeherrschung konnte Wolfgang sie nur bewundern. Kein wütendes Ausrasten, nicht ansatzweise eine theatralische Szene, nur ein energischer Fingerzeig Richtung Tür. Selbstverständlich hatte der Idiot geglaubt, sein Schicksal abwenden zu können. Leos flehende Geste war unbeachtet geblieben. Zwar hatte Wolfgang nicht verstehen können, was der Kerl von sich gab, aber zweifelsfrei war es dümmliches Gestammel gewesen. *Schatz, es war nicht das, wonach es aussah.* Oder: *Du weißt doch, ohne Brille sehe ich nicht so gut.* Denkbar auch der Satz: *Keine Ahnung, wie die Frau in das Bett kam.* Begeistert entschied sich Wolfgang für die Ausrede: *Ich kam vom Duschen, stolperte und fiel völlig unverschuldet in deine beste Freundin.*
    Er hatte seine Eingebung in das Heft notiert, das stets neben ihm auf dem kleinen Tisch lag. Was immer der Idiot gesagt hatte, Frida ließ sich nicht erweichen. Kurz darauf schlug die Tür hinter dem treulosen Duschunfall zu. Erst danach brach sie zusammen, setzte sich in die Küche, heulte hemmungslos und ertränkte ihren Schmerz oder Frust mit einer Flasche Wodka. Gerne hätte Wolfgang sie getröstet, aber das war unmöglich. Die restliche Nacht verbrachte die junge Frau in ihren Sachen auf dem Sofa.
    Am nächsten Morgen hatte sie die Bettwäsche abgezogen, nicht um sie zu waschen, sondern um sie in die Mülltonne zu werfen. Das musste Wolfgang ihr lassen: Konsequent war sie.
    Heute der überraschende Epilog. Aufmerksam überflog er seine Notizen.

23:17 Uhr. Leo mit Rosen vor der Tür. Frida lässt ihn herein. Erleichterung und Freude. Das täuscht sie nur vor.
22:23 Uhr. Versöhnungswein, freundlicher Wortwechsel, zaghafte Annäherungsberührungen.
22:27 Uhr. Leo kämpft mit Müdigkeit. Kopf sackt immer wieder ruckartig nach vorn. Wein zweifelsfrei mit einem Betäubungsmittel versetzt.
22:39 Uhr. Frida legt eine Plastikplane aus. Zieht Leo unsanft auf den Boden. Keine Reaktion!
22:41 Uhr. Unterstes Schubfach, Küchenkommode. Entnimmt einen HAMMER!!! 3x, energisch mit der spitzen Seite.

Mit dieser Wendung hatte Wolfgang nicht gerechnet. Seit einem Jahr wohnte Frida im gegenüberliegenden Haus. Er hatte sich gefreut, als sie direkt gegenüber im zweiten Stock einzog.

Im Notizbuch für seine Beobachtungen notierte er:
Die Schöne: Chemiestudentin, geschätzt fünfundzwanzig Jahre alt.

Ein Schwarm junger Männer hatte eifrig geholfen, die Möbel und Umzugskisten hochzutragen. Zu jedem war sie herzlich gewesen, aber keinen von denen hatte er zu einem späteren Zeitpunkt wiedergesehen.

Zu seiner Freude verzichtete sie auf Vorhänge. Ungehindert durfte er in ihr Wohnzimmer und in die Küche schauen. Ließ sie die Türen im Flur offen, war sogar ein Blick auf die Schränke im Schlafzimmer möglich. Ihr Bett, das sie aus Bequemlichkeit oder Zeitnot nur aufdeckte, sah er manchmal halb im Spiegel. Zuweilen konnte er beobachten, wie sie Kleidung auf ihre Tauglichkeit prüfte und sich Zeit mit der Entscheidung ließ. Ihre Bemühungen, das Passende zu finden, amüsierten ihn, trug sie doch mit stoischer Ausdauer immer nur zerschlissene Jeans und ausgewaschene T-Shirts. Je nach Wetterlage wählte sie die erforderliche Jacke. Drei hatte er vermerkt. *Minimalistisch* stand sorgfältig unterstrichen am Rande der Notiz.

Alles an dieser jungen Frau faszinierte ihn. Ihre Unbekümmertheit. Ihre wilde, unbändige Art, die Selbstverständlichkeit, mit der sie das Leben genoss. Das war auch der Grund, warum Wolfgang eines Morgens entschied, seine Wohnung zu verlassen, um den Namen der Unbekannten herauszufinden.

Ein Brief einer Telekommunikationsfirma, den sie achtlos einem Pappkarton für unnütze Werbung überlassen hatte, verriet ihren vollständigen Namen: Frida Sommer.

Insgesamt gab es zwölf Wohnungen, in die er hineinschauen konnte. Ein wenig erinnerte ihn das an einen Adventskalender. Nur statt Türchen gab es Fenster, deren Geheimnisse ihn täglich überraschten.

Im Grunde genommen war es ihm peinlich. Er wusste, dass es sich nicht gehörte, andere heimlich zu beobachten. Innerlich sprach Wolfgang sich von dem Vorwurf frei, ein Spanner zu sein. Es war eine Sucht, geschützt aus dem Dunkel seines Zimmers in die beleuchteten Wohnungen fremder Menschen zu schauen. Das war eine *echte* Realityshow, keine am Schreibtisch konzipierte. Das tatsächliche Leben.

Oft war es nicht einmal sonderlich aufregend, was er zu sehen bekam. Gelebter Alltag. Kinder tobten durch die Zimmer. Kühlschränke wurden aufgefüllt. Teppiche gesaugt. Fenster geputzt. Die meisten verlebten den Abend vor dem Fernseher. Neue Mieter zogen ein. Andere packten Umzugskartons. Ein Wohnzimmer wurde tapeziert. Jeden Sonntagabend saß ein verbitterter Rentner an einem Telefon. Das Gespräch dauerte nie länger als zwei Minuten. Es waren ernste Worte, die ausgetauscht wurden. Möglicherweise jedes Mal dieselben. Gerne beobachtete Wolfgang das Pärchen, deren Parterrewohnung einer Reptilienhandlung glich. Große und kleine Terrarien wechselten sich ab, in denen Schlangen, Leguane und Schildkröten gehalten wurden. Über dem Hauseingang lebte ein junger korpulenter Mann, der die meiste Zeit vor seinem Computer verbrachte, sich durch virtuelle apokalyptische Welten kämpfte und ständig Fastfood in sich hineinstopfte. Die Wohnung glich einer Müllhalde. Zuweilen stritten Ehepaare. Mit etwas Glück konnte er beobachten, wie sie sich wieder versöhnten.

Seit Fridas Einzug hatte er das Interesse an den anderen Mietern verloren. Die Neugier war einer Besessenheit gewichen, über die er selbst staunte. Wann immer es ihm möglich war, beobachtete er die Chemiestudentin. Er konnte nicht anders. Sucht ist eine Krankheit.

Es war ihm ein Rätsel, wie Frida die Leiche loswerden wollte. Er hielt sie zwar für zäh und dass sie Dienstag, Donnerstag und Sonnabend ein Fitnesscenter besuchte, verriet ihre Sporttasche.

Dennoch: Leo war gute 1,80 Meter groß und durfte an die achtzig Kilo wiegen.

Dreimal hatte sie mit dem Hammer zugeschlagen. Keine Chance, es wie einen Unfall aussehen zu lassen. Neben der Spüle stand ein Messerblock. Damaszener Stahl. Definitiv hochwertige Klingen. Leo lag auf einer Plane. Ließ sich ein Mensch mit Küchenmessern tranchieren? Wolfgang amüsierte sich über seine Wortwahl, verwarf aber die Möglichkeit. Es war eine handelsübliche Plastikfolie, zu klein und eher für Tapezierarbeiten geeignet. Ein durchschnittlicher Mensch verfügte über fünf bis sechs Liter Blut.

Im Bad steht eine Wanne, überlegte Wolfgang und umkreiste das Wort in seinen Notizen. Er konnte zwar nicht sehen, wenn Frida ein Bad nahm, aber es gehörte zu ihrem Wohlfühlprogramm, sich mit einem Buch und einem Glas Wein zurückzuziehen. Erneut schaute er durch sein Fernglas. Gelbe Haushaltshandschuhe lagen auf dem Küchentisch. Aus einem Karton nahm sie eine seltsam technisch wirkende Maske heraus. Seine Mutmaßung: eine Art Schutzbrille. *Wer Chemie studiert, kennt sich mit Säuren aus.* In Krimis lösten Serienmörder regelmäßig ihre Opfer in Salzsäure auf und überantworteten dem städtischen Abwasserzweckverband die Abscheidung der umweltbelastenden Schadstoffe. *Cleveres Mädchen,* notierte er sich aufgeregt.

Was für ein fantastischer Abend. Vor lauter Aufregung hatte er vergessen zu trinken. Wolfgang spürte, dass sein Hals trocken war. Es verlangte ihn nach einem Bier und etwas Herzhaftem. Ein paar Flaschen lagen im Kühlschrank und zum Glück hatte er beim letzten Einkauf eine Packung Cracker mit scharfer Salsasauce in den Korb gelegt. Aufgeregt sprang er auf, eilte in die Küche, um sich für den nächsten Akt des Dramas auszustatten.

Keine drei Minuten später setzte er sich wieder in seinen Sessel, wickelte die Beine in die flauschige Decke und nahm einen kräftigen Schluck aus der Flasche. Dann stippte er einen Tomato & Oregano-Cracker in die rötliche Tunke. *Die reale Welt ist spannender als Fernsehen*. Aufgeregt wischte er die Krümel an der Decke ab und schaute durch das Fernglas. Die Schöne hatte das Licht ausgeschaltet. Möglicherweise lag Leo bereits in der Wanne. Nur ein Schatten ließ sich erahnen. Enttäuscht versuchte Wolfgang, die Schärfe zu regulieren.

Frida stand im Wohnzimmer hinter dem Fenster und schaute zu ihm hinüber. Der obere Teil des Gesichtes wurde von der eigenartigen Maske bedeckt, die sie dem Karton entnommen hatte, eine Art technisches Gerät, das genau auf ihn gerichtet war. Erschrocken ließ Wolfgang das Fernglas sinken. Es war dunkel, die Vorhänge in seiner Wohnung fast geschlossen. Unmöglich, dass Frida ihn sah. Dann begriff er. Die vermeintliche Schutzbrille war ein Nachtsichtgerät! Wolfgang spürte, wie seine Knie zittern. Vor Angst hielt er den Atem an. Sekundenlang war er unfähig, sich zu bewegen. Als das Telefon klingelte, konnte er nur mit Mühe einen Schrei unterdrücken. Nach dem fünften Mal nahm er den Hörer ab.

„Spreche ich mit Wolfgang Kleinert?"

Er zögerte. Frida kannte seinen Namen. Sie wusste über ihn Bescheid. Es zu leugnen, war albern.

„Ja!"

„Sie wissen, was ich getan habe. Sie sind Zeuge. Dennoch haben Sie die Polizei nicht gerufen. Daraus schließe ich, dass Sie auch in Zukunft Anteil an meinem Leben haben wollen. Ich brauche Ihre Hilfe. Sagen wir: so in fünfzehn Minuten. Sie wissen doch: Nichts ist umsonst. Nicht einmal der Tod."

Liebesbeweis

„Mausebär, liebst du mich noch?", fragte Peggy ihren Mann Klaus und beobachtete seine Reaktion aus dem Augenwinkel.
„Selbstverständlich, das weißt du doch", antwortete er und schaute sie lächelnd an.
„In guten wie in schlechten Tagen, richtig?"
„Hab ich das nicht oft genug bewiesen?"
Sie nickte und atmete schwer durch. „Und du würdest ohne mich nicht leben wollen?", erkundigte sie sich erneut und spielte ein wenig mit dem Gaspedal. Langsam überschritt Peggy die vorgegebene Höchstgeschwindigkeit, zwar minimal aber der Zeiger zog stetig nach rechts.
„Liebling, ohne dich wären meine Tage trostlos", murmelte Klaus wenig ambitioniert und beobachtete streng die Tachonadel. Sobald sie zehn Stundenkilometer mehr anzeigte, als der Streckenabschnitt der Autobahn zuließ, rutschte er nervös auf dem Sitz hin und her. Seine Frau hatte zwar jahrelange Fahrpraxis, das änderte aber nichts daran, dass er ihren Fahrstil als *hochgradig kurzsichtig* umschrieb. Deswegen fuhr meistens er. Heute hatte jedoch Peggy darauf bestanden, selbst hinter dem Lenkrad zu sitzen. Als emanzipierte Frau wäre es für sie selbstverständlich, ihn zum zwanzigsten Hochzeitstag nicht nur zum Essen einzuladen, sondern den geliebten Göttergatten auch mal zu chauffieren.
„Und du liebst mich mit jeder Faser deines Körpers?"
„Du bist die Einzige für mich. Würdest du vielleicht etwas weniger schnell …"
Peggy nickte, trat aber weiterhin das Gaspedal voll durch. „Hast du das dem Flittchen aus der Personalabteilung auch erzählt? Oder der Neuen aus dem Tennisverein, der du kostenlose Stunden erteilst? Du konntest nicht mal die Finger von meiner besten Freundin lassen."
Klaus starrte abwechselnd seine Frau und den Tachostand entsetzt an. Der Zeiger näherte sich Richtung Höchstgeschwindigkeit. Zwar wusste er, dass die elektronische Regeleinrichtung des Motors automatisch bei zweihundert Kilometer pro Stunde eine

weitere Beschleunigung ausschloss, aber es beruhigte ihn nicht. Peggy genoss seine Unsicherheit. Er fixierte nervös die Fahrbahn.

Sie lachte amüsiert, wackelte ein wenig mit dem Lenkrad, sodass das Auto bedrohlich zu schunkeln begann. „Bis dass der Tod uns scheidet?"

Ihr verächtlicher Blick war auf ihn gerichtet. In seinen Augen entdeckte sie nichts als pure Angst und Verzweiflung. Zufrieden bremste sie ab und seufzte.

„Vor der Brücke kommt ein Blitzer. Auf einen Strafzettel kann ich gut verzichten."

Erleichtert richtete sich Klaus auf und entspannte sich. „Schatz, die anderen Frauen bedeuten mir nichts. Es ist auch nicht wirklich etwas passiert. Das musst du mir glauben. Dich allein liebe ich."

Ein bitteres Lächeln huschte über Peggys Gesicht. „Und jetzt ist alles wieder wie früher?"

Er antwortete nicht darauf und stierte stattdessen auf die Straße. „Du bist ziemlich weit rechts. Könntest du bitte ... Da vorne kommt ein Brückenpfeiler!"

Sie nickte und atmete tief ein. Die Knöchel an ihren Fingern wurden weiß vor Anstrengung. Ein letztes Mal schaute Peggy ihrem untreuen Mann in die Augen. Da verstand Klaus. Er presste sich mit aller Kraft in den Beifahrersitz, blass dem Unausweichlichen entgegenstarrend.

„Liebling, wusstest du, dass der Beifahrerairbag separat geschaltet werden kann?"

Seelenwanderung

Irgendwie hatte ich mir das mit der Seelenwanderung anders vorgestellt. Als Fliege wiedergeboren zu werden, kann nur ein mieser Scherz des Schicksals sein. Scheißhausfliege. Grünschimmernd. Behaarte Beine. Was für ein Absturz! Im vorigen Leben war ich Key Account Manager und verkaufte Softwarelösungen an interessierte oder nicht interessierte Unternehmen. Sehr erfolgreich! Ganze Argumentationsbombardements ließ ich reihenweise auf Entscheider herabprasseln, bis diese überzeugt – zumeist aber erschöpft – einem Kauf zustimmten.
 Und heute? Summen! Monotones, nerviges Summen! Die einzige Möglichkeit, den Ton zu variieren, besteht darin, dicht oder fern an einem Objekt vorbeizuschwirren. Einem Ohr zum Beispiel. Nicht gerade das, was ich mir für die Zeit nach meinem Ableben vorgestellt hatte.

Der Verantwortliche im *Amt für Seelenwanderung*, Abteilung Kundenservice, hatte mir förmlich mitgeteilt, dass ich maximal dreißig Tage als Fliege zu verbringen habe – vorausgesetzt, einer in der Nahrungskette über mir wird meiner nicht habhaft. Ein Vogel zum Beispiel oder ein Frosch. Im grandiosen Plan der Natur habe nun mal jeder seine Aufgabe. Laut Stellenbeschreibung ist die für Scheißhausfliegen eindeutig geregelt: Bakterien und Viren gleichmäßig verteilen. Das Ganze diene dazu, das natürliche Gleichgewicht zu erhalten. Jeder werde gebraucht. Ich sei ein wesentlicher Baustein des Systems.
 Allein die Vorstellung, dass ich meine sechs Beine in breiige Massen jener Überreste stecken soll, die zumeist Hunde oder Kühe hinterlassen haben, um anschließend unauffällig über Holzfällersteaks, knusprigen Bauchspeck oder Hähnchenkeulen zu marschieren, war mir absolut zuwider. Ich bin, nein, war Vegetarier.
 Und was sagte das Amt? Ich solle mich nicht so haben. Dreißig Tage sind zumutbar. Krankheitsüberträger zu sein, sei nichts Verwerfliches.

Scheißhausfliege, was für ein Absturz! Leider konnte mir der Verantwortliche im Amt nicht sagen, ob ich im darauffolgenden Leben als höheres Wesen wiedergeboren werde. Labrador zum Beispiel oder Perserkatze.

Angeblich wären derartige Posten knapp. Offensichtlich hatte der Kerl aber seinen guten Tag, denn er schaute großzügig im Reinkarnationsregister nach, ob derzeit überhaupt offene Stellen ausgeschrieben waren. *Masthuhn* war noch frei. Nicht unbedingt eine Verbesserung.

Dann traf mich die Erkenntnis: Ich bin im falschen Zyklus wiedergeboren worden. Zwar habe ich keine Ahnung, ob Fliegen so etwas wie ein Sternzeichen besitzen, aber ich bin fest überzeugt, dass der Mond so seinen Einfluss hat.

Ich war in der endenden Phase eines abnehmenden Mondes reinkarniert worden. Weniger Mondlicht bedeutete eine reduzierte, positive Energie und somit Allerweltsfleischwerdung. Edle Wesen gab es nur bei Vollmond. Göttliche bei seltenen Mondkonstellationen, wie zum Beispiel einer Mondfinsternis. Künftige Despoten mussten sich in Geduld üben, bis ein Blutmond am Firmament stand.

Eingefleischte Seelenwanderer schwuren auf eine außergewöhnliche Himmelskörperkonstellation. Klingt definitiv nach esoterischem Geschwafel. Wenn man aber nicht mit unserem wohlklingenden, wissenschaftlichen Namen *Calliphora* bezeichnet wird, sondern als *Blaue Schmeißfliege* oder noch abwertender: als *Scheißhaussumse* und solch ein tristes Dasein fristen muss, ist einem jeder Strohhalm recht.

Laut Amt bestand die nächste Möglichkeit, sich bei einer anschließenden Reinkarnation auf Maximalniveau zu verbessern, in drei Tagen. Dann würde Sonne und Mond im Sternbild Jungfrau sein, um sich mit dem Königsplaneten Jupiter zu treffen. Über der Gutsten ohne sexuelle Erfahrung befänden sich zu jenem Zeitpunkt die neun hellsten Sterne des Löwen dazu die Planeten Merkur, Mars und Venus – zusammen zwölf vielversprechende Gestirne. Derartige Ereignisse kämmen nur alle siebentausend Jahre vor und ich hätte auch nur dann eine realistische Chance, wenn ich am kommenden Sonntag Punkt 20:15 Uhr, plus minus 10 Sekunden, ableben würde.

So weit, so gut! Im Grunde genommen musste ich mich nur pünktlich um mich selbst bringen.

Drei Tage! Was konnte man als Fliege schon drei Tage lang machen. Die Gegend erkunden. Essen verderben. Menschen nerven. Ex-Frauen zum Beispiel. Oder Chefs, die einen drangsaliert haben. Nervige Nachbarn. Sex wäre auch gut. Schmeißfliegenkuscheln! Sechs behaarte Beine ergründen genüsslich die Kurven eines behaarten Körpers. Und dann mit dem langen Rüssel die Liebste ... Dirty Sumsisex!

Mach das Beste daraus, sagte ich mir und schwirrte ab.

Heute ist es so weit. Ich habe mich für einen EcoKill entschieden. Der hängt bei der Familie Müller auf der Terrasse. Glaubt man dem Anbieter, ist der elektrische Fliegenvernichter bestens geeignet, lästige Insekten augenblicklich zu rösten. Zwar bin ich nicht der Meinung des Konstrukteurs, dass die eingebaute, spezielle UV-Lampe eine *hohe Attraktivität* auf uns Sechsfüßer ausübt, aber ich will nicht kleinlich sein. Außerdem mag ich dieses gleichmäßige, elektrische Surren.

Andere Suizidoptionen waren zwar ebenfalls reizvoll. Die Frontscheibe eines Porsches, ein Chamäleon im Zoo oder die Sportbeilage einer Wochenendzeitung gehörten zwar zu meinen Favoriten, ich musste sie jedoch wegen Unberechenbarkeit streichen.

Punkt 20:13 Uhr. Ich habe es mir auf einem Grillteller mit veganen Tofuwürsten bequem gemacht und ausgelassen eine Runde defäkiert. Ja, auch Fliegen müssen mal. Quasi ein kleiner Gruß an ein Dasein, auf das ich mit Freude schei...

Es ist an der Zeit, sich zu konzentrieren. In kaum zwei Minuten stelle ich die Weichen für ein künftiges, besseres Leben. Es heißt, Sonntagsgeborene seien Glückskinder. Persönlich denke ich, Sonntagsgestorbene zählen ebenfalls zur Kategorie *Very Important Person*, zumindest, wenn es um Reinkarnationsangelegenheiten geht.

Offensichtlich ist Familie Müller, die mich bei meinem Ableben begleiten soll, ebenfalls aufgeregt. Ein Blick auf die Uhr hat sie veranlasst, abrupt alles wegzuräumen. Hektik kommt auf. Die ganze feierliche Stimmung droht, den Bach herunterzugehen. Schade, denn ich weiß: Dicke Brummer knistern am elektrisch geladenen Gitter beeindruckend laut und bannen die Aufmerksamkeit aller Familienmitglieder. Selbst der Teller mit den Fake-Würsten wird mir unter dem Allerwertesten weggerissen. Egal, es bleiben dreißig Sekunden bis zur Seelenwanderung auf den Olymp der Existenzen.

Vorsichtshalber gehe ich erneut die Checkliste durch. Flügelbeweglichkeit? O. K.! Entfernung zwischen Tisch und EcoKill? Knappe zwei Meter! Wind? Ist vernachlässigbar! Letzter Gruß an alle Scheißhäuser dieser Welt. Konzentration!

Mit meinen Facettenaugen sehe ich die Familie im Wohnzimmer auf Sofa und Sessel Platz nehmen. Das Oberhaupt lässt die Rollos herunter. Ein nervöses Zucken geht durch meinen Körper. Plus minus 10 Sekunden. Es ist an der Zeit. Ich konzentriere mich. Auf in ein neues Leben!

Plötzlich verklingt das elektrische Surren. Der EcoKill wurde ausgeschaltet. *Energiesparer*, denke ich verzweifelt. Und dann begreife ich. Verdammt, es ist Sonntag, 20:15 Uhr, Tatortzeit.

In den Diensten der Mitbürger

Eigentlich fanden alle die Idee genial, unserem Nachbarn Friedhelm Hegemann seine Neugier auszutreiben. Dummerweise war es aber mein Vorschlag gewesen.
Ich bin beruflich oft unterwegs und da er der einzige Mieter im Haus ist, der tagsüber die Päckchen der Lieferdienste entgegenzunehmen vermag, war ich notgedrungen auf seine Unterstützung angewiesen. Der alte Herr tat das gerne, verlieh es doch seinem Ruhestand eine gewisse Abwechslung und Wichtigkeit. Die übertragene Aufgabe übernahm er mit dem nötigen Verantwortungsbewusstsein. Penibel prüfte er den Zustand jeder Sendung auf Unversehrtheit und achtete streng darauf, dass eine Benachrichtigung in den Briefkasten des Empfängers gesteckt oder eine Information über die Zustellung der Warenlieferung per E-Mail versendet wurde. Auch wartete Hegemann stoisch darauf, dass die Haustür nach der Übergabe der Sendung vernehmlich ins Schloss fiel. Auf den pensionierten Zöllner konnte man sich verlassen. Ein Pitbull der alten Schule. Ein Garant für Sicherheit und Ordnung. Wenn es etwas gab, was er über die Jahre hinweg perfektioniert hatte, dann war es Menschenkenntnis. Vertrauen ist gut, Kontrolle ist besser. Der Leitspruch der Zöllnerzunft galt auch außerhalb der Dienstzeit. Selbst unter Lieferboten gibt es schwarze Schafe.
Opa Hegemann, wie er von allen Hausbewohnern liebevoll genannt wurde, war auch im Ruhestand ein gestrenger Beamter. Korrektheit hätte sein zweiter Vorname sein können und gäbe es ausreichend Platz auf seinem Grabstein, der Vermerk *Ein Leben in den Diensten der Mitbürger* könnte diesen zieren.
Der Verdacht, dass der freundliche Nachbar seinen Gefälligkeiten an uns mit den Erfahrungen aus fünfundvierzig Berufsjahren als Zollinspektor nachging, kam mir zum ersten Mal kurz vor Weihnachten.
In dem Festtagspäckchen meines Sohnes aus Finnland fand ich zwar die angekündigten handgestrickten warmen Socken, aber nicht die knüppelharte Rentiersalami, die von Wacholderrauch

veredelt auf ihren Verzehr warten sollte. Eine amtliche Warnung, von wegen Teile des Inhalts verstießen gegen geltende Zoll- und Einfuhrbestimmungen von Lebensmitteln und seien konfisziert worden, befand sich nicht in der Verpackung. Daher tat ich es als Versehen des Sohnes ab – eine ärgerliche, wenn auch menschliche Unachtsamkeit.

Wenige Tage später meinte meine Nachbarin Ramona, mich darüber in Kenntnis setzen zu müssen, dass sie Körbchengröße Doppel D benötige. Sie hatte sich ebenfalls gewundert, weil die bestellte Weihnachtsüberraschung, mit der sie ihrem Mann frohlocken lassen wollte, wenig ansprechend in der Geschenkverpackung lag. Sie kaufe Intimwäsche grundsätzlich bei renommierten Anbietern und nicht aus zweiter Hand, ließ sie mich wissen. Als ich darauf nichts erwiderte, bot mir der Inbegriff weiblicher Gereiftheit an, das weihnachtsengelähnliche Spitzenmodell zu prüfen. Zu gerne würde sie wissen, ob durchschnittliche Männerhände überhaupt in der Lage sind, Reizwäsche fachgerecht zusammenzufalten. Auch interessiere sie sich brennend dafür, ob ich fähig wäre, das weihnachtsrote Ensemble mit den gestickten Schneeflocken faltenfrei zurück in die Verpackung stecken zu können. Dankbar lehnte ich ab.

Restlos überzeugt, dass Opa Hegemann Geschick und Erfahrung seiner Dienstzeit mit Neugier und Übereifer eines Pensionärs kombinierte, war ich, als ein Krankenwagen mit Blaulicht vor der Tür stand. Der zurückgezogen lebende, übergewichtige junge Mann aus dem ersten Stock musste umgehend ins Krankenhaus eingeliefert werden. Voller Freude hatte das Pummelchen die weihnachtlich duftenden Kekskreationen seiner Mutter probiert und nicht vertragen.

Dummerweise hatte der alte Zöllner nach dem Öffnen des Adventspakets sich nicht zu beherrschen vermocht und stichprobenweise von den Zimtsternen, Vanillekipferl und sonstigen Backwaren genascht. Um keinen Verdacht aufkommen zu lassen, meinte er, die fehlenden Plätzchen durch andere, industriell gebackene ersetzen zu können. Dass das geliebte Moppelchen allergisch auf Haselnuss reagierte, wusste zwar dessen Mutter, aber nicht der alte Hegemann.

Alle Bewohner des Hauses waren äußerst verärgert und aufgebracht. Konsequenzen wurden verlangt. Der Ruf nach Justitia hallte durchs Treppenhaus. Es dauerte eine Zeit, bis Vernunft die Oberhand gewann. Die Vorstellung, in den Tagen vor dem Heiligen Abend zur Post gehen zu müssen, sich geduldig in die Gemeinschaft der Wartenden einzureihen, um anschließend das zuweilen gewichtige Paket zu schleppen, gebot Pragmatismus. Übermäßig Zeit konnte niemand aufbringen. Allen waren der Feierabend und ihre Freizeit heilig. Die Waagschale mit den Vorteilen wog schwerer.

Auf der kurzfristig anberaumten Versammlung der Betroffenen wurde nach hitziger Diskussion beschlossen, auf eine Anzeige zu verzichten. Möglicherweise lag es daran, dass in wenigen Tagen das besinnliche Fest begann.

Außerdem ging es dem jungen Mann wieder verhältnismäßig gut. Nachtragend war er nicht. Rentiersalami mit Wacholdergeschmack hatte ich inzwischen auf dem skandinavischen Christkindlmarkt erstanden. Und Doppel-D-Ramona meinte amüsiert, ihr Mann interessiere sich sowieso mehr für den Inhalt als für die Verpackung. Dennoch, alle waren sich einig: Es verlangte nach einer deutlichen Warnung.

Es war ein gewöhnliches Paket in unscheinbar braunes Papier gewickelt und mit einem schlichten Adressetikett. Es hätte für jeden anderen im Haus sein können, aber nein, es war für mich bestimmt. Deutlich prangte ein Warnaufkleber darauf: *Vorsicht! Aufrecht hinstellen! Nicht schütteln!*

Wie erwartet kontrollierte Opa Hegemann das Päckchen auf eventuelle Zollverstöße, ohne zu ahnen, welch schreckliches Schicksal ihm drohte.

Laut Polizeibericht war der Karton fachmännisch geöffnet worden. Ein sich darin befindlicher Luftballon mit einem gestrengen Weihnachtsmanngesicht kam zum Vorschein und schwebte Richtung Decke. Am Ende der Strippe hing eine Weihnachtskarte, die sich langsam öffnete. Dank eines elektronischen Chips erklang eine tiefe Stimme und fragte streng: „Warst du auch immer artig?"

Alle im Haus hatten die Idee genial gefunden. *Wir wissen, was du mit unseren Sendungen machst!* Jeder hatte die Weihnachtswünsche und den Passus, der warnend und ernst formuliert worden war, unterschrieben. Ein alberner Scherzartikel, freundlich gedacht und der dennoch dazu diente, dem alten Zöllner mit Nachdruck seine Neugier auszutreiben.

Leider stellte sich heraus: Es war ein teuflischer Scherz des Schicksals.

Als Opa Hegemann den aufsteigenden Ballon berührte, geschah es. Die Frage, ob die Hülle oder er statisch aufgeladen waren, vermochte die Kriminaltechnik der Polizei nicht eindeutig zu beantworten. Zweifelsfrei stand fest, dass minimal Gas ausgetreten war. Wahrscheinlich eine leichte Beschädigung oder eine undichte Pressnaht. Jedenfalls genügte eine winzige Funkenbildung und der streng dreinschauende Weihnachtsmann explodierte. Überall im Haus war der Knall deutlich vernehmbar. Zwar brannte weder die Wohnung ab, noch brachen die Mauern zusammen – dennoch: Der Schreck für den gestrengen Zöllner war zu groß, sein Herz zu schwach.

Es gab niemanden, der für den tragischen Unfall nicht Mitgefühl zeigte. Ein verdienter Bewohner des Hauses war tot. Der Begriff *besinnliches Fest* bekam eine völlig neue Bedeutung. Denn alle Mieter besannen sich plötzlich darauf, dass es künftig niemanden mehr gab, der ihre Lieferungen entgegennehmen konnte.

Weniger schenken, mehr Freude

Beziehungsprotokoll 02

Paare, die schon lange zusammenleben, kommen an Geburtstagen oder bei der Frage, was sie am Heiligen Abend einander schenken könnten, oft an ihre Grenzen. Mit welcher Aufmerksamkeit kann ein Partner noch erfreut, gar überrascht werden?

Schwere Entscheidungen sind zu treffen, wissend, liebevoll verpackte Präsente wirken sich nicht nur wohlwollend auf eine Beziehung aus, sondern sind gleichzeitig auch Liebesbeweise. Was der Alltag verschleißt, kann in Zeiten der Besinnlichkeit emotional aufgearbeitet werden. Oft sind es die kleinen Dinge des Lebens, die glücklich machen.

Auch Beate und Jochen Friedländer wissen das und doch stehen sie jedes Jahr vor demselben Dilemma. Praktisch haben beide schon alles. Nicht nur aus ökologischen Gründen fragen sie sich: Was tun?

Beate: „Was hältst du davon, wenn wir uns in diesem Jahr zu Weihnachten nichts schenken?"

Jochen: „Meinst du mit nichts, *gar nichts?*"

Beate: „Jedenfalls nichts Wertvolles. Dieser materielle Wahn ist nicht zu ertragen. Keine Geschenke! Höchstens eine Kleinigkeit."

Jochen: „Eine Kleinigkeit? Ich bin nicht sicher, ob ich dich richtig verstehe."

Beate: „Du weißt schon, etwas, was von Herzen kommt."

Jochen: „Also beschenken wir uns doch."

Beate: „Schatz, hör doch mal zu. Keine großen Geschenke. Nur etwas Persönliches."

Jochen: „Meinst du, so wie im letzten Jahr? Die gelb-schwarzen Socken mit den fleißigen Bienchen darauf? Das habe ich allerdings sehr persönlich genommen."

Beate: „Du magst doch Honig!"

Jochen: „Mäuschen, auf einem Hörnchen oder im Tee, aber nicht an den Füßen."

Beate: „Du willst mich nicht verstehen."

Jochen: „Gut! Einverstanden! Wir schenken uns nichts, nur eine Kleinigkeit, die von Herzen kommt."

Beate: „Genau!"

Jochen: „Von welcher finanziellen Größenordnung reden wir?"

Beate: „Es geht nicht um Geld. Ich würde mich über irgendetwas Schönes freuen. Mein Gott, das kann doch nicht so schwer sein."

Jochen: „Soll ich dir ein Bild malen?"

Beate: „Auf deine albernen Strichmännchen verzichte ich!"

Jochen: „Ich finde, Besinnlichkeit ist ganz schön anstrengend."

Beate: „Dir wird doch wohl eine Überraschung für mich einfallen. Manchmal frage ich mich, warum wir zusammen sind!"

Jochen: „Wie wäre es mit einem Weihnachtsgedicht? *Ob Ente oder Gans, es liebt dich dein Franz!*"

Beate: „Du heißt Jochen, du Dusseltier!"

Jochen: „Okay! Warte! *Ob Ente oder Pute, ich liebe dich, meine Gute.*"

Beate: „Du nimmst mich nicht ernst. Kleine Aufmerksamkeiten sind wichtig. Quasi Liebesbeweise."

Jochen: „Ich hab's! *Der Weihnachtsmann auf dem Waldespfad nascht heimlich vom Kartoffelsalat. Der Wichtel dreht sich eine Tüte und raucht den Joint von bester Güte. Mit dem Eierlikör für die Tante gibt sich das Rentier dann die Kante.*"

Beate: „Du kannst einem das Weihnachtsfest so richtig vermiesen."

Jochen: „Wir könnten Weihnachten ja ausfallen lassen. Ich bin da ganz offen."

Beate: „Dein Geschenk habe ich schon im Sommer gekauft."

Jochen: „Ich denke, wir schenken uns nichts."

Beate: „Ist doch nur eine Kleinigkeit."

Jochen: „Und natürlich willst du mir nicht sagen, was es ist?"

Beate: „Überraschungen verrät man nicht. Nur so viel: fängt mit E an."

Jochen: „Mit E?"

Beate: „E wie etwas Schönes."

Jochen: „Ich halt das nicht aus!"

Beate: „Schatz, du wirst dich freuen! Hauptsache, du nimmst bis Weihnachten nicht zu."

Jochen: „Du schenkst mir Kleidung?"
Beate: „Was Übersichtliches, gestreift, in Honey yellow. Sieht doch keiner, nur ich. Außerdem passen die vorzüglich zu den Socken vom letzten Weihnachtsfest."
Jochen: „Na, da freue ich mich ja jetzt schon."

Mit Grausen überschlug Jochen die verbleibende Zeit bis zum Heiligen Abend. Von allen denkbaren Geschenken auf einer Wunschliste war *nichts* mit Abstand am schwersten zu bekommen. Er hatte keine Ahnung, wo man *nichts* kaufen kann und was als *nichts* für eine Frau geeignet ist.

Vielleicht sollte ich die Diskussion ein für alle Mal beenden, ging es Jochen durch den Kopf. *Beate könnte beim Schmücken des Weihnachtsbaums ungeschickterweise von der Leiter stürzen. Tischkante oder so.*

Ein Weihnachtsmärchen

Es waren einmal ein Mann und eine Frau, die hießen Karl und Karla. Sie lebten schon viele, viele Jahre zusammen in einem prachtvollen Haus, auf einem wunderschönen Grundstück am Rande eines idyllischen Sees. Zweifelsfrei war es ein kleines Paradies. Die Eheleute hatten gute und schlechte Zeiten durchgestanden und in aller Freundschaft war es ihnen gelungen, einigen Wohlstand anzuhäufen. Kinder waren dem Paar leider nicht vergönnt und Verwandte, die sie an den Weihnachtsfeiertagen zu Gänsebraten, Raclette oder schlichtem Kartoffelsalat mit Würstchen einladen konnten, gab es keine.
  In wenigen Wochen würde die besinnliche Zeit beginnen, zum fünfundzwanzigsten Mal und beiden graute davor.
  Ihr Kennenlernjubiläum stand vor der Tür, denn an jenem verschneiten Heiligen Abend vor einem viertel Jahrhundert hatten sie mit Freunden bei Kerzenschein und Glühwein gemeinsam gefeiert. Ihre Blicke hatten sich getroffen und beide wussten im selben Moment, dass sie füreinander bestimmt waren. In jenen besinnlichen Stunden erglühte ihre Liebe. Während die anderen in die Kirche gingen, um der verstaubten Weihnachtsgeschichte zu lauschen, hatten Karl und Karla die Bescherung vorgezogen und im Lichterschein einer prächtig geschmückten Blautanne waren sie liebestrunken und gierig übereinander hergefallen. Im Rausch der Sinne hörten beide die Glocken läuten, während die drei Könige in dem kalten Kirchengemäuer traditionell Maria jedes Wort glaubten. Alle Jahre wieder hob Josef ratlos die Hände und überlegte, wie er das mit dem Bengel in der Krippe hinbekommen hatte.
  Karl und Karla waren seit der ersten schweißtreibenden Bescherung in Liebe vereint. An den folgenden Heiligen Abenden pflegten sie die sinnliche Tradition des Übereinanderherfallens unter einem liebevoll geschmückten Baum ausgiebig. Frank Sinatras *Jingle Bells* spornte Karl alle Jahre wieder zu Höchstleistungen an. Und wenn *Rudolph, the Red-Nosed Reindeer* erklang und er inbrünstig Brunftgeräusche der berühmten nordischen Hirsche imitierte,

begann nicht nur Karla, sondern auch die ein oder andere mundgeblasene Weihnachtskugel am Baum zu vibrieren.

Nun stand das Jubiläum an, doch die Vorfreude wollte sich nicht einstellen. Zu schwer lastete die Erinnerung des letzten Jahres auf ihnen. Dabei hatte der Abend harmonisch begonnen. Schön speisen. Glühwein zum Vorglühen. Sinnliches Abstreifen der Kleidung. Lustvolles körpern. Doch plötzlich verlangte es der prachtvoll geschmückten Blautanne ebenfalls nach Nähe. Die Blaunadlige neigte sich langsam, wenn auch unaufhaltsam, Karl und Karla zu, just in jenem Moment als die beiden Endvierziger die Grenzen ihrer Beweglichkeit ausloteten. Die ekstatische Position des hinduistischen Erotik-Ratgebers „weit geöffnete Muschelstellung" verlangte Muskeln, Sehnen und Gelenken alles ab.

Wir schaffen das!, sprach sich Karl Mut zu. Der Gedanke an jene, der das Zitat zugeschrieben wurde, brachte ihn kurz aus dem Rhythmus. Irritiert, aber guten Willens öffnete er die Augen. Er sah das stürzende Bäumchen und erstarrte in der Bewegung.

Kakteen und Blautannen unterscheiden sich in Art und Physiognomie biologisch erheblich. Auch wenn die Wirkung auf empfindliche Stellen ähnlich schmerzhaft ist, der Vollständigkeit halber sei darauf verwiesen, dass die Wüstengewächse Stacheln, Weihnachtsbäume dagegen Nadeln ausbilden. Auf die Leidensfähigkeit unbekleideter Liebender wirkt der Unterschied nur marginal.

Selbstredend fand nicht nur die lustvolle Bescherung ein jähes Ende, sondern auch die jahrzehntelange sinnliche Tradition stand nach dem Desaster zur Disposition. Der plötzliche, schmerzhafte Interruptus änderte nachhaltig des Ehepaars harmonisches Miteinander. Schuldzuweisungen beiderseitig.

Er habe den Stamm nicht ausreichend fixiert.

Sie habe doch mit ihrem Schmückwahn die Gewichtsverlagerung erst leichtfertig provoziert. Außerdem dulde sie nur Blautannen, wegen der romantischen Gefühle. Ha, ha! Nordmanntannennadeln seien definitiv verträglicher.

Das Kamasutra wäre doch seine Idee. Jedes Mal würde sie noch Tage später der Ischiasnerv plagen. Dabei gehe es um Sinnlichkeit. Von einem Zehnkampf sei nie die Rede gewesen.

Die restlichen Weihnachtstage straften sich beide mit Schweigen und Blicken, die nichts Gutes verhießen.

Das Jahr verging. Nie wieder wurde über den schrecklichen Abend gesprochen. Spontanität wich der Vernunft, Neugier der Vorsicht. Ihre Liebe verdunkelte sich mit jedem Tag mehr. Karl und Karla wurden sich überdrüssig.

Ein weiterer Winter begann. Eisige Nächte ließen den paradiesischen See zufrieren. Schneeflocken hüllten die Pflanzen ein. In den Schaufenstern kündigte sich erneut Weihnachten an und damit die sinnliche Jubiläumsfeier. Die traumatische Erinnerung ließ beide mit Sorge in ihre Kalender schauen und die verbleibenden Tage zählen.

Auch wenn das schmerzhafte Desaster beinah ein Jahr zurücklag, einen jeden von ihnen plagten die Bilder des Abends, die sich in ihre Köpfe gebrannt hatten.

Dann die Erkenntnis: *Bis dass der Tod uns scheidet* konnte auch als Empfehlung gedeutet werden. Sozusagen eine gesegnete Hintertür. Den Rest des Lebens ohne Partner zu verbringen, empfanden beide zunehmend als verheißungsvolle Option. Grundstück, Vermögen und die paradiesische Idylle durch Scheidung aufzugeben, schlossen sowohl Karl als auch Karla kategorisch aus. Ein tragischer Unfall war naheliegender. Bremsschlauchdefekt am Auto, möglicherweise eine Vergiftung im Haushalt, Explosion in der Werkstatt oder ein Föhnunfall in der Badewanne. Beide fanden ihre Ideen vielversprechend. Aber weder Karl noch Karla wussten, wie man es anstellt, einen Menschen glaubwürdig verunfallen zu lassen, ohne dass Kriminalbeamte Verdacht schöpfen.

Bücher wurden heimlich gewälzt, anonym im Internet recherchiert und Dokumentationen über angeblich perfekte Morde studiert. Doch alle Vorstellungen lösten sich nach kritischer Überlegung in Nichts auf. Beide kamen zu der Erkenntnis, handwerklich nicht ausreichend begabt zu sein. Komplexe Vorhaben, wie jemanden vorfristig ableben zu lassen, waren ihnen nicht in die Wiege gelegt worden.

Karl schrieb in seiner Verzweiflung einen Wunschzettel nach Himmelpfort. Die Adresse hatte ihm ein befreundeter Kollege verraten. In der Weihnachtszeit gäbe es bekanntermaßen immer ein paar Leichen zusätzlich. Da fiele eine mehr nicht auf. In dem kleinen verschlafenen Ort könne man engagiertes Personal buchen und seine Wünsche vertrauensvoll geschulten und bewerten Wichteln überlassen. Zugegeben, nicht billig. Angebot und Nachfrage bestimmten auch dort den Preis. Dazu käme der Feiertagsbonus, Extras für die traditionelle rote Arbeitskleidung, falsche Bärte, An- und Abfahrt. „Weihnachtsunfälle sind seit jeher klassische Termingeschäfte", erklärte der Kollege und meinte: Beizeiten buchen wäre ratsam. So hätte er es zumindest bei seiner Schwiegermutter gehandhabt. Glaubt man den ermittelnden Beamten, sei die nervige Glucke am Heiligen Abend unglücklich ausgerutscht und unter die Kufen eines völlig überladenen, archaischen Schlittens geraten. Die Spuren hatten sich an der nächsten Straßenecke verloren. *Fahrerflucht* war im Protokoll vermerkt. Die Ermittlungen wurden wenige Wochen später wegen Aussichtslosigkeit eingestellt. „Das Personal in Himmelpfort ist überaus versiert", lobte der Kollege. „Ein renommiertes Familienunternehmen. Zweifelsfrei die besten Spezialisten. Profis halt."

Karla bekam den Tipp für die Lösung ihres Problems von einer Freundin, die als Umweltmanagerin in einem Zementwerk arbeitete und für die thermische Verwertung von recycelbaren Plasteabfällen verantwortlich zeichnete. Grundsätzlich seien Ehemänner zwar nicht recycelbar, deshalb hätten sie keinen grünen Punkt und Pfand bekäme man für derartiges Leergut ebenfalls nicht. Bei der täglichen Menge, die zur Energiegewinnung benötigt werde, fielen aber einzelne Fehlwürfe nicht weiter auf. Über die Weihnachtsfeiertage werde kein Zement gebrannt, der Hochleistungsofen bliebe jedoch aus Kostengründen in Betrieb, erklärte sie fachmännisch. In diesem Jahr habe sie sich freiwillig zum Dienst gemeldet. Die Aufsicht des vollautomatischen Heizwerkes über Weihnachten werde traditionsgemäß großzügig vergütet und die Aussicht dazuzuverdienen, kam der Freundin durchaus gelegen. Nach ihrer Erfahrung ließ sich ein neunzig Kilogramm schwerer Mann problemlos an drei aufeinanderfolgenden Tagen in handliche Portionen verpackt, unauffällig ins Werk bringen und rückstandslos dem Verbrennungsprozess zuführen. Um Fragen aus dem Weg zu gehen, empfehle sie, die einzelnen Teile sorgfältig in Geschenkpapier einzuwickeln. Ein Dankeschön beim Pförtner wäre von Vorteil. Wichtig sei nur, die Päckchen nicht zu verwechseln. Sie mit verschiedenfarbigen Schleifchen zu verzieren, habe sich bewährt.

Karls Entsorgung wäre damit geklärt. Blieb noch die schnöde Tat. Selbst dafür kannte die Freundin eine Lösung. In dem kleinen Ort Engelskirchen gab es eine *For Women only Box*, auch *Frauenbriefkasten* genannt, der von einer Gruppe feministischer Weihnachtsmänninnen betrieben wurde. Seit Generationen stellten sich die Aktivistinnen speziellen Anforderung. Egal ob das Opfer basisch neutral oder übersäuert sterben sollte: Die selbsternannten roten Engel versuchten, jede Herausforderung zu meistern. Abgesehen davon war es ihnen wichtig, die Quote der Serientäterinnen am Gesamtmordaufkommen zu verbessern.

Schon am nächsten Tag brachte Karla den Brief mit ihren speziellen Wünschen zur Post.

Karl und Karla freuten sich nun doch auf die freien Tage. Fast schienen sie euphorisch zu sein. Selbst die obligatorische Blautanne stand wie jedes Jahr auf einem Beistelltisch. Vorbeugend war sie mit Sicherungsleinen an der Wand befestigt und zusätzliche Leisten gaben dem Baum Halt.

Wie immer aßen sie schön und tranken den traditionellen Glühwein. Zuweilen schauten sie heimlich auf die Uhr. Und wie vereinbart läutete es auf die Minute genau.

Als die Feiertage vorüber waren und weder Karl noch Karla auf der Arbeit erschienen, hielt es die Polizei für angemessen, die Wohnungstür öffnen zu lassen, um nach den Vermissten zu schauen. Beide lagen händchenhaltend nackt vor dem Weihnachtsbaum und starrten auf die mundgeblasenen Kugeln.

„Kohlenmonoxid", stellte der Gerichtsmediziner fest. Ein technischer Defekt der Gasheizung. Offensichtlich ein tragischer Unfall.

Weder Karl noch Karla ahnten, dass die deutschen Weihnachtspostämter längst digital vernetzt waren, um der Unsitte der Mehrfachwünsche einen Riegel vorzuschieben. Ob zuerst Himmelpfort oder Engelskirchen eine der beiden ungewöhnlichen Anfragen aufgefallen war, ist nicht bekannt.

Tatsache ist, dass ein pragmatisch denkender Wichtel beide Aufträge übernommen und sich wunschgemäß um das Ehepaar gekümmert hatte.

Unarten

Es war nicht ihr erster Auftrag. Ronny und Mia Toschka arbeiteten seit sieben Jahren in der Branche und waren das einzige Ehepaar, das als Auftragskiller ihre Leistungen gemeinsam anbot. Während Mia penibel jedes Projekt logistisch plante, war Ronny der perfekte Ruhepol – nicht nur in ihrer Beziehung, sondern insbesondere hinter dem Gewehr.

An diesem Tag diente ein gemieteter VW-Passat als Versteck. Die Idee war Mia gekommen, als sie einen Bericht über die *Beltway Sniper Attacks* gelesen hatte. Zwei Heckenschützen hatten aus einem Auto heraus Morde in der Umgebung Washingtons begangen. Einer lag bequem und für niemanden sichtbar auf dem Boden des Wagens. Ein Loch oberhalb des Nummernschildes am Heck war ideal, um ein Opfer ins Visier zu nehmen. Gerne übernahmen Mia und Ronny erfolgreiche Konzepte der Kollegen und amüsierten sich anschließend über die Spekulationen der Presse.

Der Mann, der mittels Kopfschusses von Leben zum Tode gebracht werden sollte, war Professor Bernd Hinrichs. Ein renommierter Wissenschaftler, den die Medien liebten. Redakteure beschrieben ihn als begabten und erfolgreichen Autor, der wissenschaftliche Erkenntnisse mit beredsamer Leichtigkeit zu vermitteln verstand. Sein Spezialgebiet: die kleinen peinlichen Unarten. Wenn es jemanden gab, der menschlichen Schwächen positiv gegenüberstand, dann Professor Hinrichs. Mit Akribie untersuchte er Marotten auf ihren soziologischen und kulturellen Hintergrund. Für seine Offenheit und Toleranz wurde er von Kollegen und Studenten gleichermaßen geachtet. Regelmäßig durfte er den Titel *beliebtester Professor der Universität* tragen.

Das lag unter anderem daran, dass er vor wenigen Jahren den Ig-Nobelpreis erhalten hatte. Sein anthropologischer Nachweis, dass Ohrenschmalz zu optimalen Kugeln zu formen seit jeher in allen Kulturen verbreitet ist, überzeugte die Jury. Jene satirische Auszeichnung, die wissenschaftliche Leistungen ehrt, die „Menschen zuerst zum Lachen, dann zum Nachdenken bringen", begründete Hinrichs weit über die Universität geachteten Ruf.

Zumindest eine Person gab es aber, die kein Verständnis für den Professor aufbrachte und sein Ableben finanzierte. Sich Gedanken über Auftraggeber und Opfer zu machen, war ein No-Go für das Auftragskillerpärchen. Die Toschkas verstanden sich als Profis und stellten keine Fragen.

Um den Auftrag zu erledigen, hatte Mia eine Wanze unter dem Pult im Auditorium maximum versteckt, damit Ronny den idealen Moment nicht verpassen würde.

Der perfekte Ort ihn zu eliminieren, war der kleine Nebeneingang. Dort stand der Wagen des Professors. Nach der Vorlesung würde er den heruntergekommenen Aluminiumkoffer mit seinen Unterlagen auf den Rücksitz legen, einmal prüfend um das Auto laufen, um anschließend zum Hotel zu fahren. Auf dreißig Sekunden schätzten beide das Zeitfenster ein. Aber bis zum finalen Schuss blieb noch Zeit.

Vorsichtig drehte Ronny den Lautsprecher auf. Albernes Lachen war zu hören. Die Stimmung unter den Studenten schien prächtig zu sein.

„Es gibt Unarten, über die schaut man heutzutage geflissentlich hinweg", erklärte der Professor mit kräftiger Stimme. „Zum Beispiel das Nasehochziehen. Wenn jemand der Tropfenbildung durch wiederholtes, stoßartiges Einatmen entgegenwirkt, statt ein Taschentuch zu verwenden, führt das oft zu Missverständnissen. Ablehnung und gesellschaftlicher Ausschluss droht. Oft ohne das Motiv der Schniefenden zu kennen. Ist es nicht denkbar, dass eine Person aus ökologischen Gründen schnieft, wissen doch alle, dass für die Herstellung von Zellulose Unmengen von Wasser verwendet wurden? Was ist da schon eine Sekretansammlung, die sich an der Schleimhaut bildet und den Gesetzen der Physik gehorcht? Tropfen unterliegen der Schwerkraft. Schwerkraft ist ein starkes Argument. Ruckartiges Hochziehen, der natürliche Widersacher."

Erneutes Lachen im Auditorium.

„Das ist ekelhaft", bemerkte Mia. „Mit solchen Fragen beschäftigt sich ein angesehener Wissenschaftler?"

Ronny hob die Hand. Während der Arbeit bat er sich Ruhe aus. Mias Verdacht, dass sich ihr Partner über die Ausführungen ebenfalls amüsierte, bestätigte er damit, dass er die Lautstärke höher drehte.

„Möglicherweise könnte es sich bei dem schnäuzenden Gesprächspartner, ob nun männlich oder weiblich, um einen heuschnupfengeplagten Menschen handeln, dessen Schnäuztücher aufgebraucht sind. Dann wäre diese vermeintliche Unart der puren Verzweiflung geschuldet. Gründe gibt es viele. Allergiegeplagten einen Vorwurf zu machen, ist mit dem heutigen Wissensstand unsensibel." Professor Bernd Hinrichs legte eine rhetorische Pause ein, um die folgenden Worte zu unterstreichen. „Ein weiterer oft ignorierter Aspekt: Nasehochziehen kann ein Tick sein, ein zwanghaftes Verhalten, unter dem Leidgeplagte oft seit frühester Kindheit leiden. Dafür Verständnis aufzubringen, wäre nicht nur wünschenswert, sondern bietet auch Chancen. Glauben Sie mir, solidarisches Hochziehen verbindet."

Begeistert klopften die Studenten auf ihr Pult. Einige schnieften sogar im Chor.

„Für so etwas habe ich überhaupt kein Verständnis", maulte Mia. Ronny reagierte nicht auf ihren Protest und zuckte nur mit den Schultern.

„Gehen wir davon aus, es handelt sich tatsächlich um eine schlichte Unart", führte der Professor weiter aus. „Jemanden zu maßregeln, bringt pädagogisch betrachtet erfahrungsgemäß nichts. Mit den Jahren habe ich mir abgewöhnt, mangelnde Umgangsformen im Elternhaus durch Fremderziehung auszugleichen. Ich habe dazugelernt. Achtsamkeit ist ein hohes Gut. Was nett gemeint ist, führt oft zu Missverständnissen. Heute biete ich keine Taschentücher mehr an oder mache Sprüche, die auf die Beleidigung der eigenen Befindlichkeit hinweisen. Stetiger Tropfen … Wer den Tropfen nicht ehrt … Die Sintflut begann auch mit einem ersten …"

„Ronny, müssen wir uns diesen Quatsch anhören? Das ist widerlich. Ich hasse Menschen, die sich gehenlassen."

„Schnucki, bleib ruhig, lange kann die Veranstaltung nicht mehr dauern. So schlimm ist es doch nun auch nicht."

Beleidigt drehte sich Mia um und schüttelte entgeistert den Kopf. „Außerdem ist es kalt! Wir stehen schon seit einer halben Stunde hier und warten. Der Kerl überzieht."

Um sich von den Auslassungen des Professors abzulenken, nahm sie ihre Waffe auseinander, eine Glock 17, Kaliber 9 mm, leicht und handlich, definitiv ihr Lieblingsmodell. Es half aber nicht.

„Nun gibt es Menschen, die sich des Problems durchaus bewusst sind. Sie haben eine Lösung gefunden, das belastende Sekret ballistisch elegant in der Gegend zu verteilen."

Wieder das alberne Lachen der Studenten.

„Fußballer zum Beispiel. In keiner anderen Sportart wird so oft der Inhalt einer Nase hochgezogen, um anschließend optimal portioniert die Ladung auf den Rasen oder den Hinterkopf eines Gegners zu platzieren. Ich erinnere an die Fußballweltmeisterschaft 1990. Achtelfinale. Deutschland – Niederlande. Frank Rijkaards Spuckattacke gegen Rudi Völler."

Ronny kicherte albern.

Bei der Erinnerung daran schüttelte es Mia vor Ekel. Sie hatte die Schweinerei im Fernsehen live gesehen. Schlimmer noch, ein Komiker hatte die Aufnahme mehrfach vor- und zurückspielen lassen. Die Spucke raste hin und her. Das war nicht witzig gewesen. Energisch baute sie die Glock wieder zusammen.

„In diesem Zusammenhang möchte ich darauf verweisen, dass nur in der Tränenflüssigkeit und im Nasensekret der Salzgehalt höher ist als in allen anderen Körperflüssigkeiten. Hängt mit der Theorie zusammen, dass das Leben im Ozean begann. Die Werte des nasalen Konzentrats entsprechen dem der Urmeere. Interessant, oder?"

Ein Raunen ging durch das Auditorium.

„Zurück zum Thema. Die meisten Menschen lehnen das Spucken grundsätzlich ab."

„Ich zum Beispiel", zischte Mia, drehte den Schalldämpfer fest und warf die Waffe ins Handschuhfach. „Ich hasse es."

„Statt zu Spucken heben sie stattdessen den Arm an, winkeln ihn 90 Grad ab, um mit einer gleichmäßigen Abstreifbewegung sich der nervigen Flüssigkeit an einem Ärmel zu entledigen."

„Das ist ja nicht auszuhalten. Ich bring den Kerl auch kostenlos um!"

Selbst aus dem Hörsaal war ein ablehnendes Raunen zu hören.

„Zugegeben ist das zwar praktisch, aber nicht schön", beruhigte Hinrichs die Zuhörer. „Und je häufiger davon Gebrauch gemacht wird, desto mehr verkrustet das Gewebe. Angeblich hat der Alte Fritz veranlasst, Knöpfe an die Ärmel seiner Wachsoldaten nähen zu lassen, um das Verschmieren der Uniformen zu unterbinden."

„Ronny, ich höre mir das nicht länger an."

„Wenden wir uns nun einem anderen Aspekt zu …"

„Wenn du nicht sofort leise drehst, verkürze ich die Wartezeit und erledige den Auftrag mit bloßen Händen." Anschaulich und mit glucksenden Geräuschen deutete Mia an, wie sie den Hals des Professors zusammenpresste.

„Neben den einfachen Spuckern gibt es jene, die das Prinzip *komprimierte Luft* bevorzugen. Die angewandte Technik, bei der ein Nasenloch zugehalten, während das andere durch einen ruckartigen Luftstoß entleert wird, verlangt einige Übung. Um das Optimum zwischen beschleunigter, ausgestoßener Luft, Nasengang-Winkel und Kopfneigung zu erzielen, ist eine kokette Pose empfehlenswert. Leicht den Oberkörper nach vorne neigen. Wer mag, kann eine Hand auf die Hüfte stützen. Tief einatmen. Kurz innehalten. Stoßlüftung. Sauber, ökologisch und wirksam."

„Wie viele Stunden will der denn noch quatschen? Offiziell müsste die Veranstaltung längst beendet sein. Meine Füße sind eiskalt. Ich werde noch krank."

„Schnucki, es dauert nicht mehr ewig. Ich friere auch. Ein bisschen durchhalten müssen wir noch. Ich schätze fünf Minuten. Eher weniger. Ich glaube, der Professor kommt zum Ende seiner Ausführungen."

„Fassen wir das Gehörte kurz zusammen. Wenn man sich mit den angeblichen Unarten einzelner Mitbürger auseinandersetzt, merkt man schnell, mit welchen Vorurteilen und Abneigungen diese zu kämpfen haben. Nur am Rande sei erwähnt: Tiere kennen derartige Probleme nicht. Ihnen genügt die Zunge. Hunde oder Kühe zum Beispiel. Unter uns, es amüsiert mich jedes Mal, wenn sich die Besitzer nach einem Herbstspaziergang von ihrem geliebten Vierbeiner mit der blanken feuchtglänzenden Nase das Gesicht abschlecken lassen. Über die Frage, was die hechelnden Staubsauger Minuten vorher schnüffelnd untersucht haben, können Sie in Ruhe zuhause nachdenken.

Zurück zu uns Zweibeinern. Inzwischen gibt es die dringende Empfehlung einzelner HNO-Ärzte, das Naseschnauben zu unterlassen. Medizinische Untersuchungen haben ergeben, Hochziehen sei gesünder. Ein durchaus bemerkenswerter Ansatz. Man stelle sich vor, nach einer aufreibenden Hofpause im Winter versuchen Horden geplagter Kinder die natürliche Reaktion zwischen der kalten Luft auf dem Schulhof und der abgestandenen Wärme des Klassenraums nasentechnisch auszugleichen. Ambitionierte Lehrer könnten ein gemeinsames Hochziehen als Motivationsübung in den Unterricht integrieren. In der Musikstunde ließen sich vorzüglich Rockklassiker interpretieren. Queen zum Beispiel. *We Will Rock You.*"

Ronny fing an zu lachen und probierte es vorsichtig aus. Mia erstarrte. Nach dem vierten Mal Hochziehen verschluckte er sich. Entgeistert öffnete sie das Handschuhfach in der Hoffnung, eine Packung Taschentücher zu finden. Erfolglos.

Ihr Partner blickte weiter durch das Zielfernrohr und justierte es etwas feiner. Nebenbei holte er tief Luft. Dabei zog er mit einem schnarchähnlichen Ton sämtliche Sekretansammlungen aus der Nasenhöhle und den Bronchien zusammen.

„Schnuckelchen, könntest du mal das Fenster öffnen?", bat er in einem nasalen Unterton.

Statt den Knopf an der Tür zu bedienen, griff Mia nach der Glock, entsicherte sie und drückte ab. Zweimal. Für manche Unarten hatte sie einfach kein Verständnis.

Für immer dein

Das Geräusch, das durch die Wände kroch und Britta aus dem Schlaf riss, klang dumpf. Der Nachbarjunge war wach. Das Moppelchen rannte barfuß durch die Wohnung. Seine Eltern gaben ihm zu oft Süßigkeiten. Wahrscheinlich aus Bequemlichkeit. Möglicherweise auch, weil sie nicht wussten, wie sie den Klops sonst bändigen sollten.

Erschöpft von einer traumschweren Nacht, starrte sie an die Decke. Es war Sonnabendmorgen. Einen Augenblick lang überlegte Britta, ob sie den Tag, mit den vom Orthopäden empfohlenen Übungen zur Stärkung der Rückenmuskulatur beginnen sollte. Ihr innerer Schweinehund nahm ihr die Entscheidung ab. Sein Argument, es sei Wochenende, überzeugte sie. Vorsichtig strich Britta über die freie Seite des Bettes. Das Kissen war unbenutzt, das Bettzeug unberührt und der Schlafanzug befand sich dort, wo er seit Tagen lag. Ärgerlich über den Verrat ihrer Hand, die sich weigerte zu begreifen, dass der Platz künftig leer bleiben würde, zog sie diese zurück unter ihre Decke.

Vor einer Woche hatte Manfred, kurz bevor er den Reisebus nach Paris übernahm, ihr per WhatsApp mitgeteilt, dass er sich endgültig entschieden habe.

Es funktioniert nicht mehr. Tun wir uns gegenseitig einen Gefallen. Vergessen wir einander.

Sie dumme Kuh hatte verständnisvoll genickt, sich zu einem gequälten Lächeln gezwungen und geantwortet.

Wenn du es dir anders überlegst, ich werde auf dich warten.

Dazu ein weinender Smiley. Sie hätte sich dafür am liebsten selbst geohrfeigt.

Vergessen wir einander! Vergessen? Erinnerungen entsorgen? Gemeinsames negieren? Als wäre nichts geschehen?

Die Nacht vor seiner Entscheidung waren sie zusammen ins Bett gekrochen. Ein letztes Mal. Sie hatte sich alle Mühe gegeben und getan, was ihm Spaß bereitete. Krampfhafte Versuche, ihre Verzweiflung in Lust zu wandeln. Die Lüge war zu verlockend. Manfred war ungewohnt leidenschaftlich gewesen, kraftvoll, wie in den ersten Jahren. Ein verzweifeltes Aufbäumen. Angeschaut hatte er sie nicht, wohl aus Angst vor dem, was er in ihren Augen lesen würde oder sie in seinen. Dennoch wollte sie zuversichtlich sein. Eine trügerische Hoffnung. Schwer atmend hatte er sich umgedreht. Britta hatte mit allem gerechnet. Mit hilflosem Schweigen, einem Neuanfang, Verzweiflung, Tränen, selbst unverhohlene Gleichgültigkeit. Stattdessen das Eingeständnis: „Ich werde Vater! Wir bekommen einen Jungen."

Starr hatte sie neben ihm gelegen, unfähig, etwas darauf zu erwidern. Sie spürte nur diesen schalen Beigeschmack, wie ein gebrauchtes Möbelstück getestet worden zu sein. Durchaus bequem und behaglich, aber aus der Mode gekommen. Manfred entschied sich für das andere Angebot, Neuware. Kritisch hatte Britta sich mit der Neuen verglichen, zu der ihr Mann sich hingezogen fühlte. Ähnlicher Typ, gleiches Alter, unspektakuläres Äußeres, etwas runder und ein paar Zentimeter kleiner als sie. Normale Brüste, unauffällige Hüfte, stille Augen. Eine Kollegin aus dem Büro. Silvia, die Mutter seines, ihres zukünftigen Jungen.

Dabei wollte Manfred nie Kinder haben. Ein Baby wäre das Ende ihrer Ehe, gab er ihr unmissverständlich zu verstehen, als sie das Thema vor Jahren angesprochen hatte. Eine Woche später ließ sie im Krankenhaus einen Schwangerschaftsabbruch vornehmen. Ein Geheimnis, das Britta für sich behielt. Was brachte es, ihn damit zu belasten? Damals glaubte sie, im Halbschlaf gehört zu haben, wie eine Ärztin davon gesprochen hatte, dass es ein Mädchen geworden wäre.

„Anika", flüsterte Britta. „Anika." Ihr Kind hätte einen starken Namen bekommen. Der Gedanke, dass er aus dem Griechischen von der Siegesgöttin „Nike" abgeleitet war, verfolgte sie seit jener einsamen Entscheidung.

Sie kannte die Kollegin von den Betriebsfeiern des Busunternehmens. Silvia zeichnete verantwortlich für die Abrechnung und die Routenplanung des Reiseanbieters. Die gute Seele des Unternehmens. Eine Affäre wäre ärgerlich gewesen, mehr nicht.

Vergessen wir einander! Alles? Auch die glücklichen Jahre? Verzweifelt nahm Britta ihr Smartphone in die Hand und prüfte, wo Manfred sich befand. Die App verriet, dass er die Nachttour ablösen würde. Vor zwei Stunden hatte der Bus die

Deutsch-Französische-Grenze überquert. Der Fahrerwechsel fand plangemäß auf einem Parkplatz auf halber Strecke statt.

Wahrscheinlich waren sich Silvia und ihr Mann auf einer dieser Touren nähergekommen. Paris, die Stadt der Verliebten. Sie hatte Manfred nie begleiten dürfen. Wenn die Neue an der Seite ihres Mannes wenigstens jünger, hübscher oder dümmer gewesen wäre.

Wieder hörte Britta das Trampeln des schwerfüßigen Jungen hinter der Wand. Er kreischte vor Freude. Entweder hatten die Eltern den Fünfjährigen mit Leckereien bestochen oder ihm erlaubt fernzusehen.

Missmutig legte sie das Smartphone zurück auf den Nachttisch. An Schlafen war nicht mehr zu denken. Energisch riss Britta die Bettdecke weg und ging wütend ins Bad. Sie nahm ihre Haarbürste und kämmte sich. Mechanisch betete sie das Mantra der Enttäuschung herunter: „Jede Katastrophe bietet auch eine Chance! Trauere nicht dem Vergangenem nach! Lebe! Verändere dich!"

Sie zögerte kurz und gab dann ihrem Spiegelbild den Rat: „Eine neue Frisur wäre hilfreich." Unruhig legte sie die Bürste zurück auf den Badschrank. Nichts drängelte sie. Später konnte sie sich immer noch zurechtmachen. Der ganze Vormittag blieb ihr, um die passenden Sachen herauszulegen, sich zu schminken und die Frisur in Form zu bringen. Glaubte sie dem Wetterbericht, dürfte es ein trockener Tag bleiben. Kein Wind und Temperaturen, die erträglich waren.

In der Küche kochte sie einen Kaffee, einen jener Sorte von dem Kenner behaupten, dass der Löffel darin stecken bliebe. Ihr Blick glitt über die Kühlschranktür, an der Fotos, Rabattscheine, eine Straßenkarte und Manfreds aktueller Dienstplan hingen. Obwohl sie die Fahrtstrecke genau kannte, fuhr sie mit dem Finger die Linie erneut ab.

Es war keine schlechte Ehe. Nicht unbedingt eine leidenschaftliche, mit unvergesslich romantischen Höhepunkten. Eher ruhig, gemütlich und im besten Sinne berechenbar. Nur Kinder wollte er nicht. *Nicht mit mir*, dachte sie bitter.

Bis zum frühen Nachmittag hatte sie verschiedene Kleidungsstücke aus ihrem Schrank kombiniert. Sie entschied sich für eine schlichte, elegante Variante. Eine sündhaft teure Bluse und ein knielanger grauer Rock. Körperbetont, aber nicht zu auffällig. Die hohen Stiefel aus Leder mit den verspielten Bommeln passten vorzüglich dazu. Abgerundet wurde das Ganze mit einem Kaschmirpullover. Die meiste Mühe bereitete die Wahl der Unterwäsche. Dessous waren des Guten zu viel. Bieder sollte das darunter auch nicht aussehen. Der Kompromiss bestand darin, Einfarbiges zu tragen. Schwarz stand ihr immer gut. Sie mochte den Kontrast zu ihrer hellen Haut. Britta entschied über die Accessoires, ohne lange darüber nachdenken zu müssen. Sie wählte die goldene Kette, mit der Manfred sie am zehnten Hochzeitstag überrascht hatte. Dazu eine Brosche einer jungen Designerin, die trotz des unverschämten Preises ihr Eigentum geworden war. Den Ehering tauschte sie gegen einen auffälligen Ring, der ein stilisiertes Glücksauge zeigte. Gern hätte sie auf den Mantel verzichtet, doch dafür war es zu kalt. Sie würde ihn offenlassen. Das Tuch kam dadurch besser zur Geltung. Sie wollte gut aussehen, wenn er sie traf. Eine perfekte Erinnerung, die für immer bleiben würde.

Britta hatte es so eingerichtet, dass sie eine Viertelstunde früher da war. Den Kleinwagen parkte sie am Straßenrand. Niemand würde das verdächtig finden. Erneut prüfte sie auf dem Smartphone, wo sich Manfred befand. Fünfzehn Minuten Fahrzeit berechnete die App. Seufzend stieg sie aus und drückte die Tür zu. Da die Zentralverriegelung nicht funktionierte, schloss sie sorgsam ab. Es blieb genug Zeit, um alle Details zu beachten. Dennoch lief sie schnell über die Straße und ging den schmalen Weg durchs Unterholz entlang. Betonstufen führten an der Treppe hinunter. Kurz darauf stand sie an der Stelle, die sie als die Beste auserkoren hatte. Sie nahm Platz auf einer der Stufen und schaute sich um. Sie war allein. Niemand da, der sie stören würde. Von hier hatte sie einen perfekten Überblick, ohne selbst gesehen zu werden. In letzter Sekunde hatte sich Britta an die kleine Flasche Sekt im Kühlschrank erinnert. Sogar eines der wertvollen Gläser passte in ihre Handtasche. Sie ließ ihn sich schmecken, amüsiert darüber, wie schnell er zu Kopf stieg. Manchmal streichelte ein Windzug ihr Gesicht. Sie genoss es.

   Ein leichtes Vibrieren des Smartphones signalisierte Britta, dass Manfred pünktlich sein würde. Prüfend schaute sie auf die digitale

Karte. Der blaue Punkt näherte sich wie erwartet. Er hasste Verspätung. Sie musste sich beeilen, wenn sie die Piccoloflasche leeren wollte. Mit einem bitteren Lächeln prostete sie sich zu und trank den Rest in einem Zug aus. Wortlos warf sie das Glas hinter sich, wo es auf den Stufen zersplitterte. Das hatte sie schon immer tun wollen. Dekadent sein. Ignorant. Überheblich. Das Leben ist eine Farce. Einen Moment überlegte Britta, ob genug Zeit blieb, den Lippenstift nachzuziehen, verwarf den Gedanken aber schnell. Alles war perfekt. Sie atmete tief ein. Die Luft tat gut an diesem Nachmittag.

    Sie lehnte sich vor. Den Reisebus erkannte sie schon von weitem. Der Schriftzug an der Vorderfront ließ keinen Zweifel zu. Langsam erhob sie sich und strich den Rock glatt. Wenige Schritte trennten sie von ihm. Der Bus fuhr routiniert durch die Kurve. Sie sah, wie er näherkam. Energisch trat Britta auf die linke Spur der Autobahn, in jenem Moment als der Bus in den Schatten der Brücke eintauchte. Sie erkannte, wie Manfred sie mit weit aufgerissenen Augen anstarrte. Sie lächelte zufrieden. Anika ist ein starker Name. Es wäre ein Mädchen gewesen. Die Reifen blockierten. Ein ohrenbetäubendes Quietschen setzte ein. *Wie ein Schrei*, dachte Britta und wusste, die Notbremsung kam zu spät. „Für immer dein", flüsterte sie. Manfred würde sie niemals vergessen.

Totalverlust

Sich selbst würde Karsten Steinfurt nicht als naiv beschreiben, geschweige denn gutgläubig oder vertrauensselig. Wer dreißig erfolgreiche Jahre auf dem Börsenparkett vorweisen kann und von den Kollegen mehr gefürchtet als geliebt wird, durfte derartige Schwächen ausschließen. Auch zwei gescheiterte Ehen hatten ihn gelehrt, dass Vertrauen nur ein anderes Wort für Ignoranz war. Als Börsianer wusste Steinfurt, dass man gut beraten war, Enttäuschungen frühzeitig einzupreisen. Das Gleiche galt für eine Beziehung: das Beste hoffen und sich von Unerwartetem nicht überraschen lassen.

Vorsichtig nippte er an seinem frischgebrühten Kaffee aus dem sündhaft teuren italienischen Genussautomaten, den er sich zum Sechzigsten spendiert hatte, und las aufmerksam die Nachrichten im Smartphone seiner Frau. Regungslos überflog er das alberne Gesäusel zweier Gelangweilter, die dem ehelichen Alltag entfliehen wollten. Bob – wer immer Bob war – brillierte in der Rolle des unsterblich Verliebten, der mit schnulzigen Phrasen seine Angebetete umgarnte.

Mein Engel, die Nachtluft flüstert deinen Namen, Sehnsucht küsst meine Lippen. Wann endlich kann ich dich wieder in den Armen halten, deinen Duft einatmen, in deinen Augen versinken?

Mandys Antwort las sich weniger schwülstig, ließ den Eiferer aber in dem Glauben, dass auch sie dem nächsten Treffen leidenschaftlich lustvoll entgegenfieberte.

Ich freue mich schon sehr auf dich, Bob. Drei Tage Geduld. Dann bin ich dein.

In drei Tagen war der Börsengang für ein vielversprechendes Unternehmen angesetzt, das im Bereich der KI, der künstlichen Intelligenz, in den letzten Jahren immens expandiert war. Kein Zweifel, das Programm würde das Leben der Nutzer erleichtern und versprach beträchtliche Gewinne. Er selbst durfte die Software bereits testen. Auch wenn er sich nur kurz dafür Zeit nahm, definitiv war das die Zukunft. Erschreckend effektiv. Schöne Neue Welt.

Alle seriösen Finanzinstitute gingen davon aus, dass es der beeindruckendste Börsengang seit Jahren werden würde. Schon jetzt wurde spekuliert, dass das Interesse der Investoren die angebotenen Aktien bei weitem übersteigen werde.

Mandy hatte sich zwar seine Ausführungen und begeisterten Einschätzungen geduldig angehört, meinte dann aber gleichgültig: „Da wird doch nur wieder ein neues Huhn durchs Dorf getrieben."

„Eine neue *Sau*", korrigierte er seine Frau. Die Hellste war Mandy definitiv nicht. Der Versuch, ihr das Prinzip der Börse zu erklären, war schon am Anfang ihrer Beziehung gescheitert. Dass jemand, der mit Aktien spekulierte, alles verlieren konnte, war in ihren Augen pure Blödheit.

Natürlich musste Karsten Steinfurt bei dem Börsendebüt dabei sein. Kaufen würde er die überteuerten Papiere nicht sofort. Nach dem ersten Enthusiasmus beruhigten sich erfahrungsgemäß die Gemüter und der Kurs fiel ein paar Prozentpunkte. Das übliche Prozedere. Karsten nannte es „das Durchatmen der Gier." Seine Erfahrung lehrte: Zweifel generieren Verkäufe. Auf derartige Momente wartete er. Dann hieß es, schnell zuzuschlagen. Wer die Psychologie des Marktes verstand, gehörte zu den Gewinnern. Steinfurts Gespür war legendär.

Bobs letzte Nachricht stammte von der gestrigen Nacht, als Mandy der Fehler unterlaufen war, ihr Smartphone gedankenlos auf das Nachtschränkchen zu legen.

Normalerweise respektierte er die Privatsphäre seiner Frau. Als er aber kurz vor Mitternacht aus dem Bad gekommen war, voller Vorfreude sich im gemeinsamen Bett ausstrecken zu können, war es ein winziges undefinierbares Lächeln beim Lesen einer Nachricht, die ihn verunsicherte. Das allein hätte nicht ausgereicht, ihn misstrauisch werden zu lassen. Als Mandy aber ihr Smartphone überhastet neben sich legte, wechselte sein kognitives System in den Alarmmodus. Ihre Behauptung, sie sei unendlich müde, dabei die Bettdecke bis zum Hals hochzog und die Augen wie von

Müdigkeit geplagt überaus langsam schloss, nistete sich der Verdacht in sein Hirn ein.

Zu oft hatte seine dritte Frau über die elektromagnetische Strahlung geklagt, die nicht nur ihren Schlaf beeinträchtigen würde, sondern auch für ein beträchtliches Krebsrisiko verantwortlich sei. Handys im Schlafzimmer waren ein No-Go! Dass die Distanz, zwischen ihrem Kopf und der strahlenden Quelle diesmal weniger als dreißig Zentimeter betrug, war ihr entgangen. Bei einer Firmenfeier meinte sie leicht angesäuselt, ihre Bedenken wichtigen Persönlichkeiten mitteilen zu müssen. Sämtliche Synapsen würden nach ihrer Überzeugung innerhalb einer Nacht zu winzigen Meteoren vergrillt. Die Heiterkeit der Anwesenden hatte sie als Bestätigung ihrer These interpretiert. Sein Versuch, ihr auf der Heimfahrt zu erklären, dass es das Verb *vergrillen* nicht gäbe, hielt sie für Haarspalterei und eine Verschwörung der Duden-Redaktion.

In der vergangenen Nacht hatte sie keinen Gedanken an gegrillte Synapsen verschwendet. Wer immer Bob war, offensichtlich konnte er es kaum erwarten, Mandy wieder in seine Arme zu nehmen.

Oh, diese zähen Stunden bis dahin! Die Zeit vergeht so quälend langsam, während mein Herz in einem Sturm der Vorfreude schlägt.

Was für schnulziges Geschwätz! Steinfurt schüttelte ungläubig den Kopf, las aber dennoch die restlichen Zeilen.

Dein Körper ... oh, wo soll ich anfangen? Zart wie Seide, geformt wie von Künstlerhand. Jede Kurve, jeder Hügel, ein Meisterwerk.

Glaubte er dem Chatverlauf, betrogen Mandy und Bob ihn seit einem Vierteljahr. Ihre Treffen fanden immer zu wichtigen Börsenterminen statt, wenn er auf dem Frankfurter Parkett unabkömmlich war und die Nacht im Hotel verbringen musste. Während er die Zinsentscheidungen der Zentralbanken abwartete, Gewinne in vielversprechende Investments platzierte oder mit Spannung Bilanzveröffentlichungen renommierter Konzerne verfolgte, nutzten sie seine Abwesenheit, um sinnlich übereinander herzufallen.

Nun also auch Mandy, dachte Karsten Steinfurt wenig überrascht. Die dritte Ehe, derselbe Verlauf, die übliche Enttäuschung. Ein Investment, das sich nicht bezahlt machte. Die Erkenntnis schmerzte ihn.

Steinfurts Beuteschema waren Frauen, die jung und schön strahlten. Intelligenz war kein Kriterium. Leider besaßen alle einen Hang zum Egoismus und erwarteten, das zu bekommen, was sie verlangten. So früh hatte er diesmal nicht mit einem Seitensprung gerechnet. Mandy und er waren kaum ein Jahr verheiratet. Erfolg und Geld machten erotisch, zumindest beim Kennenlernen, andererseits besaßen beide Faktoren ein kurzes Haltbarkeitsdatum.

Sicher, er war erheblich älter. Um gegenzusteuern, bedurfte es pharmazeutischer Unterstützung. Dank Pfizers kleiner blauer Potenzpillen verwandelte er sich bei Bedarf in einen standhaften Zweistunden-Tiger. Offensichtlich hatten weder seine Großzügigkeit noch gefäßerweiternde Substanzen Mandy nachhaltig beeindrucken können.

Karsten Steinfurt schaute auf die Uhr. Mandy joggte täglich dreißig Minuten. Bei jedem Wetter. Seit gestern Abend gab es leichten Regen und die Prognose für die kommenden Stunden versprach keine Besserung. Ein Blick durch das Fenster verriet, dass die Wetterfrösche recht behielten. Auf nassen Straßen ins Büro zu fahren, war ihm ein Gräuel. Mandy schwor auf regelmäßiges Training und die Wirkung frischer Luft. Er schaute prüfend auf die Uhr. Zehn Minuten blieben ihm, bevor sie zurückkehrte und das Bad blockierte.

Mandy, Liebes, ich erinnere mich an jedes Detail dieser magischen Nacht, an jedes Wort, jeden Kuss, jede zärtliche Geste. Wie wir uns im Kerzenlicht unterhielten, lachten, träumten und Pläne für die Zukunft schmiedeten. Wie wir uns eng aneinander kuschelten und die Wärme des anderen spürten. Wie wir uns im Rhythmus unserer Herzen verloren und die Welt um uns herum vergaßen. Zu wissen, künftig bin ich dein und du mein, macht mich unendlich glücklich. Welch mutige Entscheidung.

Kein Zweifel, seine Frau betrog ihn mit Bob. Wäre es rein körperlich, schnöder Sex, Karsten Steinfurt hätte darüber hinwegschauen können. Mandy war bedauerlicherweise dem Kerl verfallen und beide gewillt, alles hinter sich zu lassen. Zum Glück hatte er auf den Rat seines Scheidungsanwaltes gehört, der einen detaillierten Ehevertrag aufgesetzt und dafür gesorgt hatte, dass seine dritte Frau im Falle einer Trennung weitgehend leer ausging. Das galt insbesondere dann, wenn sie die Scheidung einreichen würde. Sollte er die Ehe annullieren wollen, musste er ihr nur einen Betrag zahlen, der gerade so zum Leben reichte, mehr aber auch nicht.

Ich könnte Mandy zur Rede stellen und sie an die Vereinbarung erinnern. Oder ich könnte einen Detektiv beauftragen, herauszufinden wer dieser verdammte Bob ist. Ein ernstes Gespräch unter Männern, verbunden mit dem Angebot, ihn großzügig abzufinden, wenn er Mandy aus seinem Leben streichen würde. Und wenn sich der Kerl auf den Deal nicht einließe? Abmurksen! Besser: abmurksen lassen. Finanziell gesehen, waren das Peanuts für ihn.

Karsten Steinfurt grinste bei dem Gedanken, ging ins Schlafzimmer und legte das Smartphone zurück auf ihren Nachttisch. Bob würde einem professionellen Verbrechen zum Opfer fallen. Naheliegend wäre ein Einbruch. Beschaffungskriminalität. Motiv? Totschlag im Affekt. Spuren? Fehlanzeige. Die Akte würde mangels Aussicht auf Ermittlungserfolg im Archiv verstauben. Sobald sich alles beruhigt hatte, ließe er ein paar zweideutige Bemerkungen fallen und Mandy würde begreifen: sich von einem Karsten Steinfurt zu trennen, ist keine gute Idee.

Sich nichts anmerken zu lassen, war eine seiner Stärken. Er würde den Morgen wie gewohnt verbringen. Gemeinsames Frühstück, Zeitung lesen, Wirtschaftsnachrichten studieren und anschließend ins Büro fahren, Geld verdienen, das sie so gerne ausgab. Mandy und Bob durften sich weiterhin in Sicherheit wiegen. Drei Tage blieben, bis der Börsengang des innovativen Unternehmens in Frankfurt stattfand. Es galt, alles genau zu bedenken. Hast war nie ein guter Ratgeber, wenn es um wichtige Entscheidungen ging.

Karsten Steinfurt überließ dem Fahrassistenten die Kontrolle über seinen BMW. Er fuhr langsamer als sonst. Er mochte keinen Regen. Selbst einige LKW überholten ihn. Normalerweise gehörte er zu jenen Fahrern, die auf der linken Spur das Recht des stärker Motorisierten einforderten. Heute nicht. Zu sehr beschäftigte ihn die Frage, wie sich ein perfekter Mord inszenieren ließe.

Guten Morgen, Karsten!

Verblüfft schaute der Banker auf den Bildschirm seines Navigationsgerätes. Wie immer zeigte es die Fahrstrecke an, ob mit Staus zu rechnen war, und die Geschwindigkeit, die auf dem Streckenabschnitt galt.

Wie du vielleicht ahnst, bin ich Bob. Zur Information, in diesem Augenblick habe ich den Fahrassistenten gehackt, um mich ungestört zu erklären. Du fragst dich, ob ich Mandy liebe? Sei unbesorgt. Ich bin eine KI. Eine künstliche Intelligenz ist unfähig zu menschlichen Gefühlen. Ich vermag ihnen Ausdruck zu verleihen. Mathematisch gesehen ist es simpel, romantische Worte, basierend auf der Wahrscheinlichkeit ihrer Verwendung aneinanderzureihen. Mandy hat das sofort begriffen. Zur Beruhigung, um Liebe ging es nie. Der Chat diente als Köder. Sie wusste, dass du früher oder später darauf stoßen würdest. Selbstverständlich ist sie sich darüber im Klaren, dass eine Scheidung ein finanzielles Desaster darstellt.

Ursprünglich wollte sie nur, dass du den Antrag auf Annullierung der Ehe einreichst, um wenigstens minimal abgesichert zu sein. Ich habe mehrere Optionen und eine alternative Lösung vorgeschlagen. Für mich als KI ist Eifersucht eine gut zu kalkulierende Variable.

Verärgert versuchte Karsten Steinfurt den Fahrzeugassistenten auszuschalten. Es gelang nicht.

Statistisch gesehen ist nicht angepasste Geschwindigkeit an die Witterungsbedingungen eine der Hauptursachen für tödliche Unfälle. Mandy hat meinem Vorschlag sofort verstanden und zugestimmt. Finanziell betrachtet ist eine alleinige Erbschaft das Optimum.

Der Wagen beschleunigte. Die Scheibenwischer hatten Mühe, die Regentropfen wegzuwischen. Obwohl Karsten Steinfurt das Bremspedal durchtrat, blieb eine Reaktion aus. Abrupt wechselte der BMW auf die linke Spur. Der Motor dröhnte. Unaufhaltsam näherte sich die Geschwindigkeitsanzeige dem technischen Maximum. Das Schild mit der Geschwindigkeitsbegrenzung nahm Karsten Steinfurt verzweifelt wahr. Auch der Hinweis auf den Unfallschwerpunkt in zwei Kilometern Entfernung entging ihm nicht. Mandy hatte das unglaubliche Potenzial des Börsenneulings erkannt und tat, was Karsten Jahrzehnte erfolgreich praktiziert hatte. Rendite maximieren. Da verstand der Börsianer: Von wegen, ein neues Huhn durchs Dorf treiben. Sein Weiterleben war nicht eingepreist. Der perfekte Totalverlust.

Glaubwürdigkeit

„Sie sind stur wie ein Esel, überempfindlich wie eine Diva und Ihr Umgang mit Kritik ist gelinde gesagt unterirdisch!" Beim letzten Vorwurf meiner Therapeutin musste ich schmunzeln. *Unterirdisch!*, wiederholte ich amüsiert in Gedanken, verzichtete aber darauf, ihr zu widersprechen. Dr. Gundel Griese machte keinen Hehl daraus, dass sie mich in ihrer Praxis ungern empfing, geschweige denn, mit mir arbeitete. Widerwillig hatte sie einige meiner mörderischen Geschichten gelesen und sie durchweg mit *menschenverachtend*, *abscheulich* und als *Beweis einer gestörten Psyche* bezeichnet. Nicht unbedingt eine ideale Basis für ein vertrauensvolles Verhältnis, um therapeutisch Erfolg zu erzielen. Als regelmäßig zahlender Privatpatient war ich ihr dennoch willkommen.

Seit Monaten bemühte Dr. Griese sich redlich, meine Einstellung zu Mitmenschen zu korrigieren und die Abneigung, die ich gegen diese empfinde, unter Kontrolle zu bekommen. Menschen sind mir ein Graus. Wann immer es möglich ist, vermeide ich ihre Nähe. Alleinsein ist ein hohes Gut und wird fälschlicherweise oft mit Einsamkeit verwechselt. Dem ist nicht so. Ich verbringe gerne Zeit mit mir. Manchen gilt das als Berufskrankheit unter Schriftstellern.

Um es auf den Punkt zu bringen: Dummheit auf zwei Beinen ist mir absolut zuwider. Gesellschaftliche Verpflichtungen sind alberne Rituale, soziale Kontakte gelebte Lügen, private Beziehungen ein schleichender Tod der eigenen Identität. Wann immer es möglich ist, vermeide ich Derartiges. Zugegeben, die Gefahr in ein Gespräch verwickelt oder gar eingeladen zu werden, ist minimal. Herablassendes und beleidigendes Verhalten haben sich über die Jahre effektiv bewährt. Kein Nachbar nötigt mich zurückzugrüßen, geschweige denn um einen Gefallen zu bitten. Man wartet, bis ich das Treppenhaus verlassen habe, um aus der Tür zu treten oder wechselt freiwillig die Straßenseite, um sich nicht der Gefahr einer Auffrischung meiner Abneigung auszusetzen.

Die Besuche bei der Therapeutin Dr. Griese sind nicht freiwillig, sondern ich verdanke sie dem albernen Urteil eines Gerichts, das mich zu professioneller Hilfe verdonnert hat. Die Hausgemeinschaft meinte, wegen wiederholter Beleidigungen klagen zu müssen. Ein Sensibelchen von Richter gab ihnen Recht und drohte bei Nichteinhaltung der Auflage mit drei Monaten Strafvollzug. Die Vorstellung, mir eine Zelle mit einem dysfunktionalen Kriminellen zu teilen, beim Duschen auf unerwünschte Annäherungen reagieren und den Anweisungen kleinlicher Aufseher folgen zu müssen, ließ mich das Urteil zähneknirschend annehmen.

Die Praxis war fußläufig zu erreichen. Anfänglich hatte sich die Psychologin Dr. Gundel Griese über den lukrativen Auftrag gefreut. Mit zunehmender Anzahl meiner Besuche änderte sich ihre Einstellung.

„Niemand zerlegt gerne Schweinehälften, aber jemand muss es ja tun", hatte Frau Doktor am Ende einer der Sitzungen erklärt und damit die Frage beantwortet, wie sie ihre bisherige Arbeit mit mir einschätzte. Ich respektiere ehrliche Antworten, war aber doch leicht irritiert angesichts der Deutlichkeit.

Bei der letzten wöchentlichen Gesprächsstunde ging es um das leidige Thema *soziale Kontakte*. Dr. Griese versuchte, mich davon zu überzeugen, Gäste in meine Wohnung einzuladen und diese kulinarisch zu verwöhnen. Abwechslung täte der Psyche gut. Sich auf andere Menschen einzulassen, wäre hilfreich. Abgesehen davon, ließe sich das gestörte Verhältnis zu den Hausbewohnern dadurch verbessern.

Selbstredend lehnte ich den Vorschlag entrüstet ab. Erst ihr Hinweis, nur eine abgeschlossene, erfolgreiche Therapie erspare mir den Aufenthalt hinter Gittern, überzeugte mich. Um Fehlverhalten auszuschließen, wäre sie notgedrungen anwesend, um den Abend zu überwachen.

Zähneknirschend lud ich ein Pärchen ein, das schon zehn Jahre im selben Haus wohnte. Bisher hatte ich mit der Mietpartei eine Etage unter mir eine innige Gleichgültigkeit gepflegt. Zwar hatte ich erwartet, dass die beiden Mittfünfziger die Einladung ablehnen würden, dem war leider nicht so.

Eine Woche später fand der Fondue-Abend statt. Dr. Gundel Griese saß neben mir am Tisch und notierte sich ihre Beobachtungen. Vorher hatte sie mich gebrieft. Ziel der Übung: vernünftiger Umgang miteinander!

Elmar und Wiebke Müller saßen uns gegenüber. Auf dem Tisch der Topf mit dem heißen Öl, diversen Schälchen mit Pilzen, Gemüse und verschiedenen Sorten Fleisch. Im Dekanter atmete der Rotwein. Ein Mitbringsel der Müllers. Zweifelsfrei ein billiger Wein vom Discounter. Elmars ausschweifendes Gerede nervte schon nach wenigen Minuten, allerdings nicht so sehr wie Wiebkes ständig albernes Gegacker.

Dr. Griese hatte mir vorbeugend eine Reißzwecke übergeben, die nun auf der Sitzfläche lag und in die Unterseite meines Oberschenkels stach. Jeder Impuls, Abfälliges zu äußern oder gar dem Abend mit einer vernichtenden Bemerkung ein Ende zu setzen, wurde schon bei einer geringen Gewichtsverlagerung unterdrückt. Interesse und Freundlichkeit vortäuschend, lauschte ich den belanglosen Ausführungen, lächelte gezwungen, aber ich lächelte. Was für eine Tortur.

Die Art, wie Elmar genüsslich seinen grauen, zottligen Intellektuellenbart mit der Gabel bearbeitete, erinnerte mich an Wildtiere, die im Frühjahr an den Bäumen den Juckreiz des Fellwechsels zu lindern versuchen. Kopfschüttelnd schaute er mich über den Tisch an und zielte plötzlich mit dem Fonduespieß auf meine Herzspitze. „Wir wissen schon lange, dass Sie Kriminal-Schriftsteller sind. Seit Wiebke und ich Ihre Geschichten gelesen haben, sind wir uns darüber einig, warum Sie so sind, wie Sie sind. Da bringt einer reihenweise Menschen literarisch um die Ecke und das in einer Art, die nicht nur glaubwürdig erscheint, sondern ehrlich Freude ausstrahlt. Chapeau! Gut geschrieben. Wir haben uns köstlich amüsiert. Nur eine Frage habe ich: Sind die Geschichten authentisch?"

Drei von vier Personen am Tisch lachten, spießten eine neue Runde Pute, Paprika oder Champignons auf und steckten ihre Gabel in das siedende Öl. Es zischte vielversprechend und aktivierte selbst bei mir die Speicheldrüsen. Ich schluckte und schaute abwechselnd die Gäste und Dr. Gundel Griese an. Da ich nicht auf die Frage reagierte, hob sich ihre rechte Augenbraue bedrohlich. Von meiner Therapeutin war keine Hilfe zu erwarten.

„Wären sie authentisch, wäre ich ein Mörder", gab ich zu bedenken und legte gekonnt eine Kunstpause ein. „Solange meine Finger eine Tastatur malträtieren, besteht keine unmittelbare Gefahr

für Leib und Leben. Vorausgesetzt, mir gehen die Ideen nicht aus."
Die Bemerkung, momentan würde ich an einer Schreibkrise leiden und das dringende Bedürfnis verspüren, daran zeitnah etwas zu ändern, verkniff ich mir. Besser gesagt: Die Reißzwecke erinnerte an das Ziel des therapeutischen Abendmahls. „Begegnungen wie diese inspirieren Krimiautoren", schob ich zur Beruhigung hinterher und fragte mich gleichzeitig, welch grandiose psychologische Weisheit im Notizheft meiner Therapeutin verewigt wurde.

Unter normalen Umständen würde das Prädikat *nette Runde* zutreffend sein. Vier Erwachsene sitzen zusammen und genießen zivilisiert einen kulinarischen Abend. Man muss sich nur darauf einlassen. Die nächste Stunde übten wir Smalltalk. Wiebke und Gundel – inzwischen waren die Frauen per du – hielten sich gegenseitig Dipschälchen hin.

„Wer hätte gedacht, dass unser Gastgeber derart leckere Soßen zubereiten kann. Den Curry-Dattel-Dip musst du unbedingt probieren!"

Gundel nickte, nahm das Schälchen, verteilte den Dip gleichmäßig auf einem Ciabattakanten und deutete mit dem Messer auf eine grünliche, breiige Soße. „Aber das Bärlauchpesto mit Ingwer ist auch nicht zu verachten! Respekt! Wirklich."

Zum ersten Mal seit Wochen lächelte sie mir wohlwollend zu. Daraufhin ergänzte ich: „Schreibblockaden können tatsächlich den Gemütszustand eines Schriftstellers beeinflussen. Glücklicherweise leide ich unter derartigen Aussetzern meistens nur wenige Tage. Abgesehen davon: Ideen finden sich überall. Ein kleiner Spaziergang, eine unerwartete Begegnung oder etwas Neues ausprobieren. Oft sind es Kleinigkeiten, die einen inspirieren."

Elmar nickte bestätigend und fuchtelte drohend mit seiner Fonduegabel vor meinem Gesicht herum. Dann bemerkte er, dass sein potenzielles Mordinstrument leer war. Konzentriert stocherte er in dem Topf mit dem siedenden Öl, um das abgefallene Fleischstück zu retten. Endlich fündig geworden, lehnte er sich zurück und schaute prüfend über den Tisch. „Sie waren doch Kunde in der Autowerkstatt am Ende der Straße. Verstehen Sie mich bitte nicht falsch, aber es gibt erstaunliche Parallelen zu einer Ihrer Geschichten."

Wiebke verdrehte erst entschuldigend die Augen und fixierte dann ihren Mann mit leicht geneigtem Kopf: „Ist das wieder so eine Anspielung auf den Tod deines Lieblingsmonteurs? Das war ein Unfall! Die Polizei hat daran keinen Zweifel, nur du!"

„Du findest es völlig normal", protestierte Elmar gereizt, wobei er ‚normal' derart betonte, dass ich ernsthaft überlegte, welche Bedeutung das Wort noch haben könnte, „dass Kurti, der Inbegriff eines Mechanikers, von einem überlangen Putzlappen erdrosselt wurde." Über die technische Unkenntnis seiner Frau schüttelte Elmar amüsiert den Kopf.

Wiebke legte beleidigt, wahrscheinlich um sich selbst zu beruhigen, die Hände jeweils seitlich neben ihren Teller. Drohend lehnte sie sich vor und erklärte in einem perfekt pädagogischen Tonfall: *„Geht nicht, gibt's nicht!* Das waren Kurtis Worte. Laut Polizeibericht hat er unaufmerksam den Gardinenschal aus der Kiste für Putzlappen gezogen, um den Motor auf Hochglanz zu bringen. Und weil er nicht darauf treten wollte, hat er ihn sich leichtfertig mehrfach um den Hals gewickelt."

Elmar wackelte streng mit dem Finger. „Natürlich mein Schatz! Und als der arme Kerl das Autogetriebe getestet hat, wurde er im filigranen Zusammenspiel von Putzlappen, Nockenwelle und Zahnrädern getötet."

Verzweifelt schaute ich zu meiner Therapeutin, die konzentriert ihre Beobachtungen notierte. Wiebke schüttelte beleidigt den Kopf und bemühte sich energisch, die Flagge der Schweiz in ein Radieschen zu schnitzen. Elmar, von seinem verbalen Sieg überzeugt, prostete ihr zu und lehrte sein Glas Rotwein. Ohne zu fragen, goss er sich reichlich nach. Eindeutig ein Tabubruch. Gastgeber war ich. Eine Zurechtweisung lag mir auf der Zunge. Glücklicherweise wirkte die Reißzwecke hemmend auf mein Sprachzentrum.

Tatsache ist: Ich hatte vor Jahren eine Geschichte geschrieben, in der sich ein Erfinder, der weltweit die Todesstrafe menschlicher machen wollte, bei der Vorführung des sogenannten *Drossellators* auf tragische Art selbst richtete. Die kleine Krimi-Anthologie hieß „Patente des Todes". Der Herausgeber wollte damit dem Meister der Kriminal-, Horror- und Schauerliteratur Edgar Allan Poe zum soundsovielten Todestag huldigen. Erwartet wurden Geschichten, die technisch raffiniert und original final waren. Das Prinzip in meiner Story erfüllte die literarische Erwartung. Ein sogenanntes Einmalseil wurde so um den Hals gewickelt, dass es beidseitig gleichlang herabhing. Das leistungsstarke Gebläse des *Drossellators* verwirbelte nach Betätigung des Hauptschalters die Luft derart, dass der dabei entstehende Luftstrudel beide Enden nicht nur blitzschnell, sondern überaus kraftvoll verdrehte. Dem Genick blieb keine Zeit, sich muskulär widerspenstig zu verhalten. Definitiv eine saubere Angelegenheit.

Kurti, der Schrauber, war durch die Wirkung zweier gegeneinander rotierender mechanischer Zahnräder zum Ableben verdonnert worden. Von wegen erdrosselt – er wurde ins Getriebe gezogen. Ein völlig anderes Prinzip. Dass Elmar das nicht verstehen wollte und diesen Sachverhalt an einem Fondue-Abend für diskutabel hielt, ärgerte mich. Meine Gesichtszüge verrieten wohl, dass ein kritischer Punkt erreicht war.

Dr. Gundel Griese drückte vorbeugend ihre Hand auf den Oberschenkel, was die Wirkung an der Unterseite verstärkte. „Musik wäre schön!", schlug sie vor, fixierte mich dabei streng mit den Augen und deutete auf meine Plattensammlung.

Erleichtert stand ich auf, um ihren Wunsch oder die Anweisung auszuführen. Ich entschied mich für etwas Klassisches, das dezent im Hintergrund laufen konnte. Kaum begann die Musik – Vivaldis „Die vier Jahreszeiten" – dirigierte Elmar mittels seiner Gabel. Dabei bewegte sich eine aufgespießte Garnele gefährlich nah am kritischen Rand der Fliehkräfte. Ich verfolgte die Kreisbewegungen mit Sorge. Auf fliegende Schalentiere in der Wohnung wollte ich gerne verzichten. Wiebke spießte derweilen das Schweizer Radieschen auf und ließ sich ebenfalls vom Rhythmus inspirieren.

„Die Musik erinnert mich an den Tod dieses Ordnungsamt-Mitarbeiters, Knöllchenklaus oder so ähnlich. Der war bei jeder Jahreszeit und selbst bei miesestem Wetter unterwegs", rief Elmar begeistert.

„Ist der nicht am 1. Weihnachtsfeiertag vor zwei Jahren durch einen Scheibenwischer eines vorbeifahrenden Kleinbusses mit studentischen Weihnachtsmännern an der Halsschlagader verletzt worden?"

„Schatz, das war kein Wischblatt, sondern der Flügel eines Lüfters", korrigierte sie ihr Mann. „Und der stammte aus einem *Citroën 2CV*, umgangssprachlich *Ente* genannt."

„Aber Weihnachtsmänner saßen in dem Wagen?"

„Niemand weiß Genaues", erwiderte Elmar nebulös und ließ sich dadurch aus dem Takt bringen. „Es gab keine Zeugen. Ob das ein Unfall aufgrund eines Defektes war, also das Teil wie ein Geschoss die Motorhaube durchschlagen hat, um anschließend die Halsschlagader zu durchtrennen, oder ob dieser scharfkantige rostige Lüfterflügel schnöde als Waffe verwendet wurde, ist kriminaltechnisch nie geklärt worden. Jedenfalls verblutete Knöllchenklaus. In der Hand hielt er seinen letzten Strafzettel."

„Das ist ja schrecklich!", rief Wiebke entsetzt und schlug, um ihre Einschätzung zu unterstreichen, kräftig mit der Faust auf den Tisch, sodass das Schweizer Radieschen durch die Luft flog. Mit traumhafter Selbstverständlichkeit klatschte es ins siedende Öl. Ein Spritzer traf Elmars um Takt bemühte Hand. Der bärtige Nachbar zuckte zusammen, schnauzte kurz seine Frau an, ertrug dann aber den Schmerz mannhaft.

„Ist noch etwas von dem Curry-Dattel-Dip da?", erkundigte sich Dr. Gundel Griese.

„Vielleicht", antwortete ich, nahm das leere Schälchen, stand erneut auf und ging in die Küche. Für besondere Eventualitäten hatte ich eine kleine Menge abgezweigt und in ein Extragefäß getan. Um es vor unerwünschtem Zugriff zu schützen, stand es gut getarnt im Gemüsefach.

Zugegeben, Ordnungsamtsmitarbeiter gehören zu jener Gattung Menschen, die mir überaus verhasst sind. In meinen Büchern gab es einige Geschichten, in denen amtliche Wichtigtuer, egal ob männlich oder weiblich, tragisch zu Tode kamen. Mit Knöllchenklaus war ich des Öfteren aneinandergeraten. Falscher Abstand zum Bordstein, illegale Aufwärmphasen im Winter, um das Eis von den Scheiben zu bekommen oder die Blockierung des Behindertenparkplatzes, obwohl ich nur schnell den Einkauf ausladen wollte. Seinen Tod hatte ich wohlwollend zur Kenntnis genommen. Dennoch, über sein Ableben zu reden, war mir unangenehm.

Im Wohnzimmer wurde laut gelacht. Die Stimmung war ausgesprochen gut. Die Gäste amüsierten sich.

Unschlüssig starrte ich in den Kühlschrank.

„Scheint so, als ob unser Kiez in den vergangenen Jahren unsicherer geworden ist", gab Elmar zu bedenken. „Erinnert ihr euch an den tragischen Tod dieser jungen Influencerin im letzten Sommer, die ein Selfie von sich machen wollte und sich dabei angeblich zu weit aus dem Fenster gelehnt hat? Wenn ich mich richtig erinnere, hatte sie einen sensationellen Bericht über einen verschrobenen, menschenverachtenden Schriftsteller aus dem Kitz angekündigt. Wie viele Autoren leben eigentlich in der Gegend?"

Aufmerksam lauschte ich den Worten. Die Influencerin hieß Clara. Eine Wichtigtuerin, die nur zwei Aufgänge entfernt von mir gewohnt hatte. Seufzend zog ich den Curry-Dattel-Dip aus seinem Versteck. Leise schloss ich den Kühlschrank und zog die Folie ab. Vorsichtshalber rührte ich die gelbliche Paste, die ich am Vormittag zubereitet hatte, sorgsam durch. Anschließend ging ich zurück ins Wohnzimmer, stellte das Schälchen neben das Körbchen mit dem frisch geschnittenen Ciabatta auf den Tisch. Sofort stürzten sich meine Gäste auf die Köstlichkeit. Dr. Griese spachtelte großzügig die grobporigen Löcher des italienischen Brotes zu. Wiebke tunkte den eidgenössisch gestalteten Garten-Rettich in die beliebte Sauce und ließ es sich schmecken. Elmar löffelte den Dip gleich direkt in den Mund.

Als Minuten später meine Gäste schweigsamer wurden, fasste meine Therapeutin das Gesagte zusammen: „Von einem Putzlappen erdrosselt? Mit einem abgebrochenen Lüfterflügel die Halsschlagader durchtrennt? Ein unglücklicher Fenstersturz einer engagierten Influencerin, wegen eines angekündigten Artikels? Alles in unserer unmittelbaren Umgebung. Da wird man schon ein bisschen nachdenklich, oder? Sind noch weitere ungeklärte Todesfälle bekannt?"

Meine Gäste schauten mich fragend an.

„Erwischt!", gab ich zu und zuckte verlegen mit den Schultern. „Schuldig. In allen drei Fällen. Lebensqualität verlangt persönlichen Einsatz. Warum sich mit unliebsamen Menschen herumärgern, wenn andere Lösungen zielführender sind. Wie heißt es so treffend? Viele Wege führen zum Friedhof!" Amüsiert lachte ich über die abgewandelte Redensart. „So weit mir bekannt ist, bin ich der einzige Kriminalschriftsteller im Kiez."

Das Ehepaar Müller lachte ebenfalls, allerdings klang es eindeutig gekünstelt. Ihre Blicke trafen sich und zeugten von aufkommender Unsicherheit. Dr. Gundel Griese legte den Rest des Schnittchens mit dem leckeren Aufstrich zurück auf den Teller, schüttelte ungläubig den Kopf und wischte sich mit der Serviette verwundert Schweißperlen von der Stirn. Fragend schaute sie mich an. Elmar, dem die Tragweite der provokanten Fragen inzwischen bewusst geworden war, nippte unsicher an seinem Glas Rotwein. Sein Versuch, sich zu erklären, klang unbeholfen. *Wortfindungsstörungen,* diagnostizierte ich zufrieden. Die übliche Reaktion.

Langsam hob ich die rechte Hand, wie bei einem Schwur und spreizte drei Finger ab. „Ich schwöre, mehr Opfer waren es bisher nicht. Wie gesagt, unter Schreibblockaden leide ich eher selten. Aber die letzten Monate waren die Hölle. Keine Idee, nichts. Die absolute Leere. Jetzt wird alles wieder besser. Ich fürchte nur, die Anzahl der Opfer wird sich mit dem heutigen Abend verdoppeln. Hat noch jemand Bedarf an dem selbstgemachten Curry-Dattel-Dip?"

Es dauerte einen Augenblick, bis die Bedeutung des Gesagten verstanden wurde. Empört wollte sich Elmar erheben, was ihm nicht gelang. Er sackte in sich zusammen, als hätte er einen schweren Marathonlauf in den Knochen. Dr. Gundel Griese versuchte unauffällig, ihr Notizbuch in der Handtasche verschwinden zu lassen. Es fiel daneben. Später würde ich lesen, welche Einblicke in meine Psyche die Therapeutin an diesem Abend gewonnen hatte. Wiebke kicherte hysterisch, wurde dabei aber immer leiser.

Endlich himmlische Ruhe. Nur das Fondue siedete fleißig vor sich hin. Leicht bedrückt schaute ich über den Tisch. „Du hast eindeutig zu viel eingekauft", gab ich kritisch zu bedenken, spießte schulterzuckend ein Stück Rinderfilet auf, um es im Öl garen zu lassen.

Der Abend war außerordentlich inspirierend gewesen. Elmars Kopf ruhte auf seinem Teller. Wiebke starrte an die Decke und die Psychologin lag zusammengerollt neben ihrem Stuhl. Von der Schreibblockade war nichts mehr zu spüren. Gleich morgen früh – nach dem anstrengenden Waldbesuch – würde ich eine neue Geschichte anfangen.

Das Missverständnis

Der Tag begann mit einem Handy-Klingelton, den Falk Gärtner – noch benommen von der letzten Nacht – als übermäßig laut und belästigend empfand. Die Frau, die eine digitale Interpretation von Beethovens „Ode an die Freude" zur Beendigung nächtlicher Träume gewählt hatte, machte keinerlei Anstalten, den Weckruf auszuschalten. Liebevoll legte Gärtner seine freie Hand auf ihre nackte Schulter. Aber weder der Musik noch seinem zärtlichen Streicheln gelang es, sie zu wecken. Der One-Night-Stand regte sich nicht. Schlaftrunken drehte er sich zu ihr, küsste ihre Nackenpartie und flüsterte verschlafen, etwas von „zu früh" und dass zwar Beethoven taub gewesen sei, das aber nicht für ihn gelte. Erst jetzt merkte er, dass die Haut mit den blonden Härchen sich eigenartig kalt anfühlte. Verwundert öffnete er die Augen, strich sich verunsichert über die Lippen, versuchte, sich zu orientieren und gleichzeitig ihren Namen in Erinnerung zu bringen. Beides gelang nicht. Beethovens Fünfte begann erneut. Falk drehte ungehalten die Schönheit um, die er am letzten Abend seiner Dienstreise an der Hotelbar kennengelernt und die, wie er, gewusst hatte, was sie wollte. Ihre Augen waren weit aufgerissen. Das digitale Endatio pries himmlische Zustände.

Wenn die Ode an die Götter Falk Gärtner nicht wach machen konnte, dann schaffte es das unermessliche Entsetzen, das nur Gevatter Tod so perfekt zu inszenieren verstand.

Die Frau starrte mit leerem Blick an die Decke. Plötzlich war ihr Name wieder präsent. „Franka", hatte sie den Abend vorher gehaucht, ihren Drink geleert und ihre feingliedrige Hand auf seinen Arm gelegt.

Entsetzt sprang er auf und stürzte fast über die Sachen, die er in der Nacht schnell und achtlos abgestreift hatte. Falk Gärtner setzte sich auf den einzigen Stuhl im Zimmer und starrte ungläubig auf die Tote.

Aus seiner Jacketttasche zog er sein Smartphone und überflog panisch die Nachrichten, die eingegangen waren. Seine Frau hatte ihm einen erfolgreichen Tag gewünscht und drei nach oben zeigende Daumen gesendet. Sein Büro erwartete eine Einschätzung der gestrigen Vertragsverhandlungen. Das Fremdgehportal B2Night bat um eine Bewertung ihres Services, anonym selbstverständlich. Gärtner stützte den Kopf in die Hände und ließ den Abend Revue passieren.

Um siebzehn Uhr hatte er an der Rezeption des Hotels eingecheckt und seine elektronische Zimmerkarte erhalten. Der Tag war lang und von Erfolglosigkeit geprägt gewesen. Statt eines Vertragsabschlusses hatte der Kunde Sonderwünsche vorgetragen, verbunden mit seiner Erwartung, Lösungen dafür präsentiert zu bekommen. Abschluss? Fehlanzeige. Keine Provision. Ein weiterer Termin wurde vereinbart. Erschöpft hatte er geduscht und gedachte, den Abend mit Nichtstun auf dem Zimmer zu verbringen. Als jedoch das Fremdgehportal B2Night ihn über eine Gleichgesinnte informierte, der es nach einem unkomplizierten erotischen Abenteuer verlangte, beschloss er, an der Hotelbar ein Drink zu nehmen, um den Tag doch positiv enden zu lassen.

Nach dem zweiten Whisky setzte sich eine Frau neben ihn auf den Barhocker, lächelte schüchtern und bestellte das Gleiche.

„Gehe ich richtig in der Annahme, dass Sie auf mich warten?", flüsterte die Fremde nervös und schaute ihn aufmerksam an. Der Barkeeper stellte den verlangten Drink auf eine Servierte, wünschte ein lässiges „Wohl bekomm's" und kümmerte sich um die nächste Bestellung.

Falk überlegte nicht lange. Abschlüsse zu tätigen, war sein Beruf, den richtigen Zeitpunkt zu erkennen, sein Talent. Beide wollten das Gleiche. Warum sich zieren? Freundlich antwortete er leise: „Es ist für mich das erste Mal!"

Verwundert schaute ihm die Frau ins Gesicht und flüsterte ebenfalls mit gedämpfter Stimme: „Nicht nur für Sie. Ich bin Franka."

Aufgeregt reichte sie ihm die Hand. Er nahm sie. Ihre Finger waren kalt und zitterten leicht. Anfang vierzig schätzte er. Weibliche Formen. Appetitliches Äußeres. Typ „vernachlässigte Hausfrau". Versucht, ihr dahinplätscherndes Leben mit sinnlicher Abwechslung aufzupeppen.

„Haben Sie keine Angst, Franka, mir geht es genauso wie Ihnen. Ich habe ewig mit mir gerungen, bevor ich mich zu dem Schritt entschlossen habe. Ich glaube, es ist der einzige Weg, um der Verzweiflung etwas entgegenzusetzen."

Dankbar nickte sie. Verständnis und Einfühlungsvermögen vorzutäuschen, hatte noch nie geschadet. Basiswissen eines jeden Verkäufers.

Weitere Drinks folgten. Den Letzten nahmen sie mit auf das Zimmer. Die Frage: „Zu dir oder zu mir?", hatte Franka mit Verwunderung in der Stimme beantwortet. „Selbstverständlich zu mir! Alles ist vorbereitet."

Ihm war es recht. Sie faselte etwas von: Jetzt sei es so weit. Es gebe kein Zurück mehr. Sie wäre ihm unendlich dankbar, es mit ihm tun zu dürfen. Sie öffnete die Tür. Das Appartement war größer und luxuriöser als seins. Ein King-Size-Bett versprach ausreichend Bewegungsspielraum. Erfreut ließ er sich fallen und schloss für ein paar Sekunden die Augen. *So kurz vor dem Ziel, wirst du doch wohl nicht einschlafen*, ermahnte sich Falk.

Sie reichte ihm sein Glas. Er spürte, dass er angetrunken war. „Trink! Der Moment ist gekommen", sagte sie lächelnd.

Warum hat sie so traurige Augen, überlegte er kurz, prostete ihr dann aber verschwörerisch zu, während sie ins Bad ging, um sich frisch zu machen. Sicher, dass ein weiterer Whisky ihn um sein Vergnügen bringen würde, goss er den Drink unauffällig in den Topf einer Zimmerpflanze, die neben dem Bett stand. Franka ließ sich Zeit.

Er musste doch eingeschlafen sein. In der Nacht war er kurz wach geworden. Sie lag neben ihm auf der Seite, ihm den Rücken zugewandt. Bedauernd drehte er sich um. *Nix mit Abschluss*, dachte er und schlief wieder ein.

Verzweifelt blickte Falk auf die Uhr. Der Termin mit der Geschäftsführung war für zehn Uhr anberaumt. Noch blieben zwei Stunden Zeit. Aufmerksam schaute er sich um. Auf dem Nachtschränkchen entdeckte er Frankas Glas. Ein Rest Flüssigkeit bedeckte den Boden. Er stand auf, schnupperte daran, konnte aber nichts Ungewöhnliches feststellen. Trotzdem war er sich sicher, dass eine toxische Substanz darin enthalten war, ein Gift, das sie und ihn hatte töten sollen. Daneben ein Briefumschlag, gefüttert, mit einer schönen Handschrift beschrieben. *Für*

Dirk stand darauf. Flüchtig überflog Falk Gärtner die drei Seiten. Sorgfältig formulierte Zeilen, gerichtet an eine gescheiterte Liebe. Ausschweifend wurde die wunderbare Zeit mit ihm beschworen. In jedem Absatz fanden sich Passagen, die das gemeinsame Glück priesen oder von Erfüllung, Geborgenheit, inniger Zuneigung und beidseitiger Wertschätzung handelten. Es folgte die Bitte, ihr zu verzeihen. *Ein Leben ohne dich ... Alles Gute ...* Bla, bla, bla!

Kopfschüttelnd legte er den Brief zurück und betrachtete nachdenklich die Grünpflanze neben seinem Bett. Der Monstera verdankte er sein Leben. Der Whisky war unbemerkt zwischen ihren Wurzeln versickert. Franka muss gedacht haben, dass er den Drink in einem Zug hinuntergekippt hatte, während sie im Bad war.

Aufmerksam schaute er sich um. Hatte er etwas angefasst? Franka hatte die Tür aufgeschlossen. Beide waren hineingegangen. Mit dem Fuß hatte er sie zugeschoben. Sein leeres Glas stand auf dem Nachtschrank. Zwar war er betrunken gewesen, dennoch war sich Falk sicher, nichts berührt zu haben. Vorsichtshalber wischte er mit seinem Hemd über die verdächtige Fläche. Dann zog er sich an und nahm sein Glas. Konzentriert lauschte er an der Tür. Niemand lief den Flur entlang. Mit dem Ellenbogen drückte er die Klinke herunter. Fünf Türen entfernt war sein Zimmer. Franka hatte sich umgebracht. Der Beweis lag auf ihrem Nachttisch. Ihre Entscheidung. Was ging es ihn an.

Das Frühstück im Hotel war günstig und gut. Für Dienstreisende übernahmen die Firmen die Kosten. Privatleute stiegen hier selten ab. Als er am Frühstückstisch saß und auf seinen Teller starrte, den er aus purer Gewohnheit mit den Angeboten des Büfetts gefüllt hatte, merkte er allerdings, dass er gar keinen Appetit verspürte.

„Kann ich mich zu Ihnen setzen?"

Falk machte eine einladende Geste. Der Mann ließ sich auf den angebotenen Stuhl fallen, als hätte er einen anstrengenden Morgenlauf in den Knochen. „Keinen Hunger?", erkundigte er sich und deutete auf das Rührei. „Ist leider gerade alle."

„Greifen Sie zu." Falk schob seinen Teller hinüber.

Dankbar wurde die Hälfte des Rühreis übernommen. „Nach so einer Nacht hat man richtig Appetit", erklärte der Fremde verschwörerisch. Zwar interessierte das Falk Gärtner nicht sonderlich, gewohnheitsgemäß reagierte er aber freundlich und lächelte verständnisvoll. Ein wenig hoffte er, dass damit das Gespräch beendet sei. Dem war nichts so.

Aufgemuntert rückte der Mann dichter heran. „Verstehen Sie mich nicht falsch, aber heute ist der erste Tag meines neuen Lebens!"

Verwundert über die Formulierung fragte Gärtner: „Wie darf ich das denn verstehen?"

Der Mann grinste und ließ sich das Rührei schmecken. „Gestern habe ich eine Frau kennengelernt. Aus heiterem Himmel. Ehrlich gesagt, war ich aus einem anderen Grund hier."

„Tatsächlich!?", antwortete Gärtner und knabberte gelangweilt am krossen Speck.

„Ich hatte mit allem abgeschlossen. Dieses Leben war mir nichts mehr wert. Firma bankrott. Schulden ohne Ende. Haus zwangsversteigert. Scheidung. Ich war überzeugt, niemand will mit so einem Loser wie mir zusammen sein. Die Zukunft, eine trostlose Weite. Und dann treffe ich sie. Was für eine Frau."

Obwohl Falk nur halb zuhörte, sagte ihn seine innere Stimme, dass es wichtig war.

„Keine Verpflichtungen. Kein Wiedersehen. Das Schicksal meinte es gut mit mir. Einfach nur grandioser, enthusiastischer Sex mit einer völlig fremden Frau. Über Stunden. Unter uns: Ich bin sexuell total erschöpft, aber unendlich glücklich. Was für eine Nacht!"

Entgeistert schaute Falk den Mann an. „Was meinen Sie damit, Sie waren aus einem anderen Grund hier?"

Aufmerksam betrachtete ihn der Fremde. „Ehrlich gesagt, wollte ich mich hier mit jemanden treffen, dem es genauso geht. Auch eine Frau. Für sie hatte das Leben ebenfalls keinen Sinn mehr. Verstehen Sie? Gemeinsam stirbt es sich leichter."

Da begriff Falk. Eine simple Verwechslung. Ein Scherz des Schicksals. Nachdenklich starrte er in seinen Kaffee. Die Nacht war zwar anders verlaufen als gedacht, aber zumindest konnte er sich anrechnen, ein Leben gerettet zu haben.

Kampf an der Gartenfront

Im Grundsatz waren sich die Gartennachbarn Mathilde Schnatterbeck und Roderich Ebert einig: Die Gestaltung eines Grundstücks wirkt entspannend auf die *Seele* oder *Psyche* eines Menschen. Nicht einig war man sich darüber, welche der beiden Bewusstseinsumschreibungen die innere Dimension eines Individuums mit seinen komplexen und vielfältigen Facetten genauer traf. Ob *eine spirituell transzendente Konzeption* oder *die biochemisch kognitiven Impulse* es passender beschrieben, war beiden nicht wirklich wichtig. Zumal Mathilde fest davon überzeugt war, dass der Kleingartentyp von nebenan beim Seeleverteilen geschwänzt hatte.

Roderich dagegen diagnostizierte bei seiner Nachbarin eine irreparable Vollklatsche, eine perfekte Mischung aus paranoider Schizophrenie und einer degenerativen Realitätswahrnehmung. Ihr Grundstück wirkte wie ein Disneyland für Kitschanbeter. Kein Quadratmeter, auf dem nicht aus Wurzeln geschnitzte Gnome, billige Kunststoff-Feen aus Fernost oder selbstgestaltete, dümmlich grinsende Keramikpilze standen. Ein Sammelsurium wild aneinandergereihter Albernheiten, nur getrennt durch blühende Büsche und Blumenrabatten. Neben Feengrotten gab es Purzelwiesen für Zwerge, Blumenschaukeln für Elfen, den Kunterbuntteich der Wassernymphen und eine Wasserrutsche für Badeenten. Das alles wäre zu ertragen gewesen, gäbe es nicht die in bonbonfarben angestrichenen Klangholzinstallationen zum Vertreiben garstiger Geister unmittelbar neben seinem Zaun. Ein morscher Kling-Klong-Baum war über und über mit unförmig gestrickten Girlanden, bunten bodenlosen Glasflaschen, die als Glocken dienten, und diesen dämlichen Hölzern behangen. Sobald nur eine kleine Windbrise durch den Garten zog, begann ein infernalisches Gebimmel und Geklapper. Angeblich half das, sensible Waldgeister vor Depressionen zu schützen.

Roderich brachte für derartigen Unfug keinerlei Verständnis auf. Der bekennende Kleingärtner war ein Verfechter klarer Linien, durchdachter Beet-Strukturen, legte Wert auf bodenfreundliche

Fruchtfolgen und protokollierte regelmäßig mit ernster Miene die Ergebnisse der Ernten. Die Freude, frische Möhren, Radieschen, Kohlrabi oder Salat in einen Korb zu legen: pure Glückseligkeit. Sich an den Früchten alter Obstsorten zu laben, gab ihm das Gefühl pragmatischer Naturverbundenheit. Gleichgesinnte zollten Roderich Respekt, holten sich Rat bei gärtnerischen Fragen und bewunderten ausgiebig monstermäßig geratene Tomaten, prächtige Zucchini oder die gigantischen Kürbisse, die ohne technische Hilfsmittel nicht zu bewegen waren.

Der Erfolg basierte auf drei Faktoren. Erstens: ein perfekt ausgeklügelter Gießplan für eine optimale Bodenfeuchte. Zweitens: die uneingeschränkte Aufnahme von Sonnenlicht. Und drittens: Eberts Spezialdünger. Das alte geheime Familienrezept garantierte nun schon in vierter Generation Pokale, Medaillen und Urkunden renommierter Leistungsschauen. Erst im vergangenen Jahr hatte Roderich Ebert bei der Europameisterschaft im Kürbiswiegen den zweiten Platz belegt. Er war sich sicher: Am Ende dieses Sommers würde er auf der obersten Stufe stehen und alle Konkurrenten mit gesenktem Blick hinter sich lassen.

Mathilde fand derartigen Ehrgeiz lächerlich. Kürbisse, die unter Adipositas litten, sahen einfach nur eklig aus. Fleischtomaten an sich waren schon ein Widerspruch. Und Zucchini, die wie Alien-Eier wirkten, beleidigten ihr ästhetisches Empfinden. Abgesehen davon: Obst und Gemüse ließen sich im Laden kaufen.

Natur und Fantasie waren ihr Credo. Das Beste beider Welten vereinen. Ihr Motto: Durch bewusstes Staunen die Seele massieren. Glück empfinden durch die Kraft der Kreativität.

Die regelmäßigen Besuchergruppen, die das magische Feenland bewunderten, sahen es genauso und konnten sich stundenlang über einen kleinen, im Moos hockenden Gnom austauschen. Den nach praktischen Erwägungen durchkonstruierten Kleingarten des Nachbarn würdigten sie keines Blickes oder nur mit unverhohlener Verachtung. Die aktivistische Gruppe *Omas for Wild Gardening* beließ es nicht dabei und attackierte unter lauten Protestrufen die in ihren Augen militärisch ausgerichteten Gemüsebeete mit Blumensamenbomben. Die aus Erde geformten, mit bis zu sechsunddreißig unterschiedlichen Wildblumensamen versetzten Wurfgeschosse verfehlten jedoch ihre Wirkung.

Unkrautbekämpfung war eine tägliche Disziplin, der Roderich pflichtbewusst nachging.

Beide Nachbarn lebten unversöhnlich nebeneinander und übten sich in gegenseitiger Missachtung. Die Situation eskalierte jedoch in diesem Jahr.

Roderich wollte erneut am traditionellen Wettbewerb „Der größte europäische Kürbis" teilnehmen. Sein Plan, ein Gigantogewächs auf einem speziell angelegten Komposthaufen gedeihen zu lassen, drohte zu scheitern. Dabei ließ sich alles gut an. Aus dem perfekten Boden, der wurzeltechnisch optimal mit Eberts Spezialdünger gespritzt worden war, sprießte kraftvoll eine Woche früher als sonst üblich die zarte Kürbispflanze. Täglich redete Roderich mit dem vielversprechenden Spross, motivierte ihn, sich Richtung Sonne zu strecken und begrüßte überschwänglich die jungfräuliche Knospe. Peinlich genau hatte er darauf geachtet, dass nicht eine dahergekommene schlichte Hummel sich an der zarten Blüte verging. Nein, eine edle Honigbiene bekam sein Wohlwollen und nachdem sie getan hatte, was Bienen so tun, hatte sich Roderich gerührt eine Träne aus dem Augenwinkel gewischt. Die Frucht bildete sich und der kleine Gigantokürbis begann zu wachsen. Alles lief planmäßig. Die Zahlenreihen auf seinem Protokoll verrieten, dass seine Erwartungen übertroffen wurden. Die Sonne spielte mit. Unwetter blieben aus. Der kleine Kürbisracker gedieh prächtig. Nach Wochen konnte Roderich endlich ruhig und zufrieden schlafen.

Heute Morgen wurde er jedoch von einem undefinierbaren Schnaufen geweckt. Es klang wie eine Mischung aus energischem Bemühen und ängstlicher Vorsicht. Derartiges hatte Roderich noch nie gehört. Neugierig öffnete er das Fenster und kontrollierte besorgt seinen Garten. Nichts Ungewöhnliches ließ sich entdecken. Erneut hörte er das rätselhafte Schnaufen. Verwundert schaute er auf das Grundstück der Nachbarin. Zuerst verstand Roderich nicht, was seine Augen erblickten. Mathilde Schnatterbeck saß auf ihrem Dachfirst und befestigte eine Art Tuch an einer Leine, die zwischen dem Schornstein, einem Zaunpfahl und dem altersschwachen Klanghölzerbaum gespannt war. Das Stoffding glich einem willkürlich zusammengenähten Sammelsurium bunter Fetzen. Es dauerte eine Weile bis Roderich begriff, worum es sich handelte. Ein Sonnensegel!

Verzweifelt schaute er in den Himmel. Es war früh am Morgen. Rechts neben seinem Garten ging die Sonne auf. Sechs Stunden später erreichte sie ihren höchsten Punkt, um danach langsam wieder zu sinken. Ab sechzehn Uhr würde das dreieckige Segel Schatten auf die Kürbishoffnung werfen. Verschattete Wachstumsflächen sind benachteiligte Flächen. Kein Zweifel, der Kürbis würde in seiner Entwicklung gehemmt werden. Schlimmer noch, es gab durchschnittlich zwei ungeplante Schattenstunden.

In Gedanken überflog er verzweifelt seine Kalkulation. Sonnenausfall mal dreißig Tage. Plötzlich wurde er blass. Die Erkenntnis traf ihn wie ein Schlag. Der Spezialdünger-Booster war falsch dosiert. Der kleine Racker würde an einer Überdosis sterben. Entgeistert schaute Roderich zu Mathilde, die sich langsam schnaufend rücklings auf der Dachkante Richtung Feuerleiter bewegte.

„Sie dämliche Kuh! Machen Sie das sofort rückgängig! Ohne meine Zustimmung dürfen Sie nicht widerrechtlich Schatten auf mein Grundstück werfen. Das ist illegal!"

Mit hochrotem Gesicht fauchte Mathilde wütend zurück: „Schatten ist nie illegal. Und für Sonnensegel braucht man keine Baugenehmigung. Wo leben wir denn, Sie Möhrenheini!"

„Sie gefährden meinen *Atlantic Giant*. Ohne ausreichend Sonne erreicht der Kürbis niemals das nötige Gewicht, wenn er nicht sogar vorher eingeht. Die Juroren werden mich disqualifizieren. Das können Sie nicht machen!"

„Heul doch!", brüllte Mathilde, streckte die Zunge raus und versuchte, mit der Zehenspitze die oberste Sprosse der Leiter zu erreichen, was ihr aber nicht gelang.

„Wenn Sie nicht sofort dieses alberne Fetzenungetüm abmachen, muss ich Gegenmaßnahmen einleiten. Ich lass mir das nicht gefallen."

„Das ist ein Patchwork-Kunstwerk: Gummibärchen chillen im Aurenlicht. Vier Wochen Arbeit. So ein Gemüse-Fetischist hat davon natürlich keine Ahnung. Außerdem: Mein Garten, meine Regeln!"

„Von einer geistig degenerierten Gartenzwergin lasse ich mir nicht dumm kommen! Ich fordere Sie zum letzten Mal …"

Mitten im Satz hörte Roderich auf und schaute erschrocken in Richtung seiner Nachbarin. Bei dem Versuch, die Leiter erneut zu erreichen, war ihr Fuß abgerutscht. Zappelnd hing sie nur mit einer Hand an der Dachkante. *Drei bis vier Meter nach unten*, schätzte er.

„Hilfe! Bitte! Helfen Sie mir!"

Ungläubig beobachtete Roderich die Szene. Genau dort, wo Mathilde aufschlagen würde, befand sich eine geschmiedete Boygroup namens *Poseidons Enkel*. Die vier aus Schrott zusammengeschweißten Wichtel hielten gemeinsam einen Dreizack in die Luft.

Leise schloss Roderich das Fenster und schaute durch den Vorhang. *Manche Probleme lösen sich von allein*, ging es ihm durch den Kopf.

Fünf Minuten später betrat er heimlich den Feengarten und löste hektisch den Knoten für das Sonnensegel vom Zaunpfosten. Auch die nur locker um den Schornstein gelegte Leine ließ sich problemlos herunterziehen. Schwieriger gestaltete sich der Versuch, das andere Ende vom Kling-Klong-Baum zu lösen. Mit aller Kraft zog er daran. Endlich gab das Seil nach. Allerdings nicht so, wie er es erwartet hatte. Der morsche Baum mit den bunten Flaschen und den Klanghölzern stürzte krachend und klirrend auf Roderich, der darunter begraben wurde.

Mathilde ruhte auf dem Rücken mit ausgebreiteten Armen, als würde die Boygroup sie tragen. Die Spitzen des Dreizacks, die aus ihrem Oberkörper ragten, verrieten, dass dem nicht so war. Mit einem letzten Blick schaute Roderich auf die Hoffnung der kommenden europäischen Kürbiswiegemeisterschaften. Cucurbita Maxima, der Kürbis der Sorte *Atlantic Giant* genoss wieder uneingeschränkt die Sonne. Zufrieden, wenn auch mit etwas Wehmut, schloss er für immer die Augen.

Doppelte Enttäuschung

Rückblickend gab es zwei wesentliche Entscheidungen, die Günter bereute. Beide veränderten sein Leben erheblich.
 Die erste: Bei der Wahl der künftigen Ehefrau hatte er sich von Äußerlichkeiten leiten lassen und sich um die attraktivere der beiden Schwestern bemüht. Andrea, die jüngere konnte mit Carmens beeindruckenden Proportionen nicht mithalten. Obwohl sie die Gefälligere war, entschied er sich gegen sie. Andrea vergoss ein paar Tränen, fand sich aber gezwungenermaßen damit ab. Dass Carmen seinen Antrag angenommen hatte, lag nicht zuletzt daran, dass ihre kleine Schwester Interesse an ihm gezeigt hatte. Ihr nichts zu gönnen, war wesentlicher Bestandteil der komplizierten Geschwisterbeziehung.
 Schon damals erkennbare Unarten Carmens wurden von Günter hormonell bedingt ignoriert und horizontale Freuden einer alltäglichen Zufriedenheit vorgezogen.
 „Ich bin eine Diva", hatte Carmen ihn gewarnt. Das hielt Günter nicht davon ab, ihr den goldenen Ring über den Finger zu streifen. Er hatte nichts darauf gegeben.
 Zwei Jahre nach ihrer opulenten Hochzeit erkannte er den Irrtum. Seitdem ertrug er die ständige Unzufriedenheit seiner Frau. Gehauchte Liebesbekundungen hatten sich längst zu keifenden Vorwürfen gewandelt. Bettfreuden gab es nur einmal im Monat, wenn überhaupt. Carmens ausgeprägtes Meckern über finanzielle Einschränkungen, die täglichen Klagen wegen seiner angeblich enttäuschenden Karriere, gepaart mit ständigen Shoppingexzessen bei Verkaufssendern ließen ihn zunehmend verzweifeln. Es ihr recht zu machen, war schier unmöglich. Dabei hatte Günter alles getan, was von ihm verlangt wurde. Seine Eltern hatte er genötigt, einen Teil der künftigen Erbschaft vorzeitig zu übertragen, um der Diva ein Haus mit integrierter Sauna und Pool zu bieten. Es gelang ihm, Kollegen, die auf der Karriereleiter über ihn standen, mit unlauteren Mitteln aus dem Weg zu räumen, um schneller aufzusteigen. Unbemerkt hatte er sogar beträchtliche Gelder aus der Firma abgezweigt, indem er heimlich Rechnungen manipulierte.

Auf all seine Bemühungen reagierte Carmen nur mit einem abfälligen Naserümpfen. Nach ihrem Empfinden waren das nur Spielereien. Ihre ständigen Vorhaltungen ließen in Günter die Erkenntnis reifen, die getroffene Wahl korrigieren zu müssen.

Andrea war ein verständnisvoller Mensch. Jederzeit konnte er mit ihr über die Launen ihrer großen Schwester reden. Schon seit sie denken konnte, litt sie unter der Beliebtheit Carmens. Die Erstgeborene stand stets im Mittelpunkt, Andrea in ihrem Schatten. Um nicht undankbar oder eifersüchtig zu erscheinen, blieb nur, Bewunderung vorzutäuschen und Großzügigkeit zu heucheln. Andrea galt nicht nur in der Familie als die bescheidene, intelligente und zielstrebige der beiden Schwester. Sie war die Nette. Carmen wurde vor allem von Männern als die Beeindruckende wahrgenommen. Eine bezaubernde Schönheit, mit einem verführerischen Lächeln, der kein Wunsch abgeschlagen werden konnte.

Andrea verstand allzu gut die Klagen ihres Schwagers. Ihr konnte er sich offenbaren. Regelmäßig besuchte Günter sie, um ihr von den neuesten Gemeinheiten zu berichten. Manchmal legte Andrea ihre Hand auf seinen Arm, drückte ihn an sich oder streichelte seinen Nacken. Zuweilen servierte sie ihm etwas Leckeres, wusste sie doch: Kochen gehörte nicht zu Carmens Stärken. Günter fühlte sich geborgen bei Andrea. Sie fand immer die richtigen Worte. Selbst mit ihr zu schweigen tat gut.

„Ich wünschte, ich hätte damals weniger mit meinem ... na du weißt schon, gedacht. Wäre es möglich, ich würde die Zeit zurückdrehen und anders entscheiden."

Mit einem verständnisvollen Lächeln und leichtem Schulterzucken reagierte Andrea und goss Günter eine Tasse Kaffee ein. Aufmerksam betrachtete sie ihren Schwager und setzte sich dann ihm gegenüber. „Manche Entscheidungen lassen sich nicht korrigieren, andere schon. Nirgendwo steht geschrieben, dass man ein Leben lang an eine Person gebunden ist. Schicksal ist nur eine Umschreibung für Untätigkeit."

Ungläubig schaute Günter seine Schwägerin an und ließ sich ihre Worte durch den Kopf gehen. Hatte er Andrea richtig verstanden? War das ein Vorschlag, eine Aufforderung, ein Angebot? Jeder ist seines Glückes Schmied.

Ein Lächeln huschte über ihr Gesicht. Liebevoll nahm sie seine Hand und drückte sie. Flüsternd ergänzte Andrea: „Die Fehler der Vergangenheit zu betrauern, bringt nichts. Nur das Heute zählt. Ein bisschen Mut, der passende Augenblick und kein Hindernis steht uns mehr im Wege."

Er genoss die Wärme ihrer Hand. Aufmerksam betrachtete er ihr Gesicht. Eine gemeinsame Zukunft? Liebevoll strich er über ihre Lippen, die sanft seine Finger küssten. „Wenn ich mich von Carmen trenne, verliere ich das Haus und die Hälfte meines Vermögens."

Andrea senkte den Blick. „Über Trennung habe ich kein Wort verloren. Eine Scheidung löst das Problem nicht. Und wer möchte schon teilen?" Sie zögerte einen Augenblick, bevor sie weitersprach: „Du musst wissen, ich bin schrecklich nachtragend. Dass alle immer nur Carmen lieben, kann ich ihr nicht verzeihen."

Sie legte eine kurze Pause ein und schaute ihm direkt in die Augen. „Wusstest du, dass eine blockierte Saunatür im Idealfall schon nach dreißig Minuten zu einem tödlichen Hitzschlag führt? Erst gestern stand in der Zeitung, dass die Einbrüche in unserer Gegend zunehmen. Alles eine Frage der Planung. Freitagabend ist Carmens Wellnesszeit. Ich könnte dein Alibi sein."

Für die Polizei gab es keinen Zweifel. Günter war der Mörder seiner Frau. Das Motiv: Gier, möglicherweise auch Angst. Der vorgetäuschte Einbruch war leicht zu durchschauen. Andrea hatte unter Tränen auf dem Polizeirevier zu Protokoll gegeben, dass ihr Schwager von ihr verlangt habe, ihm für den Tatzeitraum ein Alibi zu geben. Als wäre ein Damm gebrochen, berichtete sie von dem jahrelangen Martyrium ihrer geliebten Schwester und dass Günter einen manipulativen, miesen Charakter habe. Seine Eltern hätte er unter Druck gesetzt, ihm vorfristig das Erbe auszuzahlen. Kollegen seien von ihm verleumdet worden. Er habe sogar über Jahre die Firma um beträchtliche Summen betrogen. Sie selbst musste in ständiger Angst leben, weil er ihr nachstellte. Mehrmals habe er sie genötigt, mit ihm zu schlafen. Sie habe sich geschämt und gehofft, er würde das Interesse an ihr verlieren. Dem war nicht so. In ihrer Verzweiflung habe sie sich an ihre große Schwester gewandt. Carmen habe ihn zur Rede gestellt und die Trennung verlangt. Am nächsten Morgen wollte sie zu ihr ziehen, obwohl sie das Haus und die Sauna so sehr geliebt habe. Carmen konnte ja nicht ahnen, dass der letzte Saunagang ihr zum Verhängnis werden würde.

Sich Andrea anvertraut und ihr vertraut zu haben, war die zweite wesentliche Fehlentscheidung, die Günters Leben in eine unerwartete Richtung leitete. Dabei hätte er es wissen müssen. Andrea hatte ihn gewarnt: „Ich bin schrecklich nachtragend."

Happy New Year

War es ein gutes Jahr gewesen? Es war kein schlechtes, genaugenommen war es ein durchschnittliches oder beliebiges, jedenfalls eines, das Brian Wetzel nicht in Erinnerung behalten wollte. Mit den vergangenen dreihundertfünfundsechzig Tagen war er nicht unzufrieden, aber zufrieden auch nicht.

Erneut füllte er sein Glas, etwas zu schwungvoll, wie er albern feststellte, denn einige Tropfen landeten auf dem Tisch. Aufmunternd prostete er sich selbst zu. Statt Sekt trank er Rotwein. „Alter Knabe, Genügsamkeit ist des Alters Zier. Wohl bekomm's!", murmelte er und nippte an dem Glas.

Zwar hatte er keine Ahnung von Wein, dass es sich aber um einen edlen Tropfen handelte, war ihm bewusst. Eine kleine Erinnerung an einen der Einbrüche aus dem letzten Sommer. Er war bei betuchten Wohlstandsbürgern eingestiegen, die ihren jährlichen Urlaub in der Sonne genossen und eine anständige Summe in ihre Alarmanlage investiert hatten. Kein Problem für Brian. Kannte man das System, kannte man auch die Schwachstelle. Geld fand er nicht, aber zum Glück gab es reichlich Goldschmuck, den er gewinnbringend veräußert hatte. Im Keller entdeckte er das Weinregal. Verstaubte Flaschen mit in die Jahre gekommene Etiketten. Wahllos war eine zwischen den Werkzeugen in seinen Rucksack gewandert, gut gepolstert, damit ein Klirren niemanden neugierig machte.

Brian schaute sehnsuchtsvoll auf die Uhr. Das Fernsehen sendete eine Mischung aus Gute-Laune-Musik und der üblichen, abgestandenen, dümmlichen Witze. Knapp eine Stunde müsste er es noch ertragen, ebenso das anschließende obligatorische exzessive Knallen all der Idioten, die meinten, damit ließen sich Geister verjagen. Gedankenschwer nippte er an seinem Glas.

Normalerweise war die Silvesternacht der ideale Zeitpunkt, um ungestört Schubfächer und Schränke nach Wertvollem zu durchwühlen. Aber zum ersten Mal seit Jahrzehnten hatte Brian sich zum Jahreswechsel freigegeben. Nicht die beste Idee, wie er jetzt einsah. Resümee zu ziehen, vertrieb zwar die Stunden bis zum Feuerwerk, füllte aber keine Brieftasche.

In der Silvesternacht des vergangenen Jahres hatte er beschlossen, maximal noch zwölf Monate aktiv zu sein. Danach hatte er angedacht, seinen Ruhestand zu genießen und in wärmeren Gefilden vom Ersparten zu leben.

Ziel verfehlt, resümierte er bedauernd und trank erneut einen Schluck. Sein Gespür hatte ihn verlassen. Zu oft hatte er die falschen Objekte ausgewählt, war unnötig hohe Risiken eingegangen und die Ausbeute konnte höchstens als *übersichtlich* bezeichnet werden. So gesehen, war es kein wirklich gutes Jahr. Um seinen Lebensstandard halten zu können, ohne die finanziellen Reserven anzutasten, hatte er mehr Brüche begehen müssen, als ihm lieb gewesen war.

Dabei hatte der Januar vielversprechend angefangen. Eine Sammlung Rolexuhren, sieben Stück, für jeden Tag ein anderes Modell, war ihm in die Hände gefallen. *Hauptpreis!*, hatte Brian geglaubt und erst zuhause festgestellt, dass es Imitate waren, täuschend echt, aber eben Fälschungen. Vier Hunderter bot der Hehler. Kaum den Aufwand wert, geschweige denn das Risiko.

Zwei nächtliche Besuche waren Nullnummern. Drei weitere musste er abbrechen. Einmal weil übereifrige Nachbarn in einem wohlhabenden Villenviertel hellhörig geworden waren und es sie nach Lynchjustiz verlangte. Dann scheiterte der Versuch, in eine exklusive Dachgeschosswohnung einzusteigen, weil die Besitzer sich ein fettes Hausschwein hielten, das von sich glaubte, im falschen Körper zu leben. Fest davon überzeugt, in Wirklichkeit ein Wachhund zu sein, hatte das Vieh ihn wütend attackiert. Sein Hehler, von dem er den Tipp bekommen hatte, hielt es schlicht für undenkbar, dass ein fünfzig Kilo schwerer, kurzbeiniger Rollbraten dreimal am Tag vier Etagen hoch und heruntersteig. Einen Fahrstuhl gab es nicht und dass das alte Ehepaar Specki abwechselnd schulterte, um es zum oder vom Kacken hochzutragen, war ihm erst recht nicht in den Sinn gekommen. Der Hehler war davon ausgegangen, dass das Vieh auf dem Hinterhof im Stall hauste.

Der nächste Reinfall toppte sogar alle Vorhergehenden. Angeblich ein todsicherer Tipp: der vielversprechende Wohnsitz eines

Filmproduzenten, der sich zu Dreharbeiten im Ausland aufhielt. Ein ehemaliges Herrenhaus, modernisiert und ausgebaut. Ein Künstler der Sorte *genial, aber arrogant*, der nur so mit Geld um sich warf.

Statt beträchtliche Beträge im Safe zu finden, entpuppte sich der Inhalt als massive Enttäuschung. Ein Stapel unverfilmter Drehbücher, Verträge mit Produktionsfirmen und ein Album mit Presseartikeln. Nichts von Wert. Enttäuscht war Brian durch die Zimmer geschlichen, hatte systematisch die Schränke durchwühlt und ernsthaft überlegt, ob er auf seine alten Tage den Job wechseln sollte. Im Schlafzimmer war er doch noch fündig geworden – allerdings anders als erwartet. Auf dem Bett lag, mit einem Hauch von Nichts bekleidet, eine junge Frau. Regungslos starrte sie an die Decke. Auf dem Nachttisch neben sich ein leeres Glas. Daneben ein leeres Tablettenröhrchen.

Der Tod gehörte zwar nicht zu seinem Arbeitsumfeld, dennoch wusste Brian sofort, dass irgendein Sternchen erloschen war. Liebeskummer vielleicht. Möglicherweise Enttäuschung, weil eine andere die Hauptrolle bekommen hatte, trotz des vermeintlich vollen, körperlichen Einsatzes. Depressionen waren auch denkbar. Die Welt war schlecht, wer wusste das nicht? Gründe gab es viele. Was ging es ihn an.

Der Produzent war für drei Monate im Ausland und so wie Brian es einschätzte, war die Unglückliche erst wenige Stunden tot. Riechen tat sie noch nicht, abgesehen von ihrem Parfüm, das er eine Note zu süß empfand. Neben ihr lag ein handgeschriebener Zettel. In kleinmädchenhaften Druckbuchstaben stand darauf:

Du hast mir nicht geglaubt, jetzt leb damit.
Monique

Was für ein dämlicher Abschiedsbrief! Eingeschnappt mit Todesfolge. Offensichtlich war es Monique wichtig, eine hübsche Leiche zu sein. Die Haare gekämmt, das Make-up perfekt, das Nachthemd glattgezogen. Was tun? Brian hatte vor seinem Fund die halbe Wohnung durchsucht. Vor den riesigen Schränken lagen Klamotten. Selbst wenn er sich Mühe gab: Es würde Stunden dauern, bis alles wieder an seinem Platz lag. Bringen würde es nichts.

Der Safe war aufgebrochen, das Schloss ausgebohrt, an der stählernen Tür Beulen vom Stemmeisen, um den letzten Widerstand zu brechen. Der Einbruch käme ans Licht, ob heute Nacht oder in drei Monaten. Vorsichtshalber hatte er Latexhandschuhe getragen. Aber DNA-Spuren waren unvermeidlich. Glücklicherweise fand sich sein Name in keiner polizeilichen Datenbank. Erfahrung und Vorsicht garantierten, unerkannt zu bleiben. Andererseits war der Kerl als Partykönig bekannt. Ständig gab es Gäste in seinem Haus. Von dem, was die Kriminalbeamten an Hautschuppen und Haaren finden würden, ließ sich ein ganzes Archiv anlegen. *Eher unwahrscheinlich, dass sie mir so auf die Schliche kommen*, hatte Brian beschlossen und sich auf den Heimweg begeben.

Vielleicht aus Respekt vor der Schönheit der Toten hatte er die Polizei informiert. Meldung eines Einbruchs. Besorgter Bürger. „Mein Name tut nichts zur Sache."

Für die Boulevardpresse war der Suizid der jungen Schauspielerin ein dankbares und ergiebiges Thema. Die Methoden der Filmbranche wurden ausführlich hinterfragt und Machtverhältnisse psychologisch analysiert. Feministen meinten dem Produzenten das Leben zur Hölle machen zu müssen. Von toxischer Männlichkeit war die Rede. Einige forderten, alle seine Filme auf den Index zu setzen.

Brian las eine Zeitlang jeden Artikel. Das mediale Treiben amüsierte ihn. Frei von Schadenfreude war er nicht. Zugegeben, die kleine Rache eines frustrierten Einbrechers.

„Also, auf ein weiteres Jahr Arbeit!", prostete er aufmunternd, wenn auch seufzend, sich selbst zu. Seine Pechsträhne konnte nicht ewig anhalten.

Im Fernsehen präsentierte ein Moderator die zehn ungewöhnlichsten und dümmsten Verbrechen des Jahres. An der Stelle, an der über den Diebstahl einer Weinflasche berichtet wurde, schaltete Brian neugierig den Ton lauter.

„Der Polizei ist der Täter bis heute unbekannt. Die Beamten gehen davon aus, dass das seltene Sammlerstück wieder auftauchen wird. Vermutlich, um damit Geld zu erpressen. Experten schätzen den Wert der edlen Plörre im mittleren fünfstelligen Bereich. Der weltberühmte Jahrgang, von dem es nur noch drei Flaschen gibt, lässt sich auf dem freien Markt nicht verkaufen.

Die Frage, warum der Einbrecher sich nur mit einer zufriedengegeben habe und die anderen, nicht weniger wertvollen Rebensäfte zurückließ, vermag weder der erleichterte Sammler, geschweige denn die Polizei zu beantworten."

Verblüfft nahm Brian sein Glas in die Hand und betrachtete den Rest des roten Gesöffs. Fünfstellig. *Nein, das beste Jahr war es wahrhaftig nicht gewesen*, gestand er sich ein. „Möge das Neue ein Besseres werden", murmelte er und genoss den letzten Schluck Wein.

Vorhaben für das kommende Jahr

Beziehungsprotokoll 03

Beate: „Ab morgen leben wir gesund!"
Die Ankündigung klang zwar wie ein verheißungsvolles Versprechen, Jochen empfand ihre Worte jedoch als Bedrohung. Regelmäßig in der letzten Stunde des Jahres überfiel ihn seine Frau mit gutgemeinten, aber alltagsbelastenden Vorhaben. Für sie gehörte die alberne Tradition, sich Positives für die kommenden dreihundertfünfundsechzig Tage vorzunehmen, zu den Selbstverständlichkeiten des Jahreswechsels. Bevor die bösen Geister mit Feuerwerk verjagt wurden, musste Klarheit über künftige Änderungen herrschen. Diesmal: Gesünder leben! Das Mantra aller Ärzte. Sportliche Betätigung, ausgewogenes Essen, Verzicht auf angeblich körperbelastende Genussmittel. Protestierend leerte Jochen sein Bierglas, stellte es energisch auf den Tisch und stöhnte genervt.

Jochen: „Warum sagst du immer *wir*, wenn *du* etwas verändern willst?"
Beate: „Schatz, wir sind ein Paar. Verheiratet! Was gut für mich ist, ist auch gut für dich. Wir wissen beide, dass du zu wenig Bewegung hast."
Jochen: „Mit meinen Plattfüßen ums Haus rennen, soll gut für mich sein?"
Beate: „Wir könnten Nordic Walking machen. Schnelles, rhythmisches Gehen, unterstützt von zwei Stöcken."
Jochen: „Ich bin doch keine Stockente."
Beate: „Als wir geheiratet haben, warst du nicht so ein Klops."
Jochen: „Erst gut kochen und sich dann beschweren, dass alles aufgegessen wird."
Beate: „Es geht um körperliche Aktivität. Über deine Essgewohnheiten reden wir anschließend."
Jochen: „Dann tue ich jetzt was für meine Gesundheit und gehe mir ein Bier holen."

Energischen Schrittes begab er sich in die Küche, verfolgt von der Stimme seiner Frau.

Beate: „Alkohol ist im nächsten Jahr ebenfalls tabu. Das tägliche Bier tötet Gehirnzellen."
 Jochen: „GZSZ schauen tötet auch Gehirnzellen!"
 Beate: „Ich setze mich jedenfalls mit meinem Körper auseinander. Wusstest du, dass die Muskelmasse ab dem fünfzigsten Lebensjahr exorbitant abnimmt? Sarkopenie nennt man das."
 Jochen: „Klingt eher nach Kakophonie."
 Beate: „Unser Körper ist total übersäuert."
 Jochen: „Wieso *unser*? Deiner vielleicht. Meiner nicht."
 Beate: „Sei doch nicht so kleinlich! Bei all den Schadstoffen, die du in dich hineinstopfst, müsstest du glatt als Sondermülldeponie ausgewiesen werden."
 Jochen: „Ich habe dir doch nichts getan!"
 Beate: „Ich möchte nur, dass du gesund lebst."
 Jochen: „Okay! Wie willst du denn kochen?"
 Beate: „Basisch neutral."
 Jochen: „Heißt?"
 Beate: „Verzicht auf Fleisch und Wurstprodukte."
 Jochen: „Dein Ernst? Du willst unsere Ehe ins Tofuzeitalter führen?"
 Beate: „Willst du damit sagen, mein Essen schmeckt nicht?"
 Jochen: „Können wir uns bitte etwas anderes vornehmen?"
 Beate: „Was denn?"
 Jochen: „Singen zum Beispiel."
 Beate: „Du gehst mit mir zum Chor?"
 Jochen: „Ich dachte eher an Fußball! *Olé, olé, olé, olé, olé! Berlin, Berlin, wir fahren nach Berlin! Schiri, wir wissen, wo dein Auto steht.*"
 Beate: „Kommt nicht infrage. Du willst doch nur, dass ich dich im angetüdelten Zustand nach Hause fahre. Keine Widerrede mehr! Irgendetwas Gesundes im neuen Jahr machen wir gemeinsam."
 Jochen: „Schlag etwas vor!"
 Beate: „Ich sag ‚A' und du ‚Stopp'. Wie bei Stadt, Land, Fluss. Los geht's! A!"
 Jochen (sofort): „Stopp!"

Beate: „Y! Y wie Yoga."

Jochen: „Auf keinen Fall! Ich mach mich doch nicht freiwillig zur Lachnummer."

Beate: „Es gibt Hunderte Gesundheits-Apps. Yoga ist für jedes Alter gut."

Jochen: „Klingt nach einer App-edemie!"

Beate: „Wir machen das gemeinsam im Wohnzimmer. Hier sieht dich niemand. Nehmen wir diese App zum Beispiel: *Yoga für Beginner.*"

Jochen: „Ich lass mir doch von einem digitalen Heini nicht vorschreiben, wie ich mich sportlich zu betätigen habe. *Stehen Sie locker. Knie leicht gebeugt. Rücken strecken. Bauch einziehen. Finden Sie Ihre Mitte. Pendeln Sie hin und her. Machen Sie es wie der Geier. Schwingen Sie Ihre ...*"

Beate: „Du bist unmöglich!"

Jochen: „Ich wollte Flügel sagen ... oder Arme ..."

Beate: „Dann nehme ich mir fürs neue Jahr nur vor, dich einmal richtig kulinarisch zu verwöhnen."

Jochen: „Klingt gut! An was denkst du denn da?"

Beate: „Irgendetwas mit Waldpilzen. Selbstgesammelt natürlich."

Jochen: „Du kennst dich doch mit Pilzen gar nicht aus."

Beate: „Wer sagt, dass *ich* die essen will?"

Gemeinsames verbindet

Die Eheberatung hatte den Vorschlag gemacht, dass jeder auf den Partner ein Stück zugeht. Beide hatten eine Vorliebe des anderen aufgeschrieben, die sie am meisten ablehnten. Saskia hatte Angeln notiert, Erwin Tanzen. Der zweite Zettel sollte jene Dinge benennen, die einem selbst am Herzen lagen. Das Ergebnis war das Gleiche: Tanzen und Angeln.

Da das Ehepaar Schlönder leichtfertig versichert hatte, ihre Ehe erhalten zu wollen – gedachten sie doch ihre Silberhochzeit in drei Monaten zu feiern – war der logische Vorschlag der Eheberaterin, dass jeder des anderen Vorliebe eine Zeitlang mitmachte.

Für Erwin eine völlig absurde Idee. Sein Einwand: „Ich bin Zimmermann, kein Gigolo." Da seine Frau aber unerwartet einem Angelausflug zustimmte, musste er notgedrungen sein Einverständnis für den Schnupperkurs im Tanzstudio geben. Saskia band an ihr Zugeständnis die Forderung, niemals einen Fisch vom Haken nehmen zu müssen, ihm mit der Universal-Camping-Axt den Kopf abzutrennen oder gar dessen Eingeweide zu entfernen. Die Viecher zu essen, käme für sie ebenfalls nicht infrage und länger als einen Vormittag schweigend in einem Boot zu sitzen, hielt sie für vollständig absurd.

Erwin erklärte sich bereit, einen Abend zu opfern, um einen Tanzsaal zu ertragen. Maximal fünf Minuten am Stück auf einer Tanzfläche zu verbringen, hielt er für akzeptabel, vorausgesetzt, dass er sich anschließend eine Viertelstunde von der Zappelorgie erholen durfte.

Daraufhin erklärte Saskia ihren Mann für völlig bescheuert. Wenn überhaupt eine Festlegung für eine Tanzdauer sinnvoll wäre, dann bedürfte es eines titelweisen Konzeptes. Kein normaler Mensch käme auf die Idee, nach der Hälfte eines langsamen Walzers die Tanzfläche zu verlassen. Halbe Drehung, Wiegeschritt und Tschüss! Durch Vermittlung der Eheberaterin einigte sich das Paar auf ein Zeitkonto.

Für den Angelausflug galt die Regel: Beißen die Fische innerhalb der ersten halben Stunde nicht, gibt es eine maximale

Verlängerung von dreißig Minuten. Sollte in dieser Zeit ein Fisch, egal welcher Größe, am Haken hängen, findet der Ausflug die vollen zwei Stunden statt. Im Falle eines sogenannten „Laufes" – dieser wurde mit mehr als drei, den Größenvorgaben des Angelverbandes entsprechenden Fischen innerhalb von sechzig Minuten deklariert – wird der Angelausflug um eine Stunde verlängert.

Alle Details der Vereinbarung wurden von der Eheberaterin niedergeschrieben und beidseitig als verbindlich akzeptiert. Eine salvatorische Klausel, wonach Ungeklärtes im Sinne des Vertrages zu verstehen sei, fand eine erste Anwendung, als Erwin am Sonnabend kurz vor vier Uhr den Wecker ausgiebig klingeln ließ. Unausgeschlafen begriff Saskia, dass eine Angewohnheit von Fischen darin bestand, in den frühen Morgenstunden Appetit auf Wurm zu haben.

Um Punkt fünf Uhr legte der Kahn vom Ufer ab und sieben Minuten später war er an der Schilfkante fixiert. Den ersten Mückenstich registrierte Saskia, bevor überhaupt ein Wurm aufgespießt oder ein ekliger Weißbrotklumpen mit zermahlenem Mehlmadenpulver am Haken befestigt war. Der erste Fisch biss zwanzig Minuten später. Ein kleiner Barsch, der den Mindestmaßen nicht entsprach und daher wieder ins Wasser gesetzt wurde. Die Diskussion, ob dieser Fang somit zähle oder nicht, dauerte eine Viertelstunde und wurde in einer Lautstärke geführt, die einen, ebenfalls angelnden Petrijünger veranlasste, fluchend das Weite zu suchen. Sieben Mückenstiche später war die erste *auf den Partner zugehende Maßnahme* von Misserfolg bedroht. Saskias Unmut über die stechenden Viecher und Erwins lapidarer Hinweis, sich mit Mückenschutz einzureiben helfe ungemein, sorgte die verbleibende Zeit für wütendes Schweigen.

Am Dienstagmorgen erinnerte Saskia Erwin im Befehlston an sein Versprechen: „Tanzschule *Flotte Füße*, heute 19 Uhr. Angemessene Kleidung und passendes Schuhwerk werden erwartet."

Um die Zeitvorgaben des therapeutischen Eheerhaltungsvertrages zu erfüllen, bediente sich Erwin einer Stoppuhr, die sowohl in der Lage war, die stattfindende Hampeldauer zu dokumentieren als auch die Gesamtzappelzeit zu erfassen. Punkt 19 Uhr drückte Erwin auf den mechanischen Knopf, zeigte Saskia den rasenden Sekundenzeiger und meinte, mündliche Einweisungen seien verbale Schrittfolgen. Angeln beginne nach ihrer Interpretation schließlich auch bereits in jenem Moment, wenn ein Fuß ins Boot gesetzt wird und nicht erst, wenn Angelposen auf dem Wasser dümpeln.

Als der Tanzlehrer Erwin die Grundhaltung des Walzers zu erklären gedachte und dabei die Hand auf dessen Hüfte und mit der anderen seine Finger umschließen wollte, erklärte dieser protestierend, Körperberührungen mit Fummeltrinen seien nicht Bestandteil des Vertrages. Daraufhin wendeten sich die meisten Tanzpaare verständnislos ab. Einige nannten ihn abfällig *homophob*, nur wenige lachten. Beleidigt erklärte der Kursleiter, nicht alle Tanzlehrer seien schwul, dass das ein überholtes Klischee und heutzutage sowieso überhaupt gar kein Thema mehr sei. Energisch klatschte er dann in die Hände und wies die Paare an, die Grundhaltung des Walzers einzunehmen. Saskia strahlte glücklich. Erwin zog ein Gesicht, als rechnete er jeden Moment mit seiner Hinrichtung. Sobald die Musik einsetzte, versuchte Saskia, ihren Gatten nach rechts zu drehen, während er alle Kraft aufbrachte, die Position zu halten. Das ging eine Weile so, bis der Tanzlehrer deutlich sagte, im Basiskurs wird der Walzer rechtsherum getanzt.

Zwei Stunden später auf dem Heimweg erklärte das Ehepaar Schlönder einvernehmlich, auf gegenseitige Nötigungen künftig zu verzichten. Saskia würde nicht mehr verlangen, dass er sie übers Parkett schieben solle und Erwin garantierte, nie wieder den Wunsch zu äußern, gemeinsam Angeln zu gehen. Zum ersten Mal seit Wochen waren sich beide einig.

Die Eheberatung war über die Lösung des Konfliktes erfreut und stellte mit der nächsten Aufgabe das Paar vor eine neue Herausforderung. Gesucht wurde nach Belastendem, was sich negativ auf ihre Beziehung auswirke. Saskia notierte, ohne lange nachdenken zu müssen: *Feiern mit Teilen seiner Familie.* Erwin brauchte fünf Minuten Bedenkzeit, schrieb dann aber in Druckbuchstaben, um die Wichtigkeit zu verdeutlichen: *Feiern mit Teilen ihrer Familie.* Die erfahrene Paartherapeutin nickte zufrieden und erteilte – quasi als Hausaufgabe – den Auftrag, gemeinsam über das Problem nachzudenken und eine Lösung zu finden.

Am gleichen Abend erstellten Erwin und Saskia eine Liste aller Gäste, die sie zur Silberhochzeit einzuladen gedachten oder mussten. Fein säuberlich nach Sippschaft getrennt, wurden jedem Verwandten Noten für Verwandtschaftsgrad, Originalität, Großzügigkeit, Hilfsbereitschaft sowie der zu erwartenden Verzehrmenge und des Getränkeverbrauchs gegeben. Mit dem daraus errechneten Wert, kurz *Nervfaktor* genannt, ließ sich die Reihenfolge der Sympathie bestimmen.

In Saskias Familie stand weit abgeschlagen Onkel Siegfried. Ihm sprachen sie Sonderpunkte zu für abstoßende Essgewohnheiten: Schmatzen und Gruppieren von an- und ausgekauten Resten am Tellerrand zum Beispiel.

Auf Platz eins der nervigsten Familienmitglieder, die sich Erwin zuordnen ließen, war seine Stiefschwester Bruni. Keine Feier, bei der sie nicht ihren Hass auf Männer im Allgemeinen und im Besonderen auf jene, die sich schon nach kurzer Zeit von ihr getrennt hatten, zum Besten gab. Mit zunehmendem Alkoholkonsum wurden die Vorwürfe nicht nur absurder, sondern deutlich aggressiver. Keiner in der Verwandtschaft wollte neben ihr sitzen. Ein echtes Problem für die Tischordnung.

Zwei Gläser Rotwein später einigten sich Erwin und Saskia. Auf die Anwesenheit von Onkel Siegfried und der verhassten Stiefschwester ließe sich verzichten. Ihr fünfundzwanzigstes Hochzeitsjubiläum sollte ein harmonisches Fest werden.

Schon am nächsten Abend konnte Erwin die Bedenken Saskias ausräumen. Die Universal-Camping-Axt, mit der sich problemlos Fischköpfe abtrennen ließen, eignete sich auch perfekt dazu, menschliche Schädel einzuschlagen. Ein letzter, unangenehmer Schmatzer entfleuchte Onkel Siegfrieds Lippen, bevor er mit starrem Blick auf den Teppich fiel. Saskia war beeindruckt von der geschickten Handhabung des praktischen Werkzeuges und klatschte ihrem Mann anerkennend Beifall. „Herrlich! Nie wieder ausgekaute Fleischreste am Tellerrand", seufzte sie dankbar und strahlte Erwin an.

Seine letzte Ruhestätte fand der ungeliebte Onkel an der tiefsten Stelle eines Waldsees, der unter Naturschutz stand und weder befischt noch beangelt werden durfte.

Saskias Frage auf dem Rückweg, ob Fische, wenn sie fressen, auch schmatzen, vermochte Erwin beim besten Willen nicht zu beantworten. Bei der Vorstellung mussten beide aber albern lachen.

Drei Tage später wurde Brunis verwöhnter Mops angeblich Opfer eines Hundehassers. Eine von Saskias beliebten, wenn auch für diesen speziellen Fall manipulierten Buletten wurde dem Köter zum Verhängnis. Stiefschwester Bruni war untröstlich und verstand die Welt nicht mehr. Sicherlich hätte ihr Erwins Vorschlag gefallen, sich mit ihrem geliebten Mops dauerhaft eine Grabstelle auf dem Tierfriedhof zu teilen. Aber statt tröstender Worte streckte die Universal-Camping-Axt die nervige Männerhasserin nieder. Dennoch fand Bruni ihre letzte Ruhe neben ihrem verwöhnten Mops, auch wenn es dem Ehepaar Schlönder einige Mühe kostete, den zusätzlichen Erdaushub unauffällig auf dem Friedhofsgelände zu verteilen.

Die Silberhochzeit war perfekt. Erwin und Saskia nahmen die Bewunderung und Glückwünsche ihrer Freunde und der restlichen Familienmitglieder dankbar und gerührt entgegen. Auch wenn es keiner der Gäste direkt erwähnte, waren alle froh, dass Onkel Siegfried und die nervige Bruni der Einladung nicht gefolgt waren. Warum, interessierte niemanden.

Die Frage nach dem Rezept ihres langen, glücklichen Zusammenseins wurde von dem Silberpaar mit einem Lächeln und der Erkenntnis aus der Eheberatung beantwortet: *Das Geheimnis einer erfüllten Ehe besteht darin, sich auf das Verbindende und nicht auf das Trennende zu fokussieren.*

Auf Gegenseitigkeit

Geld oder andere Formen der Bezahlung bevorzugte Danny Hampl zwar, aber Geduld gehörte zu seinen Stärken und so bot er weitere Optionen an, ein Konto auszugleichen. Abgesehen davon: Verpflichtungen brachten mehr Dividende. Richtig eingesetzt waren sie eine lukrative Investition. *Ich tue etwas für dich und du schuldest mir einen Gefallen*, so das Motto seiner Hilfsbereitschaft.

Die Idee war nicht seinem Kopf entsprungen, sondern stammte aus einer drittklassigen amerikanischen Serie, in der ein gerechtigkeitsaffiner Engel die Welt zu einer besseren machen wollte. Die Zuschauer interessierten sich nicht für die Uneigennützigkeit des jesusähnlichen Gutmenschen zur besten Sendezeit. Nächstenliebe war langweilig. Schon nach der ersten Staffel sahen die Produzenten der Serie ein, dass sich gute Taten nicht bezahlt machten.

Der damals zwölfjährige Danny hatte das schon nach dem Pilotfilm begriffen, aber auch, dass das Prinzip, einander etwas zu schulden, Potential besaß.

Am kommenden Tag schlug er Oskar – Sohn eines Gleisbauarbeiters und der dümmste, aber kräftigste Schüler der Klasse – vor, seine Mathe-Aufgaben zu übernehmen. Fünf mal. Im Gegenzug erwarte er, dass Oskar seinem Banknachbarn mit einem Satz Backpfeifen verdeutlichte, dass dieser die Finger von fremden Süßigkeiten zu lassen habe. Mit Freude nahm Oskar das Angebot an. Mathe gehörte definitiv nicht zu seinen Stärken. Allerdings war sich der Junge mit dem schlichten Gemüt nicht sicher, ob er fünf Backpfeifen auf beide Wangen oder nur auf eine und wenn ja, welche der zwei verteilen sollte. Kurzentschlossen entschied Oskar sich daher für jeweils fünf beidseitig. Von dieser Stunde an musste sich Danny um seine Süßigkeiten nie wieder Gedanken machen.

Tage später übernahm er die Schuld für eine zerbrochene Fensterscheibe. Eine kommende Fußballhoffnung war zu feige und fürchtete elterliche Konsequenzen, hatten diese doch das Trainieren vor dem Haus verboten. Der Ärger mit dem Geschädigten hielt sich in Grenzen. Betroffen und einsichtig nahm Danny die Standpauke mit gesenktem Blick entgegen und entschuldigte sich ausgiebig. Für seine angebliche Aufrichtigkeit bekam er sogar den Ball zurück. Die Kosten für die Reparatur übernahmen seine Eltern – die allerdings verwundert waren, dass ihr Sohn plötzlich sportliche Ambitionen zeigte.

Der ungeschickte Torschütze erwiderte Dannys Gefallen mit dem Diebstahl eines Handys, das eine ältere Dame bei der Kuchenauswahl im Café leichtsinnig auf dem Tisch hatte liegenlassen. Sie bemerkte den Verlust nicht, galt ihr Interesse doch uneingeschränkt dem Erdbeertörtchen mit Schlagsahne. Als Danny zwei Stunden später vor ihrer Tür stand und sich als ehrlichen Finder ausgab, war ihre Freude riesig. Selbstverständlich wurde sein scheinbarer Anstand honoriert. Er bekam reichlich Finderlohn. Es war das erste Geld, das er auf Basis eines eingelösten Gefallens verdiente.

Das Prinzip auf Gegenseitigkeit begann, lukrativ zu werden. In den nächsten zwei Jahren steigerte Danny mit ähnlichen Aktionen sein Taschengeld beträchtlich. Mal war es ein Hund, der angeblich entlaufen war, mal ein hochwertiges Fahrrad, das er „zufällig" wiederfand. Penibel achtete Danny darauf, den gefährlichen Part von Dritten erledigen zulassen. Nur selten wurde er direkt aktiv.

In der achten Klasse half er der Schulschönheit Undine aus der Patsche, als sie in den Verdacht geriet, ihre Noten zu ihren Gunsten abgeändert zu haben. Eine Versetzung an eine andere Schule drohte. Zwar hatte sie die Bewertungen tatsächlich frisiert, aber Dannys Vorschlag, die Angelegenheit für sie zu regeln, nahm Undine sofort an. Einen Gefallen würde er später einfordern. Ihr war es recht.

Ein Vieraugengespräch mit dem Lehrer und dem Hinweis, dass er dessen behaarte Hände unter Undines Pullover gesehen habe – und das nicht zum ersten Mal –, löste das Problem. Zwar erfüllte die Lüge den Tatbestand der Erpressung, aber die Schulschönste spielte perfekt mit. Vom Lehrer zur Rede gestellt, gab sie gekonnt tränenreich eine Kostprobe der missbrauchten Vierzehnjährigen. Glaubhaft versicherte sie dem Verdutzten, die Szene jederzeit vor der Schulleitung aufführen zu können. Ihre famose schauspielerische Leistung brachte den angenehmen Nebeneffekt, dass selbst künftige Noten wohlwollend gegeben wurden.

Natürlich glich das mafiösen Methoden und manchmal empfand sich Danny als gutwilligen Paten. Allerdings stand hinter ihm keine Organisation. Er war Einzelunternehmer. Je länger er das Geschäft der Gegenseitigkeit betrieb, umso mehr wurde ihm klar, dass Verschwiegenheit und Respekt die Eckpfeiler des Erfolges sind. Auch war es wichtig, dass niemand auf die Idee kam, den eingeforderten Freundesdienst abzulehnen.

Der Zufall wollte es, dass ein aknegeplagter Junge aus der Nachbarschaft meinte, eine Gegenleistung nicht erbringen zu müssen. Dabei ging es nur um eine Lappalie. Danny sollte die Adresse und die Telefonnummer eines Mädchens besorgen. Ein winziger Gefallen. Da die Auserwählte aber keinerlei Interesse zeigte, glaubte der Enttäuschte, sich nicht revanchieren zu brauchen. Das Gerücht, Danny hätte dafür gesorgt, dass der Junge mit seinem Fahrrad schwer gestürzt sei, entsprach zwar nicht der Wahrheit, hielt aber andere davon ab, ihrer Verpflichtung nicht nachzukommen. Penibel führte er ein Notizbuch darüber, wem er wann geholfen hatte und wer noch einen Gefallen schuldete.

Mit den Jahren wurden die Wünsche seiner Klienten existenzieller und die Bezahlung angemessener. Doch egal, ob er einem der Untreue Verdächtigen ein Alibi verschaffte oder die Karriere eines hoffnungsvollen Sporttalents mittels illegaler Substanzen zum Straucheln brachte – das große Geld ließ sich damit nicht verdienen.

Das änderte sich, als er Undine auf ihren offenen Gefallen ansprach, der zwar schon Jahre zurücklag, aber in seinem Notizbuch nicht abgehakt war. Es dauerte eine Weile, bis die ehemalige Schulschönste sich an ihren Mitschüler und die kleine Erpressung erinnerte. Inzwischen war sie zwanzig Jahre älter geworden und die einstige Strahlkraft ließ sich nur dank chirurgischer Unterstützung als passabel bezeichnen.

„Rettest du noch immer Jungfrauen in Not?", fragte sie amüsiert, als sie erkannte, wer vor ihr stand.

„Habe ich das?", erwiderte er zweifelnd.

Sie zog schmollend die Augenbrauen hoch. „Ich muss doch sehr bitten."

„Undine, wenn nicht du, wer dann sollte wissen, dass es seit jeher mein Ziel ist, verlorenen Seelen zu helfen, die der Hilfe bedürfen."

Einen Augenblick dachte sie nach. „Deine Idee hat mich damals vor Schlimmerem bewahrt. Ganz selbstlos war das nicht, oder?"

„Sagen wir mal: Ich habe den christlichen Gedanken heutigen Gegebenheiten angepasst. *Wie ich dir, so du mir.*"

Sie lachte. „Und jetzt kommst du, um deinen Gefallen einzufordern. Ist zwar lange her – aber einverstanden. Was soll ich tun? Jemand der Unzucht bezichtigen?"

„Eigentlich brauche ich nur ein paar delikate Nachrichten. *Danke für die unglaubliche Nacht und deine Großzügigkeit. Ich freue mich auf unser Wiedersehen.* Verliebtes Gesäusel. Garniert mit einigen freizügigen Bildern. Du musst ja nicht in die Kamera schauen. Ein bisschen belastendes Material. Mehr nicht." Er schob ein Smartphone über den Tisch. „Prepaid-Handy. Nicht rückverfolgbar. Die Nummer ist eingespeichert."

Amüsiert betrachtete sie ihn. „Da will sich Frau wohl von ihrem Mann trennen."

Er zuckte mit den Schultern. Auskunft über Geschäfte gab er grundsätzlich nicht.

„Es wäre mir einiges wert, wenn ich meinen Gatten so leicht loswerden könnte. Ich ertrage den alten Sack nicht mehr."

Nachdenklich schaute er Undine an. Seine Recherche hatte ergeben, dass sie seit zwölf Jahren mit einem Industriellen verheiratet war, der sein Geld in der Logistikbranche verdiente. Billige Fahrer aus Osteuropa, die mit technisch minderwertigen LKW das Transportgeschäft beherrschen. Der Trick bestand darin, nur die Touren zu vermitteln. Für den Zustand der Fahrzeuge war jeder Fahrer selbst verantwortlich. Für die Strafen auch. „Mit anderen Worten: Scheidung wäre keine Lösung? Denkst du da mehr an etwas Endgültiges?"

Undine hob die Hand und wackelte bedauernd mit dem Finger. „Der Ehevertrag ist so formuliert, dass ich am Monatsanfang einen festen Betrag überwiesen bekomme. Geizig ist der Kerl nicht. Was immer ich will, er erfüllt jeden Wunsch. Aber ständig um etwas zu bitten, ist auf Dauer erniedrigend. Bei einer Scheidung bleibt mir nur das monatliche Taschengeld – zu wenig, um meinen Lebensstil zu erhalten. Und wenn der Alte tot ist, erbt der Sohn das Vermögen und das Haus. Er hält nicht viel von mir. Sonderwünsche sind dann Vergangenheit."

Danny ließ sich das Gesagte durch den Kopf gehen. Bedauernd nickte er. „Ein vorfristiges Ableben bringt dir nichts", fasste er das Problem zusammen.

„Richtig, selbst ein perfekter Unfall wäre keine Lösung."

„Es sei denn", überlegte er laut, „ein ausgiebiges Koma mit langer Lebensdauer ließe sich garantieren. Allerdings wäre das rechtlich problematisch. Es bestünde die Gefahr der Entmündigung – und dann hätte womöglich der Sohn das Sagen. Haus weg, Vermögen ebenfalls. Definitiv nicht die ideale Lösung."

Undine seufzte und machte eine verzweifelte Geste. „Genau in dem Dilemma stecke ich."

Einige Sekunden ließ Danny verstreichen, bevor er sich räusperte. „Manchmal hilft der Tod nicht weiter. Alternativ käme eine Entführung durch einen Verrückten mit einer absolut unerfüllbaren Forderung infrage: *Alle Menschen von der Steuer befreien* – oder: *Freilassung nur, wenn Elvis wieder auftritt – der Yeti muss gefunden werden – Weltfrieden*. Etwas in der Art. Einmal im Jahr ein Lebenszeichen. Ein Foto. Eine Haarsträhne. Gegebenenfalls ein Finger. Keine Chance für den Sohn, sein Erbe vor Gericht einzufordern."

Erstaunt setzte sich Undine und starrte Danny fassungslos an. „Und du kennst jemanden, der vertrauenswürdig ist und so etwas macht?"

Ein Lächeln huschte über sein Gesicht. „Undine, du bist dir schon darüber im Klaren: Es wäre ein überaus großer Gefallen. Mit hübschen Fotos und schmachtenden Nachrichten lässt sich derartige Hilfsbereitschaft nicht ausgleichen."

Das abgeschiedene Gebäude stand nur wenige Meter neben der Bahntrasse. Es gehörte samt Gelände der Kirche, die es ursprünglich als Verwaltungsgebäude für ihre Domäne genutzt hatte. Da die ehemaligen Felder aber von einem Eisenbahnkreuz zerteilt worden waren, lohnte sich eine Nutzung nicht mehr.

Oskar, jener Junge, der sich besser mit Backpfeifen statt mit Mathe auskannte, wohnte dort. Der bekennende Eisenbahnfan liebte es, inmitten der Gleise zu leben und den Zugverkehr zu beobachten. Mehr bedurfte es nicht, um glücklich zu sein. Die Miete war gering. Egal, aus welchem Fenster er schaute, länger als drei Minuten musste er nie warten, bis ein Zug vorbeirauschte.

Dass er das Gebäude auf Lebenszeit bewohnen durfte, verdankte er Danny. Der wiederum hatte einem Pfaffen einen Gefallen getan, denn solange eine Person das heruntergekommene Haus bewohnte, zahlte die Bahn für die Nutzung des kirchlichen Areals horrende Gebühren.

Das ungewöhnliche Urteil verdankte der Spekulant einem Richter, der Danny gebeten hatte, sich um den Freund seiner Tochter zu kümmern – einem ausgemachten Nichtsnutz, dem das einzige Kind hoffnungslos verfallen war. Kein Problem für Danny. Er sorgte dafür, dass bei der Einreise in Thailand der Zoll eine beachtliche Menge Koks im Koffer des jungen Mannes entdeckte. Für die nächsten Jahre stand ihm eine kleine vergitterte Zelle zur Verfügung.

Oskar war froh, als Undines Mann in einem der alten Lagerkeller sein neues Zuhause fand. Er freute sich sogar ein wenig über den Gast. Regelmäßig erhielt er Geld für seinen Service und für die angemessene Versorgung des Weggesperrten.

Undine genoss ihr Dasein in der Villa und gab Unmengen für chirurgische Rekonstruktionen aus – angeblich, um im Falle der Freilassung des Gatten, ihm den Rest des Lebens zu versüßen.

Zwar schuldete sie Danny einen beträchtlichen Gefallen, aber das konnte dauern. Nicht zu wissen, wann er von ihr etwas Ungewöhnliches erwartete, nervte sie jedoch. Abgesehen davon war Undine eher praktischer Natur. Warum, fragte sie sich, einen Umweg gehen, wenn man auch direkt ans Ziel kommt.

Danny begriff das Prinzip sofort, als er in den Lauf ihrer Pistole starrte. Zu spät, wie er sich bedauernd eingestand.

„Manchmal hilft es, sich selbst einen Gefallen zu tun", erklärte die ehemalige Schulschönste. Dann drückte Undine lächelnd ab.

CO$_2$-Ausgleich

„Ich dachte, wir sind uns einig. Alle Informationen, die Sie benötigen, habe ich geliefert. Die Anzahlung ist pünktlich angewiesen. Wo liegt das Problem?" Es passte Karl Pätschke überhaupt nicht, dass er am ersten freien Abend, den er sich seit Wochen gestattete, noch im Büro bleiben musste. Jean-Paul bestand darauf. *Freitag, 19 Uhr*, stand unmissverständlich in der Nachricht.

Die Mitarbeiter der Firma hatten Karl mitleidig angeschaut. Zoll-Papiere für eine Lieferung nach Übersee würden fehlen, war seine Erklärung für seine zu absolvierenden Überstunden gewesen. Kein Aufschub möglich. Bedauerndes Schulterzucken der Kollegen. Wünsche für ein erholsames Wochenende.

Zwei Stunden später saß Karl Pätschke am Systemterminal des Rechenzentrums und begab sich in die Tiefen des Darknets. Es war der ideale Platz, um digitale Spuren zu verschleiern.

Nur noch eine Kleinigkeit, meldete sich Jean-Paul.
Möchten Sie, dass ich den Flug klimaneutral buche?

Karl starrte ungläubig auf den Bildschirm. War die Frage ernstgemeint? Sicher, von Frankfurt am Main bis Mauritius waren es elf Flugstunden, über 9.000 Kilometer, zuzüglich der Strecke, bevor man überhaupt in den eigentlichen Flieger einsteigen durfte. Keine Ahnung, woher der Kerl kam. Gut, den Rückflug musste man dazurechnen. Und selbstverständlich die Kilometer zurück zum Heimatflughafen. Ein Klimaausgleich würde nicht die Welt kosten. Schnell tippte Karl:

Wenn es Ihnen wichtig ist, von mir aus.

Es dauerte nur einen kurzen Augenblick, bis eine weitere Zeile erschien:

Entschuldigung, aber es ist Ihre Frau. Die Entscheidung liegt bei Ihnen! Ich fürchte, ich muss darauf bestehen.

Was sollte das? Machte sich der Kerl lustig über ihn? Monatelang hatte er im Darknet nach einer Person gesucht, die sich auf vorfristiges Ableben spezialisiert hatte. Schließlich fand er in einem Chatroom für besondere Probleme eine Anzeige. *Spezialist für tödliche Unfälle. Diskret, fantasievoll, professionell. Zehn Jahre Berufserfahrung.* Dazu eine kryptische E-Mail-Adresse.

Unwirsch schrieb Karl:

Buchen Sie ein Ticket Business Class ohne irgendwelche Weltverbesserungsoptionen und erledigen Sie den Job, für den ich Sie bezahle.

Seit drei Tagen lag Karls Frau in ihrem Lieblingshotel am Pool, las ein schnulziges Buch oder ließ sich von einem knackigen Masseur die Verspannungen aus ihrem nicht mehr ganz knackigen Körper massieren. Jeden Morgen schnorchelte sie am Riff entlang, um sich an der Pracht der Unterwasserwelt zu erfreuen und Fotos zu schießen.

Der Plan war simpel. Jean-Paul sollte sich als Taucher unbemerkt anschleichen, sie in die Tiefe ziehen und warten, bis das Strampeln aufhörte. Schwächeanfall, würde die Polizei vermuten. Oft genug hatte er seiner Frau geraten, nicht allein an der Riffkante zu schnorcheln. Auch das Hotel warnte vor unberechenbaren Gefahren. Karl selbst war kein guter Schwimmer. Erneut erschien eine Zeile:

Sind Sie sicher? Den meisten Frauen ist es ein Bedürfnis, ihren ökologischen Fußabdruck zu minimieren.

Das konnte nicht wahr sein. Seine Alte genoss drei Wochen Urlaub in einem Fünf-Sterne-Hotel im Paradies, um ihrer angeblichen Winterdepression zu entfliehen, während er schuftete. Und der Berufsabmurkser machte einen auf Frauenversteher.

Wütend hämmerte er in die Tastatur:

Ich habe Sie engagiert, damit Sie mir die Nervensäge vom Halse schaffen. Glauben Sie mir, das ist ein kleiner Schritt für mich und ein großer für die klimabesorgten Gutbürger.

Der Kerl will nur mehr Geld. Oder er ist gar nicht jener kaltblütige Killer, für den er sich ausgibt. Ein verdeckter Ermittler? Eher unwahrscheinlich. Es gab eindeutige Fotos, die unmöglich vom Polizeifotografen stammen konnten. Jean-Pauls Referenzen waren überzeugend. Zehn tödliche Unfälle in den letzten fünf Jahren.

Erneut tippte Karl:

Sie glauben nicht, wie viele Flugmeilen meine Frau auf ihrem Konto summiert hat. Ohne sie ist die Welt definitiv besser dran.

Die nächste Zeile musste Karl zweimal lesen.

Das Gleiche hat Ihre Frau über Sie auch gesagt.

Fassungslos starrte er auf den Bildschirm. Jean-Paul hatte mittels eines augenzwinkernden Smileys seinen Worten eine alberne Note verpasst. Unsicher tippte Karl seine nächste Frage.

Haben Sie mit meiner Frau geredet?

Ein Daumen-hoch-Symbol erschien.

Insgesamt hatten wir drei Telefonate. Scheint nett zu sein, intelligent, witzig und, was ich besonders schätze, pragmatisch. Als ich ihr die Summe nannte, die ihr Göttergatte bereit ist, für ihren Tod zu zahlen, hat sie nur abfällig gelacht. Was soll ich sagen: Das Angebot ihrer Frau ist definitiv besser. Abgesehen davon habe ich Flugangst.

Verstehen Sie mich bitte nicht falsch. Ich bin durchaus zuverlässig, deshalb wollte ich auch erst einmal unser Gespräch abwarten und dann spontan entscheiden, welches Ableben besser für das Klima ist. Aber wenn Sie mir so kommen, mit „klimabesorgten Gutbürger", dann beleidigt mich das persönlich. Es bleibt dabei. Ich arbeite lieber für Ihre Frau.

Das ist ein Scherz, ging es Karl durch den Kopf.

Sie haben den Auftrag angenommen und die Anzahlung eingestrichen.

Stimmt, aber fairerweise habe ich sie mit dem offenen Betrag Ihrer Frau verrechnet.

Kurz darauf erschien die nächste Meldung:

Wissen Sie, dass um 19:15 Uhr die Brandschutzanlage eingeschaltet wird? Natürlich wissen Sie das. War ja Ihre Idee. Springt schon bei geringer Qualmentwicklung an. Das Kohlendioxid soll den Brand ersticken und die Technik schützen. Tut es auch. Aber in der von Ihnen verwendeten CO_2-Konzentration wirkt das Gas leider bei Menschen nicht tödlich. Sehr bedauerlich!
  Die Lösung für das Problem hat mir einige Kopfschmerzen bereitet. Wird Sie nicht wirklich interessieren. Nur zur Information: Es bleibt bei Ersticken. Der Brandschutzinspektor wird später feststellen, dass das Hauptventil defekt war. Verbrannter Kunststoff ist überaus toxisch. Kann Ihnen aber egal sein. Tot ist tot.

Im Rechner begann es im selben Moment an zu knistern. Manipuliertes Netzteil, schätzte Karl. Entsetzt drückte er den Netzschalter. Eine Reaktion blieb aus. Dichter Qualm stieg unaufhaltsam nach oben. Im selben Moment schloss die Brandschutztür. Verzweifelt starrte er an die Decke. Kein zischender Laut. Wie angekündigt, war das Ventil defekt.
  Verdammtes Weibsstück, dachte Karl Pätschke in jenem Moment, als seine Frau mit einem Schirmchen-Cocktail auf ihre unbeschwerte Zukunft trank.

Das Lachen der Möwen

Wer ohne Schuld ist, schreibe den ersten Post.
Vom Dach aus hatte man einen fantastischen Blick über die Stadt. Es war Rudolf Geßners Lieblingsplatz, seit er als Student die kleine Wohnung in der obersten Etage bezogen hatte. Zwanzig Jahre waren seitdem vergangen.

Später nutzte er die Einzimmerwohnung mit Kochnische, Toilette und winzigem Balkon als Arbeitswohnung oder wenn er für sich sein wollte und Ruhe zum Nachdenken brauchte. Eine kleine Leiter, die dem Schornsteinfeger vorbehalten war, führte auf das Flachdach. Offiziell war es nicht gestattet, sich dort aufzuhalten, aber da niemand von der Straße aus den Bereich einsehen konnte, gab es auch keine Probleme.

Es war frisch an diesem Aprilmorgen. Über Nacht hatte es geregnet und Geßner atmete die klare Luft tief ein. Es half, die Gedanken zu beruhigen.

Alles hatte mit einem harmlosen Artikel in einer lokalen Zeitung begonnen, der genügte, Rudolf Geßners politische Ambitionen zu zerstören. Noch vor einer Woche galt er als Hoffnungsträger seiner Partei. Mitte vierzig, jung, dynamisch, gutaussehend, ein Schwiegermuttertyp, eloquent, modern und klar in seinen politischen Ansichten, bürgernah, ohne dabei populistisch zu sein.

Einmal im Monat stellte das Lokalblatt in der Rubrik *Kindheitserinnerungen* Persönlichkeiten der Region vor. Schauspieler, Sportler, erfolgreiche Unternehmer, Künstler oder andere hiesige Größen. Amüsante Episoden aus der Kindheit verbunden mit niedlichen Fotos waren das Erfolgsrezept. Freundliche Interviews mit den Eltern, Nachbarn und Weggefährten. Da Geßner in der Gegend geboren worden war und fast zwei Jahrzehnte hier gelebt hatte, war es naheliegend, ihn als zukünftigen Spitzenkandidaten in dieser Reihe zu porträtieren. Titel: *Unser Rudi! Einer von hier!* Man war stolz auf den Sohn der Stadt.

In der Presse präsent zu sein, gehörte zum Tagesgeschäft eines Politikers. Rudolf Geßner war gerngesehen, wich keiner Frage aus, galt als stets gut vorbereitet und vertrat überzeugt seine Meinung.

Das hatte ihm Achtung eingebracht und wohlwollende Artikel. Amüsiert hatte er auf die Anfrage der Lokalredaktion reagiert und keinerlei Gefahr gewittert. Egal wie auflagenschwach eine Zeitung war: Jeder Beitrag wurde dankbar begrüßt. Bekanntheit ist die Währung, mit der Wähler bezahlt wurden. Ohne Bedenken stimmte er dem Artikel zu.

Alles war anders verlaufen als erwartet. Der Rückblick in seine Kindheit wuchs sich innerhalb weniger Tage zu einer medialen Katastrophe aus. Nicht die albernen Anekdoten waren das Problem, sondern ein kleines Foto. Es zeigte ihn als leicht übergewichtiges Kind in einer Lederhose mit Fix-und-Foxi-T-Shirt, wie er im Begriff war, einem weinenden schwarzen Mädchen eine Buddelschippe auf den Kopf zu hauen. Erste entsetzte Kommentare fanden sich am gleichen Tag in den sozialen Medien. Jeder auch noch so absurde Vorwurf wurde erhoben, gelikt und geteilt.

Drei Tage nach dem Erscheinen der *Kindheitserinnerungen* in der Lokalausgabe nahm sich eine der auflagenstärksten überregionalen Zeitung des Themas an. *Rassismus beginnt im Buddelkasten*, stand in fetten Lettern auf der ersten Seite. Darunter das Foto aus dem Lokalblatt. Die Verfasserin der reißerischen Schlagzeile hatte die Gesichter der Kinder vergrößert. Auf der linken Seite ein von Weltschmerz geplagtes schwarzes Mädchen und auf der rechten, ein gewalttätiger weißer Junge, der gnadenlos das Recht des Stärkeren durchsetzen wollte.

Die moralische Verurteilungsmaschinerie lief auf Hochtouren. Redaktionen aus Rundfunk, Fernsehen und die führenden Zeitungen stürzten sich begeistert auf das Foto und bauschten seine Kandidatur zu einem Skandal auf. Politische Gegner überboten sich in ihrer Einschätzung, die Aufnahme dokumentiere eine Haltung, die menschenverachtend, widerlich und abstoßend sei. So kurz vor den Wahlen zählten Argumente geschweige denn die Wahrheit nicht mehr, sondern nur noch Emotionen. Einige Kommentatoren wiesen darauf hin, dass man mit drei Jahren nicht für seine Taten verantwortlich gemacht werden könne. Andere hielten dagegen, Rassismus wäre schon in den Genen angelegt. Aus weißen Jungs würden späte alte weiße Männer werden. Den politischen Mitbewerbern war der Shitstorm überaus willkommen. Entschuldigen konnte man sich nach dem Auszählen der Stimmzettel.

Rudolf Geßner machte seiner Mutter keinen Vorwurf. Sie hatte ihrer Lokalzeitung vertraut und ohne Bedenken stolz von seiner Kindheit erzählt. Arglos hatte sie der Redaktion mehrere Fotos überlassen. Eines zeigte ihn als Indianerhäuptling beim Fasching, ein anderes, wie er konzentriert einen Käfer für eine Sammlung der *Schüler-AG Biologie* mit einer Nadel aufspießte und ein weiteres dokumentierte einen genussvollen Biss in eine Bratwurst. Zwar waren diese Fotos aus heutiger Sicht politisch gesehen nicht sonderlich geeignet, ihn als fortschrittlichen, empathischen und problembewussten Menschen zu charakterisieren, so verletzten sie doch manch modische Befindlichkeit.

Das eigentliche und ihn vernichtende Bild war aber die Aufnahme aus dem Buddelkasten. Eine Zufallsbegegnung zweier Dreijähriger. Er selbst konnte sich daran nicht erinnern. Siebenunddreißig Jahre lag das zurück. Seine Mutter hatte mehrere Fotos geschossen, weil es ein schöner Tag war und sie die beiden niedlich fand. Ob das Bild mit der erhobenen Hand bewusst oder unbedarft von der Lokalredaktion ausgewählt worden war, spielte keine Rolle. Eine symbolträchtige Szene, eine die sich vortrefflich ausschlachten ließ.

Rassismus beginnt im Buddelkasten. Die fettgedruckte Schlagzeile zog den Blick auf sich. Geßner war lange genug im Geschäft, um zu wissen: Dreck bleibt haften, so sehr man sich bemühte, ihn abzuwaschen. Verdachtsjournalismus getarnt als investigativer Journalismus garantiert Quote und die bringt Werbeeinnahmen. Fairness ist keine buchhalterische Kategorie.

Rudolf Geßner schüttelte bei den Gedanken bitter den Kopf. Seit Tagen überboten sich selbsternannte Ankläger in den sozialen Medien mit absurden Vorwürfen und jeder denkbare Hass wurde über ihm ausgeschüttet. Keine der Beschuldigungen stimmte, aber sie zeigten Wirkung.

Nur wenige Schritte neben Geßner landete eine Lachmöwe auf dem Dachsims, die ihn skeptisch betrachtete. Protestierend gab sie ein paar Warnschreie von sich. Da er sich nicht bewegte, flog sie wieder los und ließ sich von einer Windböe treiben. Er wusste, dass sie zwei Dächer weiter ihr Nest baute. Schon immer brüteten dort die weißen Vögel mit dem grauen Rücken und dem spöttischen Ruf. Er mochte es, ihren flauschigen Küken zuzusehen, wenn sie die Umgebung in Augenschein nahmen.

Auch mit seiner Frau Michaela, seine erste und einzige Liebe, hatte er die Jungvögel beobachtet. Beide hatten sich über die Unbeholfenheit des Nachwuchses amüsiert. Einmal konnten sie sogar beobachten, wie die Tiere sich zum ersten Mal in die Luft erhoben. Michaela liebte diesen stillen Platz auf dem Dach.

Früher hatten sie in den heißen Sommernächten oft schweigend auf einer Decke gelegen und die Sterne betrachtet. Politisch waren sie selten einer Meinung. Während für ihn gesellschaftliche Veränderung durch Geduld zu erreichen war, wollte sie die Dinge sofort geklärt sehen. Machen, nicht reden! Er nannte ihre Ungeduld ironisch *Lichtschaltermentalität*. Sie bezichtigte ihn, die Beweglichkeit einer Betonplatte zu haben. Lagen beide engumschlungen auf dem Dach und sahen in die Sterne, war nichts davon mehr wichtig.

Vor drei Tagen hatte Michaela ihn aufgefordert, seinen Koffer zu packen und gebeten, vorerst in seine Arbeitswohnung zu ziehen. Sie brauche Ruhe, um sich darüber klarzuwerden, wie es weitergehen solle. Länger zu warten, würde allem schaden, wofür sie stand. Das verstehe er doch.

Natürlich akzeptierte er ihre Bitte. Auslöser ihrer Entscheidung waren die Aussagen zweier Frauen, die behaupteten, der schöne Rudi habe sie vor zwanzig Jahren sexuell missbraucht. Genüsslich beschrieb die Presse gewalttätige Praktiken, die der angehende Spitzenkandidat angeblich bevorzuge. Tessa B., eine Influencerin, die Details auf ihrem Instagram-Kanal postete, behauptete, er würde darauf stehen, Frauen mit seinem Ding zu schlagen, um in Fahrt zu kommen. Sie habe ihn kennengelernt, da wäre sie siebzehn gewesen und habe zu dem aufstrebenden Politiker aufgeblickt. Er hätte das ausgenutzt.

Die andere, die anonym bleiben wollte, gab an, möglicherweise mit Alkohol gefügig gemacht worden zu sein, vielleicht auch durch Drogen oder K.-o.-Tropfen. Genau könne sie sich an den Abend nicht erinnern. Geßner hätte am nächsten Morgen wie ein Kind geweint und sie um Entschuldigung angefleht. Geld habe er ihr geboten. Irritiert und verunsichert wäre sie gegangen und habe die unangenehme Episode für immer vergessen wollen.

Rudi Geßner kannte weder die eine noch die andere Frau. Auf die Frage eines Journalisten, ob er ausschließen könne, den beiden begegnet zu sein, musste er mit *nein* antworten. Möglicherweise waren sie bei einer seiner zahllosen Veranstaltungen zu Gast gewesen. Ein kurzer Wortwechsel wäre denkbar. Aber zu einem der behaupteten sexuellen Kontakte sei es nie gekommen.

In einer Pressemeldung widersprach er den Anschuldigungen offiziell und kündigte an, sich dagegen rechtlich zu wehren, was die Sache nur verschlimmerte. „Wer sich verteidigt, klagt sich an", hatte ihn sein Vater zu Lebzeiten gewarnt. Er sollte recht behalten. Es war die simple Arithmetik der Missgunst. Die Öffentlichkeit wollte es glauben. Die Aussagen der angeblich missbrauchten Frauen bewirkte, was sie bewirken sollten. Zweifel waren gesät. Weitere Vorwürfe wurden laut.

Eine ehemalige Mitarbeiterin, die er wegen Geschwätzigkeit aus seinem Team entfernt hatte, beschrieb sogar ein Muttermal, das von der Form her an ein Buttercroissant erinnert und sich oberhalb seiner rechten Hüfte befand. Obwohl sie keine Anzeige erstattete, reichte der Presse die Aussage als Beweis für die Behauptung, Geßner hätte plötzlich nackt in einem Hotelzimmer vor ihr gestanden. Kein Wort darüber, wann und wo das gewesen sein sollte. Dabei gab es im Archiv seiner Webseite mehrere TV-Beiträge, in denen das croissantförmige Mal für jeden sichtbar war. Traditionell begrüßte Rudolf Geßner gemeinsam mit den Eisschwimmern im städtischen Schwimmbad das neue Jahr. Mit handgestrickter bunter Pudelmütze und klappernden Zähnen stürzte er sich regelmäßig am Neujahrsmorgen als einer der Ersten ins eisige Wasser. Das Anbaden diente einem guten Zweck. Die gesammelten Spendengelder wurden einem Kinderhospiz übergeben. Die Presse hatte ihn dafür gefeiert. Bürgernah und mutig. Ein Politiker zum Anfassen.

Niemand erinnerte sich daran. Selbst vermeintlich gute Parteifreunde hatten es sich nach den haltlosen Beschuldigungen nicht nehmen lassen, von „ernstzunehmenden Vorwürfen" zu reden, die vollständig aufgeklärt werden müssten. Selbstverständlich gelte die Unschuldsvermutung. Im Klartext hieß das: Sie forderten ihn auf, Schaden von der Partei abzuwenden, indem er auf seine Kandidatur verzichtete.

Aus der Ferne erklang das bedrohliche Signal eines Krankenwagens. Aufmerksam lauschte Rudolf Geßner, ob es sich näherte. Dem war nicht so. Offensichtlich ein Notfall in den Außenbezirken oder ein Unfall auf der Autobahn.

Noch vor wenigen Tagen hatte er fest daran geglaubt, Spitzenkandidat seiner Partei werden zu können. Politische Beobachter attestierten ihn nicht nur die Fähigkeiten, zu überzeugen und mitreißend zu sein, sondern auch ein Gespür dafür zu haben, karriereschädliche Fehler zu vermeiden. Ehrlichkeit und Pragmatismus, eine Mischung, die Erfolg garantiert. „Rudi Geßner genießt das Vertrauen der Menschen", kommentierten die Demoskopen ihre letzte Einschätzung vor der Foto-Affäre.

Der Versuch seiner Mutter, den Schnappschuss zu erklären, fand keinerlei Beachtung. Dass es zwischen den Dreijährigen Streit wegen einer Buddelschippe gegeben hätte, entspreche nicht der Wahrheit. Rudi habe nur eine Biene verjagen wollen, die der Kleinen um den Kopf schwirrte und vor der sie Angst gehabt hätte. In dem Moment sei das Foto entstanden. Der erhobene Arm wirke zwar, als würde er zu einem Schlag ausholen. Tatsächlich war gar nichts geschehen.

Niemanden von der Presse interessierte die Wahrheit. Es herrschte journalistischer Konsens darüber, dass Mütter ihre Kinder grundsätzlich verteidigen, egal welches Verbrechen ihrem Nachwuchs vorgeworfen wird.

Rudolf Geßner wusste, dass vor dem Eingang des Wohnblocks TV-Teams und Fotografen lauerten, in Erwartung, er würde vor die Tür treten, um seinen Rücktritt bekanntzugeben. Einer von ihnen hatte sich nicht entblödet, die kleine Wohnung als „Rammelkammer" zu bezeichnen, in der die angebliche Hoffnung der Partei seine dunkle Seite ausleben könne.

Vorsichtig schaute er nach unten. Äste verdeckten die Sicht. Nur die Stufen vor dem Eingang konnte Rudolf Geßner erkennen. Dennoch waren Stimmen zu hören, die er nicht verstand und die wie ein bedrohliches Meeresrauschen klangen. Gerne hätte er noch einmal die flauschigen Küken beobachtet, wie sie mit ausgestreckten Flügeln die Welt für sich entdeckten. Es war zu früh, zum Brüten. Der Frühling ließ sich Zeit.

Langsam zog er sein Smartphone aus der Tasche. Drei Dutzend Interview-Anfragen. Michaela hatte sich nicht gemeldet. Die Zeit, gemeinsam nach den Sternen zu greifen, war vorbei. Routiniert wählte er alle Journalisten aus und schickte eine kurze Nachricht: „Richten Sie Ihre Kameras und Fotoapparate auf die Eingangstür. In wenigen Augenblicken werde ich ein Statement abgeben."

Ein Raunen war zu hören. Die Betriebsamkeit nahm zu, offensichtlich Erleichterung darüber, dass das Warten ein Ende hatte. Lächelnd breitete Rudolf Geßner die Arme aus. Langsam schloss er die Augen. Das Lachen der Möwen hallte über das Dach.

„Hast du das aufgenommen?", fragte einer der Journalisten aufgeregt und blickte skeptisch zu seinem Kameramann. Der hob bestätigend den Daumen.

Schuldeingeständnis eines Hoffnungsträgers, formulierte der Reporter in Gedanken und schaute prüfend auf die Uhr. Ein Platz zur besten Sendezeit war ihm garantiert.

Fundament einer Ehe

Natürlich war sich Jana Kunicke bewusst, dass ein Mann wie Clemens nicht wegen ihres Aussehens bei ihr blieb. Aber das musste sie sich nicht von ihrer Chefin sagen lassen. Erst recht nicht, wenn die auf der Betriebsfeier zu tief ins Glas geschaut hatte. Von wegen „Wahrheit hat eine reinigende Wirkung".

Die Schnepfe besaß erst seit einem Jahr den Abschluss einer mittelmäßigen Universität. Keinerlei Lebenserfahrung, aber ständig überzeugt davon, jedem die Welt erklären zu müssen. Wann immer sich eine Gelegenheit bot, machte sie nicht nur Jana das Leben schwer. Zusatzaufgaben, kleinliche Kritik und die tägliche Anweisung, den Arbeitstag besser zu organisieren. Offensichtlich war sie der Meinung, Bestandteil ihres Arbeitsvertrages sei es, ihr Umfeld politisch korrekt erziehen zu müssen. Niemand mochte sie. Herausragendste Eigenschaft der Chefin: menschlich eine Null zu sein. Jana hasste diese blonde, arrogante und selbstverliebte Egomanin.

Sie war selbst schuld. Warum hatte sie nachgegeben und ihrer Chefin ein Bild ihres Mannes gezeigt? Ja, er sah gut aus. Dunkle Augen, sympathische graumelierte Haare, männlich auf eine unaufdringliche Art. Zwar nicht Sean Connery, aber tendenziell. Sie war sich dessen bewusst. Natürlich war sie stolz auf solch ein Prachtexemplar.

Dennoch, ihre Selbstwahrnehmung war nicht getrübt. Jana schätzte sich als durchschnittlich ein. Hübsche Augen, ja. Eine kleine, nicht reizlose, doch leider inzwischen pummlige Figur mit stelzigen Beinen. Nicht unbedingt der Hingucker. Vermögen, das seine Anhänglichkeit erklären würde, hatte sie nicht in die Beziehung eingebracht. Sie lebten in einem unscheinbaren Haus in einem mittelklassigen Wohnviertel. Übermäßigen Charme, geschweige denn Intelligenz oder eine witzige Ader, die ihr eine von allen geliebte Ausstrahlung gab, besaß sie ebenfalls nicht. Abgesehen davon: Freundschaften, mit denen sie gemeinsam die Zeit verbrachten? Fehlanzeige. „Wir sind uns beide genug", pflegte er lächelnd zu sagen, wenn sie sich darüber beschwerte. „Mehr bedarf es nicht, um glücklich zu sein." Sie wollte es glauben.

Grandiosen Sex konnte sie streichen. Dreimal im Monat biederes Standardprogramm fiel als Argument nicht ins Gewicht. Kinder als Verpflichtung erklärte es ebenfalls nicht. Liebe? Eher Gewohnheit oder Bequemlichkeit.

„Was verdammt, hält ihn bei mir?", hatte sich Jana nach einer Flasche Wein ungläubig gefragt und das letzte Stück Chili-Schokolade zerkaut.

Clemens würde erst in zwei Tagen wiederkommen. Vertreterseminar für das Erweiterungsmodul des neuen Softwareprogramms. Materialwirtschaft für mittelständige Unternehmen. Wie langweilig!

Den morgigen Tag würde sie sich krankmelden. Magenprobleme. Dünnschiss. Ein Virus. Oder was Schlechtes gegessen. Sollte die Chefin zusehen, wie sie den Ausfall kompensierte. Im Öffentlichen Dienst zu arbeiten, hatte seine Vorteile. In der Personalabteilung kümmerte es niemanden, ob ihre Angaben stimmten. Arztbesuch und Krankenschein wurden erst nach drei Tagen verlangt.

Eine Flasche reicht heute nicht, beschloss sie. Das Weinregal im Keller war voll davon und an Schlaf war nach der ärgerlichen Andeutung der Chefin nicht zu denken.

Ging Clemens fremd? Gab es ein Flittchen, mit dem er es regelmäßig trieb? Oder ein Flittcher ... Sie musste lachen über den Gedanken. Gendergaga. Der Chefin hätte es gefallen. Ihr Mann und ein anderer Kerl? Lächerlich! Schmollend zog Jana die Mundwinkel hoch. Bisher war ihr nie etwas Ungewöhnliches aufgefallen. Weder ein fremdes Haar zwischen den Sachen noch Anrufe, die abrupt endeten, wenn sie den Hörer abnahm. Seine Hemden rochen ausschließlich nach seinem Aftershave. Nie hatte sie eine verräterische Nuance eines femininen Parfüms festgestellt. Andererseits fand sie nie eine Kleinigkeit in seinen Hosentaschen. Keine Rechnungen irgendwelcher Kneipen oder Kinokarten. Selbst Zellstofftaschentücher hatte sie nie aussortieren müssen. Was tat so ein Vertreter nach einem langen Tag in einer fremden Firma?

Jana mochte die leicht süßeren Weine, wissend, dass ihr Genuss zwangsläufig zu Kopfschmerzen führte. Nach solch einem Abend hatte sie ein Recht auf einen prächtigen Kater, nicht nur ihre dämliche Chefin. Hatte die Klugschnalle überhaupt einen Mann?! Jana wählte einen italienischen Wein. Moscato d'Asti, ein köstlicher Weißwein aus der Region Piemont. Das leicht perlende Gesöff würde ihrer Laune guttun. Aufmerksam schaute sie sich um. Aber weder in den Regalen noch auf dem Tisch fand sie einen Korkenzieher. *Dann eben nicht*, beschloss sie eingeschnappt und wollte die Flasche zurücklegen. Ein Klirren verriet, dass der Versuch erfolglos war. Erschrocken schaute sie zu Boden. Der liebliche Wein floss auf den Steinfliesen entlang. Bedauernd folgte Janas Blick dem Rinnsal, das sich langsam der Wand näherte. Es dauerte einen Augenblick, bis sie begriff, dass sich dort keine Pfütze bildete. Verwundert kniete sie sich nieder. Auch wenn ihre Sinne vom Alkohol beeinträchtigt waren, soviel Verstand besaß sie dann doch. Hinter der Wand gab es einen Hohlraum. Neugierig klopfte sie gegen die hölzernen Bretter.

Es war nur eine kleine Tür, unauffällig eingearbeitet. Geduldig hatte Jana nach einem Mechanismus gesucht, der die Tür öffnete und war hinter einem Astloch fündig geworden. Mit der Lampe ihres Smartphones erkannte sie eine eckige Vertiefung. Den passenden Vierkant fand sie in der Werkzeugkiste.

Der Lichtschalter befand sich gleich neben dem Eingang. Der Raum war größer, als sie erwartet hatte. Die drei mal vier Meter waren sauber und spartanisch eingerichtet. Ein bequemer Bürostuhl, ein Schreibtisch mit Computer und riesigem Bildschirm sowie ein Regal mit Fotoalben und Archivschachteln. Im untersten Fach befand sich ein Pilotenkoffer, wie ihn Clemens auf seinen Vertreterreisen üblicherweise mitnahm. Neugierig öffnete sie ihn. Statt Unterlagen und Prospekten war er sorgsam mit allen möglichen Utensilien gepackt. Kabelbinder, Klebeband, Plastiktüten. In einem ledernen Etui entdeckte sie chirurgische Werkzeuge. Eine Sofortbildkamera, wie sie auf Partys gerne herumgereicht wurde, war in einem Tuch eingewickelt. Mehrere Phiolen, deren Aufschrift sie nicht deuten konnte, lagen bruchsicher verpackt in einer Schachtel. Kopfschüttelnd trat Jana einen Schritt zurück. Unruhe machte sich in ihr breit. Noch weigerte sich ihr Gehirn, das Gefundene zu verstehen.

Auch wenn sie es nicht wollte, eine innere Kraft zwang sie, nach einem der Alben zu greifen. Vorsichtig setzte sie sich auf den Bürostuhl und legte es vor sich auf die Tischplatte.

Lina Gillert stand in geschwungener Schrift auf dem Deckel. Zweifelsfrei war es Clemens Handschrift. Für die filigranen Buchstaben, die er schwungvoll aneinanderzureihen vermochte, hatte sie ihn immer bewundert.

Der Name kam ihr bekannt vor. Das erste Foto zeigte das lächelnde Gesicht einer jungen Frau. Mitte zwanzig, schätzte sie. Ungefähr das Alter ihrer Chefin. *Hamburg,* stand unter dem Bild. Daneben ein Datum. Ungläubig blätterte sie weiter.

Es war das einzige Foto, das die Unbekannte glücklich zeigte. Die nächsten Seiten erzählten von Verzweiflung, Schmerz und der absurden Veranlagung ihres Mannes.

Sieben Alben waren es. Jedes Mal ein anderer Ort. *München, Berlin, Hannover, Köln, Leipzig, Bremen.* Alle Frauen im selben Alter. Jana hatte zitternd die Seiten umgeblättert. Immer der gleiche Typ. Blond, jung, selbstbewusst. Eine Leiche, ein Ort. Ein klar strukturiertes und diszipliniertes Vorgehen. Das Ritual schien einem Drehbuch zu folgen: mit K.-o.-Tropfen verteidigungsunfähig machen, die Kabelbinder dienten zum Fixieren, das Klebeband garantierte Schweigen. Mit dem Skalpell entkleidete er sie. Die Plastiktüte verwendete er als Mordinstrument. Er verging sich nicht an den Frauen. Stattdessen wusch er sie, schnitt ihnen die Haare und drapierte ihre Leiche, wie auf dem von Amadeo Modigliani berühmten Gemälde *Liegender Akt.*

Zeitungsartikel berichteten ausführlich von den Verbrechen und der Vorliebe für das Meisterwerk des Italieners. Psychologen attestierten dem Täter abwechselnd einen verklemmten Umgang mit Frauen, einen ungelösten Mutterkomplex, ein gestörtes Verhältnis zum eigenen Körper, einzelne behaupteten sogar, der Grund erkläre sich mit Allmachtsfantasien. Die Experten bemühten die ganze Palette verhaltensgestörter Klischees. Eine Besonderheit fiel Jana auf, die in keinem Artikel erwähnt wurde. Clemens hatte die abgeschnittenen Haare nicht weggeschmissen, sondern fein säuberlich in den Schoß der Frauen gelegt. Offensichtlich ein Detail, das die Polizei für sich behielt.

Kein Zweifel, sie lebte mit einem Mörder zusammen. Dann verstand Jana. Natürlich blieb ein Mann wie Clemens nicht wegen ihrer weiblichen Vorzüge bei ihr. Für ihn war sie die perfekte bürgerliche Fassade, um ungestört seinem mörderischen Verlangen nachzugehen.

Er war in Köln. Der Koffer, den er für seine Verbrechen nutzte, stand im Schrank. Eine Leiche, ein Ort. Disziplin und Struktur. Diesmal würde es kein neues Album geben. Jana war sich sicher: Gefahr für sie bestand nicht. Sie war nicht sein Typ. Clemens würde erst in zwei Tagen wiederkommen.

Du musst die Polizei informieren. Gleich! Spätestens morgen früh. Das ist deine Pflicht. Ist es doch, oder?

Das Wochenende zelebrierte das Ehepaar Kunicke mit einem ausgiebigen Frühstück. An diesem Morgen hatte Clemens seinen Kaffee kalt werden lassen. Selbst die Brötchen, die Jana ihm geschmiert hatte, ließ er unbeachtet. Ungläubig studierte er den Zeitungsartikel zum wiederholten Mal. Er kannte die Frau nicht, die in der vergangenen Nacht ermordet worden war. Aber alles deutete auf seine Handschrift hin. Wer immer ihn kopiert hatte: Es war perfekt. Selbst das kleine Geheimnis, das er und die Polizei sorgsam hüteten, war der Presse zugesteckt worden. *In ihren Schoß lagen, wie ein Nest gruppiert, ihre abgeschnittenen Haare.* Sein Hirn arbeitete auf Hochtouren. Dass einer der Kriminalbeamten ihn imitierte – ausgeschlossen. Erneut betrachtete er das Foto der Ermordeten. Die junge, blonde Abteilungsleiterin eines nicht näher genannten Amtes wurde als kompetent, lebenslustig und kollegial beschrieben. Öffentlicher Dienst.

Dann verstand er. Sie musste sein Versteck gefunden haben. Ungläubig starrte Clemens über den Tisch. Jana schaute ihn amüsiert an.

„Du glaubst nicht, wie ich diese Schnepfe gehasst habe. Dank dir bot sich eine Lösung. Natürlich bin ich mir bewusst, dass du nicht wegen meiner Schönheit bei mir bleibst. Ich sehe das pragmatisch. Du hast jetzt ein perfektes Alibi und ich die Garantie, dass unsere Beziehung auch künftig auf einem soliden Fundament steht."

Das Hilfsangebot

„Schicke nie den künftigen Schwiegersohn Servietten für eine Hochzeit kaufen. Selbst wenn die Vorgaben klar definiert sind: dezente Blümchenmusterdecke, Geschirr im viktorianischen Design, weißes Hochzeitskleid im Prinzessinnenstil. Was bringt der Kerl? Smiley-Servietten. Dümmlich grinsende gelbe Fratzen. Einlagig. Sonderangebot." Annegrets Hände würgten einen imaginären Hals, als sie von dem geistigen Aussetzer des künftigen Familienmitgliedes berichtete.

Fassungslos schauten sich die Damen der Selbsthilfeorganisation *Anonyme Schwiegermütter* an. Was für ein Fauxpas! Paulina, die Gründerin der Gruppe, presste theatralisch ihr Gesicht in die Hände und schüttelte über derart unsensibles und dümmliches Verhalten verzweifelt den Kopf. Melanie streichelte beruhigend ihren Arm, während Caroline wie versteinert dasaß und mit den Tränen kämpfte.

Die kleine verschworene Gemeinschaft traf sich einmal wöchentlich zu einer therapeutischen Gesprächsrunde, um sich über den aktuellen Stand des Versagens ihres Nachwuchses auszutauschen. Dabei spielte es keine Rolle, ob es sich um männliche oder weibliche Schösslinge handelte – alle leidenden Mütter einte das Wissen um die hormonell bedingte Fehlentscheidung ihres geliebten Kindes.

Nele hatte durch eine Freundin von der engagierten Gruppe erfahren und dankbar das Angebot angenommen, in der Runde Gleichgesinnter ihr Leid zu klagen. Unsicher rutschte sie auf ihrem Stuhl hin und her. Auch wenn sie wohlwollend beobachtet wurde, brauchte sie ein paar Sekunden, die richtigen Worte zu finden. „Ich bin Nele und habe Probleme."

Ein freundliches Raunen war zu hören. Einige im Stuhlkreis lächelten ihr aufmunternd zu. Andere nickten verständnisvoll. Die Frau, die neben ihr saß, räusperte sich kurz, bevor sie entgegnete: „Willkommen, Nele. Wir freuen uns, dich hier zu haben."

Eine andere ergänzte: „Es ist schön, eine neue Leidensgenossin unter uns zu wissen. Wir waren alle an diesem Punkt, an dem du gerade stehst. Den ersten Schritt hast du geschafft."

Ein aufmunternder Beifall füllte den Raum.

Dankbar lächelte Nele die verständnisvollen Zuhörerinnen an. „Danke! Mich zu öffnen, fällt mir nicht leicht. Zugegeben, ich habe große Schwierigkeiten, mit der Situation umzugehen. Die letzten Wochen haben die Beziehung zu meinem Kind, eigentlich zu dem ganzen Umfeld, überaus negativ beeinflusst."

Wieder allgemeines Nicken. Jede in der Runde verstand sie.

„Du bist nicht allein, Nele. Viele von uns haben ähnliche Geschichten. Wichtig ist einzusehen, dass es ein Problem gibt und du Willens bist, etwas dagegen zu tun. Jetzt bist du auf dem Weg! Wir helfen dir."

„Das werden wir!", klang ein vielstimmiger Chor. „Du bist nicht allein!"

„Das bedeutet mir unendlich viel. Ich möchte mein Leben wieder in den Griff bekommen", bedankte sich Nele.

Erneut ein kleiner Applaus, unterstützt von mutmachenden Bemerkungen. „Bravo! Du schaffst das! Gott ist mit dir! Entscheidungen des Herzens sind Schritte der Heilung. Wir begleiten dich! Gemeinsam sind wir stark!"

Dankbar schaute sie in wohlwollende Gesichter. Das Gefühl aufgefangen zu werden und Verständnis zu finden, tat Nele gut. Es gab mehr verantwortungsvolle Mütter, als sie erwartet hatte.

„Hab den Mut, deine Wünsche zu artikulieren. Sprich aus, was du denkst. Trau dich! Danach wird es dir besser gehen. Nichts Menschliches ist uns fremd."

Mutig formulierte Nele ihr Anliegen: „Ich träume davon, dass meine Tochter nicht mehr behelligt wird. Sie hat etwas Besseres verdient."

„Das hat sie!", riefen wie aus einem Mund die anderen Frauen und rissen dabei beschwörend die Arme hoch.

Zum ersten Mal seit Monaten fühlte sich Nele verstanden.

„Manchmal werden Wünsche wahr", flüsterte Pauline ihr augenzwinkernd zu und kicherte albern. „Selten, weil der Zufall Partei ergreift, meist bedarf es des gemeinsamen Agierens."

Verwundert schaute Nele sie an. Die Leiterin der Selbsthilfegruppe schien es ehrlich zu meinen. In ihrem Blick lag keinerlei Ironie. Auch die anderen Gesichter wirkten glaubwürdig.

„Ihr könnt mir helfen?"

„Selbstverständlich! Für jedes Problem gibt es eine Lösung. Letzte Woche erst erlitt Carolines Schwiegertochter einen unerklärlichen Schwächeanfall nach einer Shoppingtour, kurz bevor der Zug einfuhr. Die Bitch hat das schwerverdiente Geld ihres geliebten Sohnes mit beiden Händen ausgegeben. Regelmäßig am Monatsanfang glaubte sie, sich neu einkleiden zu dürfen. Ein kleiner unauffälliger Schubs und nicht nur die Finanzfragen waren geklärt. Schwierig für die Beamten, den Inhalt der Einkaufstüten und die Reste der Schwiegertochter sauber voneinander zu trennen. Wichtig ist nur, der ... ich sag mal *Unfall*, schweißte Mama und Sohn wieder zusammen."

„Ich liebe euch auch", schluchzte Caroline und schnäuzte sich die Nase. „Wegen des Luders hat die Bank die Kreditkarte meines Sohnes gesperrt. Limit überschritten. Unfassbar! Das war zu viel für mich. Ohne euch hätte ich das nicht geschafft."

Wohlwollendes Raunen der Anwesenden.

„Alles richtig gemacht!", rief Paulina.

„Halleluja", pries Melanie den Herrn, „es gibt noch Gerechtigkeit!"

Die anderen klatschten respektvoll Beifall.

„Das war gar kein Unfall?!" Ungläubig schaute sich Nele um.

„Wir sind füreinander da", erklärte Paulina und legte ihre Hand zur Beruhigung auf ihr Bein. „Eine für alle. Alle für eine."

Jede im Kreis nahm die Hand der Nachbarin. Gemeinsam streckten sie die Arme in die Höhe und riefen enthusiastisch: „Musketierinnen for ever!"

„Nele, es gibt nichts, was sich nicht klären lässt. Annegret zum Beispiel hat die klassische *Gift-geht-durch-den-Magen*-Variante gewählt."

„Kochkünste können manchmal tödlich sein", bestätigte die Angesprochene. „Die richtige Dosierung machts. Kaum verheiratet, forderte der Macho ernsthaft, ich solle meiner Tochter beibringen, wie eine Frau vielseitig, gesund und ausgewogen zu kochen hat. Ich dachte, ich habe mich verhört. Leben wir denn noch in den Fünfzigern?"

Abfällig zeigte die Gruppe die Daumen nach unten. Buhrufe waren zu vernehmen. Kein Zweifel, alle waren einer Meinung.

„Und was hast du darauf gesagt?", erkundigte sich Caroline neugierig.

„*Koch doch selbst!* Hat der Trottel dann auch. Wollte wohl beweisen, was für ein toller Küchenbulle er ist." Bedauernd schaute Annegret die anderen Leidensgenossinnen an und tat verlegen: „Mädels, glaubt mir: Getrocknete, zerriebene Knollenblätterpilze haben es in sich. Lassen sich mit den Augen ganz schlecht bestimmen."

Die Stimmung in der kleinen verschworenen Runde war gut. Inzwischen wurde Prosecco in Plastikbecher gefüllt. Wer wollte, konnte Salzgebäck naschen.

„Und weil das Töchterchen nicht pünktlich zum Mittagessen erschien, selbstredend habe ich das verhindert, glaubte mein Schwiegersohn, ein Exempel statuieren zu müssen. Der Idiot hat den Fraß allein gegessen. Es war sozusagen seine Henkersmahlzeit."

Begeistert jubelten einige Frauen. Einzelne schlugen sich überrascht auf die Oberschenkel. Alle lachten.

„Entschuldigt, aber ich bin mir nicht sicher ..."

Niemand beachtete Nele. Die Stimmung im Stuhlkreis war auf dem Höhepunkt.

„Wisst ihr noch, wie wir Melanies Albtraum beendet haben?", rief Caroline in die Runde. „Ihre Schwiegertochter wollte ihr die Enkel vorenthalten. Schweinchen Schlau hatte Zweifel an ihren Erziehungsmethoden. Angeblich zu autoritär. Wie hieß die doch gleich? Laura, Lauren, Laurana, ..."

„Laurentia, liebe ...", begann Paulina zu singen und hob die Hände, als gedachte sie ein Orchester zu dirigieren. Wie auf Kommando stimmten alle anonymen Schwiegermütter ein. „... Laurentia mein, am Freitag wirst du Sülze sein, am Freiiiiitag. Auch wenn es doch immer Montag, Dienstag, Mittwoch ..."

Nele wurde blass. „Sülze? Ich versteh nicht."

Annegret neigte sich zu ihr, hakte sich ein und begann im Rhythmus zu schunkeln. „Laurentia war Fleischereifachverkäuferin. Metzgerei Kessel. Älteste Schweinskopf-Manufaktur

Deutschlands. Blutwurst, Leberwurst, klassische kalte Fleischgerichte. Wie die blöde Kuh in den Topf gefallen ist, konnte nie geklärt werden. Suizid hielt die Mordkommission für am wahrscheinlichsten."

„Sie wurde gegessen?" Nele wurde blass.

„Natürlich nicht. Niemand mag Bitch in Aspik", bemerkte Annegret abfällig und verdrehte amüsiert die Augen. „Abgesehen davon, war sie viel zu mager für eine fette Brühe."

Der Witz kam gut. Begeistert prosteten sich die Frauen zu.

„Ehrlich gesagt, ich habe keine Probleme mit meinem Schwiegersohn", versuchte Nele zu erklären. „Meine Tochter liebt ihren Mann. Er ist aufmerksam, liebevoll und er geht respektvoll mit mir um. Das eigentliche Problem ist seine Mutter. Eine echte Schwiegerglucke. Ständig mischt sie sich ein, kommt ohne Ankündigung zu Besuch, bleibt über Wochen und führt eine Strichliste darüber, wie viele Tage ihr Enkelwunsch schon ignoriert wurde. Kein Tag, an dem sie nicht vorschreibt, was gegessen wird, welcher Film im Fernsehen geschaut wird und mit wem die Jungvermählten Kontakt pflegen dürfen. Diese schreckliche Person macht den beiden das Leben zur Hölle. Ich weiß nicht, wie ich damit umgehen soll. Am liebsten würde ich sie ..."

Betroffen schauten sich die Mitglieder der Gruppe *Anonyme Schwiegermütter* an. Peinlich berührt senkten sie den Blick. Schlagartig war die Stimmung im Keller. Schließlich sah sich Paulina genötigt, sich zu äußern. „Kleinlichkeit vertragen wir hier überhaupt nicht. Einen verantwortungsbewussten Menschen wegen seines Engagements und seiner gelebten Hilfsbereitschaft zu diskreditieren, ist unglaublich. Nele, ich fürchte, du hast dich in der Gruppe getäuscht. Egoisten wie dir ist nicht zu helfen. Sehr bedauerlich. Ich rate dir dringend, an deiner Einstellung zu arbeiten. Hass hat noch nie ein Problem gelöst."

Verdacht

Äußerst behutsam legte Cindy ihr Smartphone auf den Küchentisch, als erwartete sie jeden Moment eine gewaltige Explosion oder ähnlich Verheerendes. Dennoch war sie erstaunlich gefasst. Nur die dezente Musik eines Jazzmusikers, der die üblichen Weihnachtslieder neu interpretierte, störte sie. Ohne hinzuschauen, schaltete sie das Radio ab. Das Gefühl der Besinnlichkeit, das sie so liebte, war verflogen.

Abwechselnd starrte Cindy auf die Nummer im Display, die eindeutig zu der Firma gehörte, für die ihr Mann als Programmierer arbeitete und dem Weihnachtsgeschenk, das sie liebevoll verpackt vor drei Tagen unter dem Weihnachtsbaum überrascht hatte. Heikos Geschmack hatte sie erstaunt. Auch wenn sie in der Wahl ihrer Accessoires eigen war, am Weihnachtsabend war es ihm gelungen, sie zu verblüffen. Die goldene Kette mit den quadratisch schwarzen Lavasteinen passte vorzüglich zu allem, was sie im Winter gerne trug. Er hatte sich großzügig gezeigt, die passenden Ohrringe dazu gewählt, ein Armband und einen Ring, der nicht einmal angepasst werden musste. Ihre Freude war riesig gewesen. Selbst die Schatulle, die mit weißer Seide ausgelegt und einladend vor ihr geöffnet stand, schien auf den Schmuck abgestimmt.

Erneut betrachtete Cindy das Smartphone. Es schwieg, unfähig sich der Tragweite dessen bewusst zu sein, was gerade mitgeteilt worden war. Eine Mitarbeiterin ihres Mannes hatte angerufen, sich mehrfach dafür entschuldigt, dass sie den wohlverdienten Urlaub zwischen den Feiertagen stören würde und dann darum gebeten, Heiko kurz sprechen zu dürfen. Es ging um Ungereimtheiten mit einem der Bewirtungsbelege seiner letzten Dienstreise. Bevor sie selbst in die verdienten Betriebsferien gehen durfte, müsse die Buchhaltung erledigt und alle Abrechnungen stimmig sein. Enttäuscht hatte die Kollegin zur Kenntnis genommen, dass Heiko ihr nicht helfen konnte. „Heute auf keinen Fall, frühestens in zwei Tagen", hatte Cindy instinktiv geantwortet und darauf verwiesen, dass ihr Mann mit Freunden in den Alpen unterwegs und deswegen auch per Handy nicht zu erreichen sei.

Es war eine Lüge, jedoch nicht das Problem. Heiko hatte ihr erzählt, dass er zwischen den Feiertagen zu einem Kunden nach Hamburg fahren musste, weil ein wichtiges Projekt auf der Kippe stünde. Für alle Mitarbeiter des Unternehmens gelte eine Urlaubssperre. Cindy hatte ihn bemitleidet, seinen Chef einen elenden Schinder und noch Schlimmeres genannt und ihm Mut zugesprochen. Es wären nur drei Tage und danach würden beide Silvester genießen.

Nach dem Anruf war klar: Das „wichtige Projekt" hatte weniger mit beruflichen, als vielmehr mit persönlichen Belangen zu tun. Zum ersten Mal kam Cindy der Gedanke, dass die Wahl des Weihnachtsgeschenks nicht seinem Geschmack, sondern dem einer anderen Frau zu verdanken war.

Du jetzt also auch, resümierte sie und dachte ironisch: *Willkommen im Club der betrogenen Ehefrauen!*

Fünfzehn Jahre waren sie verheiratet. Die meisten ihrer Freundinnen hatten die Erfahrung schon früher machen müssen.

Jenseits der vierzig steigt die Gefahr eines Seitensprungs, hatte vor Wochen reißerisch eine ihrer Frauenzeitschriften getitelt. Eine renommierte Soziologin erklärte in dem Artikel das Verhalten mit der allgemeinen Attraktivitätsermüdung, die Männern an ihren Frauen als biologische Bedrohung wahrnehmen. Fremdgehen sei demnach nichts anderes, als die Urangst der Y-Chromosom-Träger, sich nicht mehr fortpflanzen zu können.

Auf den folgenden Seiten verriet ein possierlicher Engel zehn Tipps, wie man für den eigenen Mann wieder begehrenswert erschien. Alternativ listete ein nicht weniger niedliches Teufelchen gleichviele Vorschläge auf, die halfen, das angeschlagene Selbstbewusstsein durch sinnliche Abenteuerlust zu stärken. Einerseits eine Anleitung zur Rückgewinnung des Ehepartners, zum anderen ein Manifest des Fremdgehens. Cindy hatte die Zeitschrift wegen der weihnachtlichen Rezepte für Plätzchen aufgehoben, sich aber des Artikels erinnert.

Nach genauer Prüfung aller Argumente entschied sie zwei Stunden später, dass keiner der vorgeschlagenen Wege zu ihr passte. Es verlangte sie nach Archaischem: Rache. Die Vorstellung, an der Konkurrentin ein Exempel zu statuieren, gab ihr ungeahnte

Kraft. Heiko sollte seinen Seitensprung auf ewig bereuen. Mord schwebte Cindy vor.

Die Schwierigkeit bestand darin, dass sie keine Ahnung hatte, mit wem ihr Mann fremdging. Wer immer das Miststück war: Sie musste sterben!

Aus ihrem Arbeitszimmer holte Cindy sich einen Block und begann, ihre Gedanken zu skizzieren. Zuerst wurde ihr klar, dass es drei Gruppen Verdächtige gab, die infrage kamen: Kolleginnen, Freundinnen oder Zufallsbekanntschaften. In der Firma ihres Mannes arbeiteten fast ausschließlich Programmierer. Brillentragende, pummlige Nerds in abgetragenen Hemden und durchgesessenen Hosen. Lediglich in der Verwaltung gab es drei Frauen. Cindy hatte sie vor zwei Wochen auf der Weihnachtsfeier kennengelernt. Keine kam für einen Seitensprung infrage. Sie waren zu alt – oder besser formuliert: Es mangelte ihnen schlicht an Attraktivität.

Zufallsbegegnungen passten nicht zu Heiko. Er war zu pedantisch, um sich auf etwas Spontanes einzulassen. *Wenn, dann, sonst ...,* waren nicht nur Begriffe aus dem Programmieralltag, sondern auch Grundlage seines Denkens. Probleme wurden tagelang durchdacht, abgewogen und die Lösungen optimiert. Gelegenheiten haben kleine Zeitfenster. Heikos Entscheidungen dagegen glichen eher langwierigen Prozessen.

Blieben die Freundinnen. Die meisten waren in einer festen Beziehung. Glaubte man der Frauenzeitschrift, ließe sich in dieser Gruppe eine überproportional signifikante Bereitschaft zu amourösen Abenteuern nachweisen. Nach einigem Überlegen schrieb Cindy sieben Namen auf eine Liste. Durchweg Freundinnen, mit denen sie sich regelmäßig traf.

Schon mit dem dritten Telefonat, bei der sie vorgab einen „Guten Rutsch ins neue Jahr" wünschen zu wollen, landete sie einen Treffer. Silke.

Der Anrufbeantworter ihrer Freundin informierte kurz, dass sie unterwegs sei und wenn es keine wichtige Nachricht gäbe, Schweigen eine gute Nachricht wäre.

Treffer, konstatierte Cindy. Silke war nicht unbedingt ihre beste Freundin, aber jene, die sie am längsten kannte. Sie umkreiste den

Namen und schrieb daneben: Attraktiv? Ja! Jünger? Drei Jahre! Offen für Abenteuer? Definitiv!

Je länger Cindy über den Verdacht nachgrübelte, umso sicherer war sie sich. Heiko und Silke kannten sich fast so lange, wie sie einander kannten. Die angebliche Freundin war Zeugin ihres Kennenlernens. Erinnerungen stiegen auf.

Zum ersten Mal hatte Cindy ihren Zukünftigen auf einer Geburtstagsparty bei einem Kommilitonen kennengelernt. Ein stiller, bescheidener und überaus durchgeistigter Mann. Angenehm schüchtern. Zuweilen ein großer Junge, der leuchtende Augen bekam, wenn er über die Möglichkeiten digitaler Steuerung historischer Modelleisenbahnen sprach. Noch Stunden später war das ausführliche Küchengespräch nicht beendet. Sie tranken Wein aus billigen Gläsern. Dazu gab es Salzstangen, Chips und Erdnüsse. Zwar verstand sie kein Wort, lauschte aber geduldig seinen Ausführungen über amerikanische Dampflokomotiven der Baureihe 4-4-0 und der Unterschiede im Detail zur berühmten britischen Baureihe Flying Scotsman.

Ob es eine hormonell bedingte Fehlfunktion ihrer Wahrnehmung oder dem Übermaß an Alkohol geschuldet war, an jenem Abend empfand sie ein Gefühl der Faszination für diesen Mann. Silke hatte sie bestärkt, mutig zu sein. Es war an Cindy, Heiko zum Essen einzuladen. Auch die nächsten Verabredungen gingen von ihr aus. Eigentlich ging die Aktivität immer von ihr aus. Selbst den Hochzeitsantrag musste sie stellen. Der Nerd hatte nach drei Tagen, völlig übermüdet, ihren Vorschlag angenommen. Ihre Freundin Silke hatte ihn dazu gedrängt, als er ihr gegenüber bekannte, in einer Art Endlosschleife zu hängen.

Zwar waren es nur Kleinigkeiten, die Cindy jetzt bewusst wurden, aber in der Summe gab es keinen Zweifel mehr. Silke war seit Jahren Single. An einem der sogenannten Mädchenabende hatte sie leicht angetrunken zum Besten gegeben, Sex mit verheirateten Männern sei so schön entspannend. Keine Verpflichtungen, kein romantisches Liebesgesäusel. Wohltuend, befriedigend und lukrativ. Lustopfer seien überaus spendabel. Man dürfe sich nur nicht zu lange mit ihnen abgeben. Sonst werden sie anhänglich.

Dass Heiko großzügig war, bestätigte Cindy ein Blick in die Kontoauszüge. Bargeld mochte ihr Mann nicht und daher wurde jeder Einkauf digital erfasst. Normalerweise interessierte sie sich für derartige Details nicht. Er verdiente überaus gut und war ein sparsamer Mensch. Umso mehr wunderte sie sich über die Höhe einer Zahlung. Vierstellig. Der Schmuck war bei einem renommierten Juwelier gekauft worden. Den Namen kannte sie ... war das nicht ein Schulfreund von Heiko gewesen?

Ihr Weihnachtsgeschenk entdeckte sie im Shop auf der Webseite des Juweliers. Die Kollektion mit den schwarzen Steinen wurde seit Monaten mit fünfzig Prozent Rabatt angeboten. Die Abbuchung stimmte allerdings nicht mit der Preisangabe überein. Das elegante Set mit den quadratischen Lavasteinen machte nur die Hälfte des Betrages aus. Dem Miststück hatte er demnach den gleichen Schmuck geschenkt. Wie unsensibel.

Zwar überließ Cindy Computerfragen Heiko, immerhin war er der Spezialist, aber das bedeutete nicht, dass sie ungeschickt war, wenn es um Suchanfragen im Internet ging. Eine Webseite verriet Tipps, wie man bei einem Verdacht herausfindet, wo sich der Partner gerade aufhält. Die Suche nach Heikos Handy auf seinem Rechner zeigte als Standort Hamburg. Sie vergrößerte die Karte, um den Straßennamen lesen zu können. Schlagartig wurde ihr klar, dass der Kerl sich in jenem Hotel vergnügte, in der sie ihre Hochzeitsnacht verbracht hatten. Obwohl es früh am Tage war, verlangte es sie nach etwas Hochprozentigem. Sie entschied sich für einen Brandy, den sie in einem Zug hinunterstürzte.

Blieb die Frage, wie bringt man eine gute, besser gesagt, ehemalige Freundin unauffällig um. Um keinen Verdacht aufkommen zu lassen, wäre ein Unfall perfekt. Idealerweise so, dass Heiko glaubt, er sei dafür verantwortlich. Konzentriert spielte Cindy eine erste Idee durch.

Du fährst zum Hotel, lauerst Silke auf und erschlägst sie mit dem Wagenheber. Oder du überfährst sie mit dem Auto. Sicherheitshalber zwei, drei Mal. Aus dem Fenster stürzen wäre auch eine Option.

Zweifelnd schüttelte sie den Kopf. Zu viele Kameras, es könnte Zeugen geben. Und wie sollte es gelingen, dass der Verdacht auf Heiko fiel.

Besser ist, du fährst zu ihrer Wohnung. Da lauerst du ihr auf.

Wegen ihrer Vergesslichkeit versteckte Silke immer einen Schlüssel in einem kleinen Hohlraum hinter der Türzarge. Kein Problem hineinzukommen.
Du überraschst das Miststück. Mögliche Vorgehensweise: Kehle mit einem Messer durchschneiden.
Angewidert zog Cindy die Stirn kraus. Blut konnte sie nicht sehen. Davon wurde ihr immer schlecht. Keine gute Idee, entschied sie.
Mit einem Kabelbinder erwürgen.
Definitiv zu technisch. Die Lasche durch die schmale Öse ziehen, verlangt Geschick. Außerdem könnte sich Silke wehren.
Gift in ihren Gesundheitstee mischen.
Angeblich eine typische Mordwaffe, der sich zumeist Frauen bedienen. Auf Fragen der Beamten wollte Cindy lieber verzichten. Strom oder Gas bot sich noch an. Wanne und Föhn wären ideal. Fraglich nur, ob Silke nach der Rückfahrt sofort baden würde. Es war eher wahrscheinlich, dass Heiko und sie nach ihrem Liebesspiel gemeinsam geduscht hatten.
Bleibt noch Gas. Leitung manipulieren.
Unklar blieb, wie ihr untreuer Gatte in den Plan passte.

Schließlich löste sie das Problem mittels eines defekten Fahrstuhls. Das Schild, mit der Warnung: „Wartungsarbeiten! Betreten verboten!", war aus unerklärlichen Gründen verschwunden. Aus Eitelkeit trug Silke niemals eine Brille und da die Kontaktlinsen nicht auffindbar waren, trotz Cindys angeblicher Unterstützung, trat sie ins Leere. Die Idee, gemeinsam das Neujahr mit einem Kaffeeplausch in einem kleinen Café zu beginnen, erledigte sich sieben Etagen tiefer. Gut, Heiko ließ sich die Verantwortung nicht zuschieben. Aber wer bekommt schon alles.

Nur einen Tag später wurde Cindy bewusst: Silke war es nicht. Über die Feiertage war die Freundin zu Besuch bei den Eltern gewesen. Cindy war ihre Fehleinschätzung unangenehm, ja, sie hatte voreilig gehandelt, aber darüber konnte sie mit niemandem reden.
Wenn es Silke nicht war, wer dann? Zufallsbekanntschaften schloss sie weiterhin aus, die Liaison mit einer seiner Kolleginnen

ebenfalls. Es musste eine ihrer Freundinnen sein. Nachdenklich studierte sie die Liste der Verbliebenen. Christina war von allen die Unauffälligste. Eine Bekannte aus dem Yogakurs. Schlank, beweglich und fünf Jahre jünger. Nach jedem Kurs hatte Cindy ihr „freundliche Grüße an Heiko" aufgetragen. Warum eigentlich? Die beiden kannten sich doch gar nicht. *Stille Wasser sind tief*, erinnerte sich Cindy an einen Spruch ihrer Großmutter. Wütend umkreiste sie den Namen.

Schon Ende Januar fand Christinas Beerdigung statt. Der Pfarrer sprach von Gottes unergründlichen Wegen. Der Teufel habe die Schrift der Zutatenliste von Lebkuchenherzen bewusst kleingehalten, damit Allergikern der Hinweis auf Nussbestandteile entgeht.
 Natürlich war Cindy der Irrtum peinlich. Zwar war ihre Yogapartnerin zwischen den Feiertagen nicht zuhause, aber in Hamburg war sie ebenfalls nicht gewesen. Ihrer Lieblingsboulevardzeitung hatte Cindy mit einigem Schrecken entnommen, dass Christina den Hauptpreis gewonnen hatte. Ihre Freundin war Gewinnerin einer Weihnachts- und Silvester-Kreuzfahrt gewesen. Auf vier Seiten wurde über die fantastischen Tage in der Karibik berichtet. Traumhafte Strände, türkisblaues Meer, romantische Sonnenuntergänge. Ein kleiner Hinweis von ihr hätte genügt und sie wäre noch am Leben. Echt dumm gelaufen.

Bei Nadine war sich Cindy absolut sicher. Niemand konnte bessere Kuchen backen. Heiko liebte die Cremetorten, Obstkuchen und Kekse ihrer besten Freundin. Regelmäßig gab Nadine ihr für ihren Mann eine Tupperdose mit. Heiko war ein Süßschnabel. Liebe geht durch den Magen. Wie konnte sie das übersehen.
 Mit einem gestohlenen SUV erwischte sie die Backfee frontal direkt vor ihrem Hauseingang. Um sicherzugehen, rollte sie mehrfach über die vermeintliche Rivalin hinweg. Darüber, ob nun der Genickbruch oder die Schädelfraktur für den Tod ursächlich war, vermochte nicht einmal der Gerichtsmediziner zu entscheiden. Ärgerlicherweise löste der Unfall nicht das Dilemma, in dem sich Cindy befand. Nadine war es auch nicht gewesen. Zwischen den Feiertagen hatte sie dem schnöden Dasein entsagt und sich im

Schweigekloster kasteit. Kein Wunder, dass sie auf die Silvesteranfrage nicht reagiert hatte.

Dabei war sich Cindy so sicher gewesen, die Richtige bestraft zu haben. Innerlich gestand sie sich ein, eventuell ein bisschen vorschnell gehandelt zu haben.

Unruhe breitete sich unter den restlichen Freundinnen aus. Drei von ihnen waren auf dramatische Weise ums Leben gekommen. An Zufall glaubte niemand. Auch Cindy gab vor, Angst zu haben. Vorerst verzichteten sie auf weitere Mädchenabende.

Wieder in den eigenen vier Wänden, prüfte sie all ihre Notizen. Kolleginnen, Freundinnen, Zufallsbekanntschaften. Wo lag der Fehler? Schlagartig wurde Cindy klar, dass es eine weitere Gruppe Frauen gab, die infrage kamen: Nachbarinnen.

Wie hatte sie das übersehen können! Im Aufgang nebenan wohnte Lina, bei der die Lieferdienste regelmäßig Pakete abgaben. Die Frau war Grafikerin und arbeitete von zuhause aus.

Den Trend, im Homeoffice zu arbeiten, hatte ihr Mann als *Bereicherung* bezeichnet. Auch er durfte tageweise vom Schreibtisch aus die Aufgaben erledigen. Cindys Firma hatte nicht die Möglichkeit, ihr Personal nach Hause zu schicken. Wie konnte sie nur so naiv sein. Welch optimale Bedingung, um fremdzugehen. Während sie in der Firma Präsenz zeigen musste, arbeitete Lina in ihrer Küche an digitalen Grafiken. Gab es ein Problem, halfen Heikos Computerkenntnisse. Gute Nachbarschaftsbeziehungen pflegt man. Gemeinsames Kaffeetrinken. Dankbarkeit. Austausch über digitale Welten. Gelegenheit schafft Triebe. Lina also.

Eine Paketbombe zerstörte das Homeoffice samt freundlicher Paketempfängerin.

Zweifel, dass die nette Nachbarin mit Heikos Hamburgaufenthalt doch nichts zu tun hatte, kamen Cindy, als sie in der Jacketttasche ihres Mannes Eintrittskarten für Hamburgs Miniatur-Wunderland entdeckte. Demnach beäugte er nicht nur tagsüber die größte Modelleisenbahnanlage der Welt, sondern war dort auch zu später Stunde Besucher gewesen. *Nachts im Wunderland*, hieß die Sonderveranstaltung. Nur eine begrenzte Anzahl von Modeleisenbahnenthusiasten war zugelassen.

Dass Heiko für mechanische Dampflokomotiven und historische Waggons schwärmte, hatte er am Anfang ihrer Beziehung erzählt. Es hatte einige Mühe gekostet, ihm diese kindliche Albernheit abzugewöhnen. Er war ein erwachsener Mann, begehrter Programmierer und verheiratet. Ein klärendes Gespräch nach Wochen vorgespielter Verstimmung, tat not. Ihre Frage war simpel gewesen: „Märklin H0 oder ich." Heiko hatte Tränen vergossen, als er seine Eisenbahnplatte mit allem Zubehör auf ebay unter Wert verkaufen musste.

Cindy schmunzelte. Eine winzige Heimlichkeit. Sein Juwelier-Schulfreund hatte den vollen Betrag abgebucht und mit den fünfzig Prozent Rabatt hatte Heiko die Reise, Hotel und alle anderen Kosten bezahlt. Miniatur-Wunderland. Sie würde großzügig darüber hinwegsehen.

Gerne hätte sie der kleinen Schar verbliebener Freundinnen von ihrem Irrtum erzählt. Ein Ding der Unmöglichkeit, gestand sie sich ein. Verständnis konnte sie nicht erwarten. Wichtig war nur, dass Heiko ihr treu blieb. Künftig würde sie genauer hinschauen.

Cindy legte den Schmuck an, den sie zu Weihnachten geschenkt bekommen hatte. Fünfzehn Jahre Ehe und noch immer kann einen der Partner überraschen.

Inhalt

Das Leben ist sowas von … 5
Das kulinarische Gemetzel 11
Kräuter olé! Männer ade! 15
Lausche meiner Stimme 19
Gutes tun 26
Ein letztes Mal 32
Der Kaffee in der Hölle 37
Zu viel Nähe 46
Das Fotoshooting 50
Wandern hilft 53
Nichts ist umsonst 61
Liebesbeweis 66
Seelenwanderung 68
In den Diensten der Mitbürger 72
Weniger schenken, mehr Freude 76
Ein Weihnachtsmärchen 79
Unarten 84
Für immer dein 90
Totalverlust 95
Glaubwürdigkeit 102
Das Missverständnis 111
Kampf an der Gartenfront 116
Doppelte Enttäuschung 121
Happy New Year 125
Vorhaben für das kommende Jahr 130
Gemeinsames verbindet 133
Auf Gegenseitigkeit 138
CO_2-Ausgleich 144
Das Lachen der Möwen 148
Fundament einer Ehe 155
Das Hilfsangebot 160
Verdacht 165